新潮文庫

東京カジノパラダイス

楡 周平著

新潮社版

10981

東京カジノパラダイス

プロローグ

オフィスの窓からは、建設現場がよく見えた。

資材を満載したトラックやコンクリートミキサー車が行き交い、ランドマークとなる高層ビルを囲う防塵壁《ぼうじんへき》も日毎《ひごと》に高さを増して行く。厚い窓ガラスに閉ざされてはいても、建設機械の稼働音《かどうおん》やポンプ車がコンクリートを送り込む鼓動が、絶えず聞こえてくる。

志村隆《しむらたかし》はパーテーションに囲まれた席に戻ると、手にしていたファイルを机の上に放り投げ、

――あの野郎、いったい何を考えてやがんだ。よりによってあいつかよ。

胸の中で毒づいた。

ファイルの中から、三つのクリアホルダーが滑り落ちた。

中途採用の最終選考に残った応募者のレジュメ《経歴書》だ。

人材斡旋《あっせん》会社が提出してきた候補者は十人。書類選考を経て絞り込まれたのがこの三人だ。

もっとも、書類選考を行ったのは、直属上司にしてプロジェクトマネージャーを務めるデニス・オリバーで、志村は一昨日行われた最終面接に同席しただけだ。その中に思い切り『×《バッテン》』をつけたやつがひとりいたのだが、よりによってオリバーは、その男を選んだのだ。

志村は改めて、その男のレジュメを取り出した。

A4サイズの紙面には、職務経歴が詳細に記されている。

もちろん英文だ。それも十八ページもある。

杉田義英《すぎたよしひで》。三十五歳。明応大学を卒業し、四葉物産に入社。以来一貫してエネルギー部門を歩き、石油・天然ガスのプラント建設プロジェクトや、トレーダーの仕事に従事した経験もあれば、海外渡航歴も豊富だ。

なるほどご立派な経歴だ。明応は私立の名門だし、四葉物産は日本最大級の総合商社だ。そしてエネルギーは花形部門でもある。それも就職難の時代に、四葉の採用を勝ち取ったのだ。見るべきところがあるのも事実だろう。しかし、求めているのは、いよいよ佳境を迎える国家的プロジェクトのメンバーであり、開業後は運営の中枢《ちゅうすう》を担《にな》うことになる幹部候補生だったはずだ。

そう考えると、杉田の経歴は他のふたりと比べて見劣りすることは否《いな》めない。落とされたふたりは日本最高峰の国立大学を卒業した同窓だ。アメリカのビジネススクールでMBAを取得しているのも同じだ。外資系の投資銀行、コンサルティング会社と業種こそ違うが、能力に問題があるとは思えない。一方、四葉は日本企業だ。首尾よく入社すれば、滅多なことでは首を切られることはない。その点外資勤めのふたりは違う。不要と見なされればあっさり解雇。そんな厳しい環境下でキャリアを積み重ねてきたのだ。

格下の学歴に職歴。人間性に特に優れているというわけでもない。なんでこのふたりを落として杉田を選んだのか。その理由さえオリバーは語らなかった。

こいつに、俺と同等の能力があるってか？

そう思うとますます面白くない。第一、四葉をこの年齢で退職してわざわざ外資系企業に就職しようなんて人間は滅多にいるものではない。何かあるに決まってる。実に胡散臭《うさんくさ》いのだ。

しかし、採用の決定権はオリバーにある。

志村は肩で息をつくと受話器を取った。

「結果を伝えておいてくれ」。それがオリバーの仰《おお》せだった。

「ジョブ・ナビゲーションでございます」

女性の声がこたえた。

「カイザー・インターナショナルの志村です。桑原《くわばら》さんはいらっしゃいますか」

「お待ち下さい」

保留のメロディが『マイ・ウェイ』というのがいかにも人材斡旋会社らしい。

「桑原です」

チーフアドバイザーの甲高い声が聞こえてきた。

志村は改めて名乗ると、

「例の中途採用の件なんですが、結果が出まして――」

そういいながら、再びレジュメに目を落とした。

杉田の顔写真がある。

前髪をジェルで固めて立たせた短い頭髪。日焼けした顔。

同性の目から見てもイケメンには違いないが、どこか無頼な印象を受ける。

もちろん、商社マンはお堅いだけでは務まらない。遊びに通じてもいなければならないし、そもそもがエネルギーの塊のような連中だ。武勇伝のひとつやふたつあって当たり前ということも知っている。しかし、どうもこの男が醸《かも》し出す雰囲気自体が、志村には生理的に相容《あいい》れない。要は異人種。異物なのだ。

「杉田義英さんを採用するそうです」

志村は自分の決断ではないことを匂《にお》わせた。

「へっ……」

桑原は間の抜けた声を漏らす。

「びっくりすることたあないでしょう。杉田さんを候補に挙げてきたのは、あなたじゃないですか」

「いや、その通りなんですが……」

桑原は口籠《くちご》もると続けた。「でもまさか……。じゃあ、あのリクエスト、本気だったんだ――」

「リクエスト？　リクエストって何です？」

「あの……こんなこと申し上げていいのかどうか……」

「聞かせて下さいよ。そのリクエストを出したのも、採用を決めたのもオリバーですが、この人、わたしの部下になるんですよ」

「ですよね……」

桑原は溜《た》め息をつくと、「ここだけの話にして下さいよ」

そう前置きし、押し殺した声で話しはじめた。

「実はオリバーさんに今回の件で最初にお会いした時、こういわれたんです。能力に長《た》けていることはもちろんだが、『飛びっ切りの屑《クズ》』が欲しいって」

「飛びっ切りのくずう？」

志村は声を裏返らせた。

「そうはいわれましてもねえ……。うちだってご紹介する人間は事前に吟味しますもん。いくら仕事ができても、それ以外の部分に難がある方は、登録の時点でお断りしてるんです。困ったなと思っていたところに現われたのが杉田さんでして――」

「じゃあ、わけありの人間ってことですよね。どんなところが？」

「それは申し上げられません。個人のプライバシーに関わることですから」

「だけどオリバーは、その屑と見なされる理由を知ってるんでしょう？」

「もちろんです。今回の場合、その点が、クライアントのご要望なわけですから。オリバーさんには、こちらが知ってる限りのことをお伝えしましたよ」

「屑と判断されるようなことは、レジュメには書いてありませんけど」

「仕事柄様々な分野の企業にお勤めの方とお付き合いがありますからね。本人が語らずとも、いろいろと聞こえてきますから」

聞こえてくるというからには、よほどのことに違いない。ますます以《もっ》て胡散臭いやつだが、そう返されると言葉が続かない。

黙った志村に向かって、桑原はいった。

「でも、志村さん。御社の採用通知が、決定を意味するわけじゃありませんよ。杉田さんが、オファーレターの内容に同意しなければ話は潰《つぶ》れますし、同意したって半年間は試用期間です。その間に本採用に値せずと見なされれば、それまでなわけですから」

カイザーが提示する条件は、大商社の四葉と比べても法外な厚遇のはずだ。でなければ、桑原にしたって外資の投資銀行やコンサルティング会社に勤務する人間を候補に挙げてくるわけがない。つまり、オファーレターを出せば杉田は応じる公算が極めて高いということだ。

あり得ねえ。

どんな組織にだって採用基準というものがある。まして、単に人手を欲しているわけじゃない。ハードルは上がりこそすれ下がることはない。つまり、オリバーはわけありの部分に目を瞑《つむ》っても、杉田をカイザーに迎え入れるだけの価値がある人材だと踏んだのだ。

馬鹿《ばか》にすんな！

アメリカならば所詮《しょせん》、『極東の一私大卒』に過ぎない人間が俺様と同格だと？

その一点を考えただけでも腹が立つ。

「なるほど、試用期間ね」

志村はいった。

杉田を選んだオリバーの狙《ねら》いがどこにあるのかは分からない。しかし、こいつは部下になるんだ。評価を下すのは俺だ。

ぶっ潰してやる。

志村は口元を歪《ゆが》めた。

第一章

1

受付ロビーは東京湾に面している。

右手に大井埠頭《ふとう》が、遥《はる》か先には東京湾の出入り口が見える。

カーペットが敷き詰められた床。正面には無人のカウンターが設けられ、その上に内線電話が置かれている。背後には天井に届くダークグレーのボードがあり、金色で『KAISER　INTERNATIONAL』と記された文字と、シーザーと思《おぼ》しき横顔が刻まれたプレートが掲げられている。

杉田は腕時計に目をやり時間を確認すると、受話器を持ち上げた。

一時二十五分。指定された時間の五分前だ。

二度目の呼び出し音の半ばに、回線が繫《つな》がる。

「はい——」

秘書か。女性の声が聞こえた。

「杉田と申します。オリバーさんと一時半にアポがございまして」

「うかがっております。お待ちください」

ほどなくして、ドアの内側からオートロックのモーター音が聞こえ、白のブラウスにベージュのスカートを身に着けた女性が現われた。

三十前後といったところか。目の回りの濃い化粧に真っ赤な口紅が、いかにもアメリカ企業で働く女性らしい。

「オリバーの秘書をしております柏木《かしわぎ》と申します。どうぞこちらへ」

彼女の先導で、杉田はオフィスに入った。

ここを訪ねるのは二回目だ。

前回は最初で最後の面接。室内の様子を窺《うかが》う余裕などありはしなかったが、今回は別だ。ここが新しい職場になるのだ。

だが、廊下の両側は背丈を超える高いパーテーションで遮られ、中の様子は見ることはできない。密《ひそ》やかに鳴る電話の音。日本語と英語で交される会話が聞こえてくる。

所帯は然程《さほど》大きくはない。おそらく二十人程度か。それでも個々に与えられたスペースは十分な広さがあるようだ。ところどころに配置された観葉植物の緑が鮮やかだ。

捨てる神あれば、拾う神ありとはこのことだ。

杉田はほくそ笑んだ。

あのまま四葉にしがみついていたら、今ごろは島流し。山陰のとある県庁所在地の支店勤務をしていたところだ。身から出た錆《さび》とはいえ、あんなことをしでかせば、もはや挽回《ばんかい》の余地はない。国内支店を転々とするか、灼熱《しゃくねつ》の砂漠のキャンプで文字通り砂を嚙《か》むようなサラリーマン人生を送るのは必至であったのだ。実際、あの手の噂《うわさ》は瞬《また》く間に広がる。いまや一躍社内の有名人。いや、四葉の本社がある大手町界隈《かいわい》はおろか、同業他社の人間も知らぬ者を捜す方が難しい。

男性社員の好奇の目、女性社員の軽蔑《けいべつ》の眼差《まなざ》しに晒《さら》されながら、引き継ぎと引っ越し準備に追われる間に、駄目元で転職を試みたところが見事採用だ。

どうやら『武勇伝』も、レインボーブリッジで繫がる対岸の島には聞こえてはいなかったと見える。

しゃあっ！

オファーレターの内容も文句なし。いや、給与ひとつとっても四葉より遥かにいい。それに、この綺麗《きれい》かつ近代的なオフィス——。

杉田は両手を握り締め、軽くガッツポーズを取った。

柏木が突き当たりのドアを開くなり告げた。

「杉田さんがいらっしゃいました」

もちろん英語である。

「スジタさ～ん」

オリバーが立ち上がった。

身長百八十センチを超す偉丈夫だ。年齢は五十前後。僅《わず》かにグレーがかった黒髪。灰緑色の瞳《ひとみ》。糊《のり》が利《き》き、くっきりとプレスの跡がついた淡いブルーのワイシャツ。深紅のパワータイにサスペンダー。白人だが、肌はたったいまシャワーを浴びたかのように、薄いピンクに染まっている。

「ようこそ。ようこそカイザーへ」

オリバーは満面の笑みを浮かべながら歩み寄ると、手を差し出してきた。

英語圏の外国人に、『ＳＵＧＩＴＡ』を『スジタ』と読まれることには慣れている。いきなり訂正するのも大人げない。

杉田は軽く頭を下げながら、オリバーの手を握り返した。

二十畳ほどの部屋の一角に、ミーティング用の大きなテーブルがある。

そこに、ひとりの男がいた。

面接を受けた際にオリバーと同席していた男だが、名前は知らない。採用担当なのか、あるいはオリバーの部下なのか、それすらもだ。ただ、面接の時の応対からして、自分に好感を持っていないことだけは気づいていた。

それが証拠に、これから同僚になるというのに笑顔ひとつ浮かべるわけでもない。苦々しい顔をして、杉田を一瞥《いちべつ》するとぷいと視線を背ける。

てっきり紹介があるものだと思っていたが、

「そこへ掛けて——」

オリバーは彼の隣の席を指すと、ひとり正面に座った。

「さて、スジタさん。早速だが改めてわたしたちの仕事の内容、ミッションを話しておこう」

オリバーは切り出した。「カイザーは、世界各地でカジノを運営している企業だ。我々は二年後に完成するお台場のカジノの運営権を手にした。そして、わたしに課せられたミッションは、日本側の関係機関と調整を行いながら、期限内にカジノを完成させ、何よりも成功に導く盤石の基盤を造り上げることにある」

すでに承知のことだ。

杉田は黙って頷《うなず》いた。

「カイザーは巨大な組織でね」

オリバーは続けた。「営業中のカジノを運営、管理する組織、つまりルーティーンワークを行う確立された組織があることはいうまでもないが、それとは別に施設の改装や、新規にカジノを開設するに当たっての専門チームがいる。マーケティングリサーチからはじまって、開業後の損益シミュレーション、ゲームの種類、フロアのレイアウト、内装業者の選択、ゲーム機材の納入業者の決定、管理当局との折衝と、仕事は多岐に亘《わた》る。各分野のプロが必要に応じて離合集散を繰り返しながら、仕事を完成させていくのだが、プロジェクトをマネージメントする人間は、その地に常駐して完成までの全責任を負う。今回の場合、その任務を負っているのがわたしだ」

「すると、日本には大分以前から?」

杉田は訊《たず》ねた。

「運営権をカイザーが獲得してすぐに。もう二年になる」

「では、日本のことは十分ご承知なわけですね」

「少なくともデータの上ではね」

オリバーは片眉《かたまゆ》を吊《つ》り上げた。「この二年間、投資銀行や政府機関、民間のシンクタンクが出してきた膨大なデータの分析、マーケティングリサーチ、損益シミュレーションを行ってきたんだからね。いや、仕事量たるや膨大なものだったさ。費やした費用も半端《はんぱ》なもんじゃない。卓越したデータ処理能力、分析力、そして体力なくしては不可能であったことは確かだ」

隣に座る男が、その通りとばかりに顎《あご》を引いて胸を張る。

「だが、データはもう十分に出そろった。書類やコンピュータと格闘するのはもう終わりだ。プロジェクトは次のフェーズに入る。これから先メンバーに要求されるのは、これまでとは全く異なる能力なのだ」

オリバーはいった。

「それは何です？」

おそらく、それが自分に期待されている能力に違いない。

杉田は訊ねた。

「データには表れない日本人の嗜好《しこう》であり本性といったらいいかな。どうしたら、日本でカジノを成功させることができるか、つまり、お台場カジノを魅力溢《あふ》れるものにするクリエイティビティだ」

オリバーは杉田の隣に座る男に目を向けると、「というわけで、志村さん。君の仕事はここまでだ」

突然いった。

「はあっ？　ここまでって……」

志村は、きょとんとした顔で訊ね返す。

「首《クビ》だ」

オリバーは平然と告げた。

「首って……何でそんなことになるんですか！」

志村は血相を変えて食い下がる。

「いったろ。これから先に必要なのは、クリエイティビティ。学校じゃ教えてくれない。身に付けようにも身に付かない。個人の資質が大きく問われることになる」

「わたしにはその能力がないと？」

「データの処理能力、分析力に長《た》けていることは認めるが、ここから先に必要な能力が君にあるとは思えない」

「何を根拠に！」

「わたしの勘だ」

「かん……って……」

志村は椅子《いす》を蹴《け》って立ち上がると「ふざけんな！　どんな勘だよ！」

口角泡を飛ばして怒りを露《あらわ》にする。

「だって、面白くないんだもん。カジノはエンターテイメントビジネスだぜ。それも、屑《くず》……いや、欲と刺激を求める人間を相手にするんだ。君のようなお利口ちゃんに、彼らの気持ちが理解できるとは思えない」

「それが飛びっ切りの屑を選んだ理由かよ！」

えっ？　なに？　それって俺のこと？

杉田は思わずふたりの顔を交互に見た。

志村は勢いのまま続ける。

「俺のクリエイティビティが、この屑にも劣るってか！　冗談じゃねえ！　いったい誰のお陰でデータ分析ができたと思ってんだ！　てめえは、せっつくだけでこの二年間、楽を決め込んでただけじゃねえか！」

ついに志村は、オリバーを指差して罵《ののし》りはじめる。

「もう君にできる仕事は、ここにはないんだ。残念ながら……」

オリバーは改めていうと「ＩＤを――」

手を差し出した。

頭上から志村の荒い息が聞こえる。

ひえええ——。いきなりこれかよ……。

背筋に汗が滲《にじ》み出す。

解雇はある日突然やってくる。外資では日常的な光景だとはよくいわれるが、聞きしに勝るとはこのことだ。それも、一対一で告げるならまだしも、後任者の面前でだ。志村が怒りに駆られるのも無理はない。

「くそお、辞めてやる！」

もはや雄叫《おたけ》びだ。

志村は首にぶら下げていたIDカードをテーブルの上に叩《たた》きつけた。

「席に戻ることは許さない。私物は、今日のうちに纏《まと》めて、自宅に送る。スジタさんのオフィスを用意しなければならんからね」

「上着があるよ！」

オリバーは黙ってドアを目で指した。

怖くて志村の顔を見ることができない。

志村が荒々しく出口に向かう気配を感じて、杉田はようやく視線の端で彼の後ろ姿を追った。

「後悔すんぞ！　××××！」

振り向き様に最大級の罵声《ばせい》を浴びせると、志村はドアを開けた。

柏木が立っていた。

彼女は志村が解雇されることを知っていたらしい。上着と鞄《かばん》を手にしている。

「ざけんな！　なんなんだよ、この手回しのよさは！」

志村の言葉が終わらぬうちに、柏木がドアを閉めた。

2

「失礼した。話を続けよう」

オリバーは何事もなかったように、静かにいった。

「その前にオリバーさん……」

「デニーで結構」

「OK、デニー……。彼、飛びっ切りの屑っていいましたよね。あれってわたしのことですか？」

杉田は訊ねた。

「インペリアルパレス《皇居》を見ながら、お楽しみだったんだってな。それもバックから

――」

オリバーは吹き出した。ピンク色の顔がみるみるうちに赤くなる。

えっ！　知ってんの？

身の置き所がないとはこのことだ。

「さぞや気持ちよかったろうなあ」

ぶあっはっはっはっ――。

オリバーは、ついに腹を抱えて笑い出す。

顔が俄《にわか》に熱を帯びる。額にどっと汗が噴き出してくる。

杉田は、言葉を失い俯《うつむ》いた。

山陰の支店に飛ばされることになったのは、情事の現場を押さえられたことがきっかけだった。

巷間《こうかん》『組織の三菱』『人の三井』といわれるように、商社にはそれぞれ社風がある。四葉の場合は『野武士の四葉』だ。ひと昔前に比べれば、女性の総合職も多くなり、行儀のいい社員が多くなったのは事実だが、それでもエネルギーの塊のような男性社員は数多《あまた》いて、よく働き、よく遊ぶ。古くからの社風はいまだ健在だ。

有り余るエネルギーのはけ口は、男女関係にも如実《にょじつ》に現われる。社内恋愛はもちろん、不倫でさえも珍しくはない。非常階段で社員同士が抱きあっていたなんて話はまま耳に入るし、関係が縺《もつ》れたのか、社員食堂で擦違い様に、女子社員が男性社員の頭からカレーライスをぶちかました光景を目《ま》の当たりにしたこともある。スパゲティというのもあった。そんな社風ゆえ、「自分の娘は絶対に四葉だけには入れない」と公言する社員も少なくない。

まして、頻繁に国の内外への出張に追われるとあっては、独身者が恋愛の対象を社内に求めるのは自然の成り行きというものだ。

非鉄部門の女子社員、山瀬美穂《やませみほ》と付き合いはじめたのは一年前。エネルギー部門は、相場が相手だ。勤務時間も不規則ならば、市場は二十四時間世界のどこかで開いている。世界情勢にも大きな影響を受けるから、おちおち休んでもいられない過酷な仕事だ。

外での逢瀬《おうせ》もままならぬ。会っている最中も、片時もスマホを離せない。妙な話だが、相場をモニターしている同僚がいる社内が、実は一番安心していられる場所なのだ。

皇居が一望できる会議室で……といい出したのは美穂だった。

実に大胆極まりない提案だ。第一、不敬である。

だが、試みてみたところが実にいい。緑豊かな皇居。溢れんばかりの日差しを浴びながらの行為はスリルも相俟《あいま》って、興奮することこの上ない。それに、考えてみると会議室は予約制だ。入り口のプレートが使用中となっている部屋に入ってくる社員はいやしない。ましてタダときている。

杉田は美穂との会議室での情事に溺《おぼ》れた。

まさに白昼の死角。誰がこんな場所をラブホ代わりにし、仕事中にコトに励んでいると考えるだろうか……と思った。

ところがだ。いたのだ。

会議室を管理するのは総務部だが、そこに美穂が頻繁に同一の会議室の予約を取ることを、不審に思った暇なやつが――。

ドアをそっと開けてみたところが、目に飛び込んできたのは重なり合うふたつの尻《しり》。いかに男女関係に緩い四葉とはいえ、さすがに勤務時間中の情事を見逃すわけにはいかない。報告はすぐさま直属上司に上がり、大問題へと発展した。

もっとも「結婚する」といえば、ふたりの今後のこともある。内々に処理されたのかも知れないが、結婚を切り出した途端、美穂は「そんなつもりは毛頭ない」という。遊ばれたのか、それともスキャンダルの現場を押さえられた杉田に将来はないと踏んだのかは分からない。こうなると、単なる『職務中の交尾』だ。ふたりを同じオフィスに置いておくわけには行かぬと上司はいいだした。

その頃になると噂は社内に広がっていたので、美穂はいたたまれまい。会社を辞めるのではないかと思ったが、本人はどこ吹く風だ。「現場を見られちゃっただけで、みんなやってんじゃん」といい出す始末。

美穂は転勤なしの一般職だ。となれば、総合職の杉田を飛ばすしかない。かくして、杉田の山陰行きが決定したのだが、まさかオリバーの耳にまであの一件が届いているとは……。

「いいねえ」

えっ？

視線を上げたその先に、笑いの余韻を引きずって涙目になったオリバーの顔があった。

「これからのフェーズに必要なのは、まず欲望に正直である人材だ。カジノの成否は、人間の理性の箍《たが》を外し、いかに欲望と興奮を掻《か》き立てるかにある。つまり、背徳と退廃への快感をどう覚えさせるかだ。自ら理性の箍を外した経験を持つ君は、その条件を満たしているといっていい」

買われているのか、貶《けな》されているのか分からない。

「はあ……」

間の抜けた返事をする杉田に向かって、オリバーは続けた。

「それに大の遊び好きというところもいいね。取引先の人間は、君との出張をことのほか喜ぶとか」

そんなことまで……。

杉田は、目を丸くして身を硬くした。

「驚くほどのことかね」

オリバーはにっと歯を見せて笑うと、「インペリアルパレスの件は、大手町はもちろん、業界じゃ有名な話だそうじゃないか。あんな話を聞かされりゃ、どんな男なのか誰しも興味を持つさ。日頃の行状、仕事ぶりも含めてね。そして、人材会社の情報収集力は、君が想像しているよりずっと高い」

わけもなくいった。

四葉のエネルギー部門の最大顧客は、莫大《ばくだい》なガスや石油を必要とする電力会社でありガス会社だ。現地視察と称して頻繁に産出国に出張するのだが、もちろん、実際に商談を仕切っているのは四葉で、その実態は観光旅行に毛の生えた程度のものでしかない。

エネルギー産出国は概して戒律が厳しく、現地で羽を伸ばすことはままならない。そこで帰途、東南アジアの金融センターの視察と称してシンガポールに立ち寄るのだが、案内役の本領を発揮するのはそれからだ。

食わせ、飲ませ、遊ばせと、徹底した接待を行うのだ。

電力、ガス会社の社風は役所そのもの。社員もまた堅物揃《かたぶつぞろ》いだが、その分だけ人目を気にすることはない外地での弾《はじ》け方は半端じゃない。夜を徹して遊び呆《ほう》けることになるのだが、杉田にしたって飲む、打つ、買うはお手のものだ。ましてシンガポールから日本への機中では、彼らが会社に提出する出張報告書まで代筆してやるのだから、悪い評判が立つわけがない。

「そういうところが彼には、徹底的に欠けていてね」

彼とは志村のことか。「確かにデータ処理、分析能力には長けている。だがね、これまでは日本にカジノを設立しようと目論《もくろ》んでいた投資銀行や官庁が提出してきた試算の検証作業だ。お台場カジノを運営するのがカイザーと決まった以上、どうでもいい作業だったのだ」

果たして、オリバーはいう。

「どうでもいい作業に二年もの時間を費やしたんですか？　大金を投じて？」

「保険だよ」

「保険？」

「試算なんてもんは前提条件次第でいくらでも変わる。投資銀行や官庁が提出してきた試算は希望的観測に基づいた夢物語。とても現実的な代物《しろもの》じゃないのは、プロが一読すればすぐ分かる」

「でも、その夢物語に乗って、カイザーは日本進出を決めたわけでしょう？」

「カイザーはそれほど馬鹿《ばか》じゃない。あんなもの端《はな》から信じちゃいないよ」

オリバーは鼻で笑った。

「じゃあどうして？」

「企業にとって、最も恐れる状況は何だと思う？」

咄嗟《とっさ》には思いつかない。

杉田は黙った。

「停滞だ」

オリバーは一転して真顔になった。「市場が頭を打つ。事業拡張の勢いが削《そ》がれることだ。特にカジノの場合、客が実際に入らんことには話にならんからね。かといって、めったやたらに施設を増やすこともできない。市場を掘り起こすにも限度がある。つまり、エネルギービジネスと同じなんだよ。ひとつの井戸の埋蔵量には限りがある。産出量を増やすためには、新しい井戸を掘るのが最も手っ取り早いのだ」

すごい説得力——。

「なるほど」

杉田は頷いた。

「先進国でカジノがないのは、日本ぐらいのものだ。カイザーにとっては最後に残された新規市場。いわばラストフロンティアなんだ。やつらの目論みが夢物語なのは百も承知だ。ならば、そうならないような策を考えろ。それがわたしに与えられたミッションなのだ」

「つまり、不可能を可能にしろと？」

「誰がやったって、不可能なものを可能にはできんよ」

オリバーは首を振った。「この二年の間に、我々は日本の行政機関が整備しようとしている法律や人口動態、経済環境の変化、国際情勢、その他諸々《もろもろ》の条件を加味して六十を超えるシミュレーションを行った。その結果、最も現実的と思われるケースでは、お台場カジノの収益は、当初想定には遥かに及ばないという結論に至った。もちろん、そのことは上層部にも報告したし、彼らも認めざるを得なかった」

「あなたは、そうなることを事前に警告した。失敗してもあなたは責任を問われない。それが保険という意味なわけですね」

「そして、想定を上回る結果が出れば、わたしの功績になる」

オリバーは眉を吊り上げた。

四葉にもこの手の人間は少なからず存在する。だが、日本企業においては生殺与奪の権を直属上司が握ることはあり得ない。その点、志村をいとも簡単に切って捨てたところを見ると、カイザーは全く別のルールで動く組織のようだ。それが外資の流儀だとしても、物凄《ものすご》い割り切りぶりだ。

大変なところに来ちまった——。

まんまと転職を果たした喜びは、どこかに消し飛んでいた。

志村の姿は明日の我が身だ。山陰でのんびり過していた方が、よっぽどマシだったかも知れない……。

思わず杉田は、生唾《なまつば》を飲み込んだ。

「スジタさん」

オリバーが語りかけてくる。「カジノにはふたつのタイプがある」

「ひとつは、ヨーロッパにあるような紳士淑女の社交場。もうひとつは、勝つか負けるか、欲と刺激に魅せられた人間が集まる鉄火場だ。カイザーは、お行儀のいい紳士淑女が集まる社交クラブの運営に興味はない。いかにしてカネを溝《どぶ》に捨てさせるか。利益を追求する『企業』なんだ。さて、そうなると、効率良く利益を上げるためには、どんな人間をターゲットとしなければならないと思う？」

「どんな人間といわれましても……」

その時杉田の脳裏に浮かんだのは、宝くじの窓口に押し寄せる人波であり、車券や馬券を握り締め、公営ギャンブルに興ずる人々の姿だった。「金持ちほど利に敏《さと》いといいますからね。少ない元手で一攫《いっかく》千金を夢見る一般大衆を、いかに多く集めるかってことになるんじゃ——」

「そうじゃない」

オリバーは首を振った。「実は、カジノの最大の顧客はその金持ちでね。それも普通の金持ちじゃない。富豪と称される飛びっ切りの大金持ちだ。どこのカジノでも収益の八割は、彼らが落とすカネなんだ」

「えっ……そうなんですか」

「はい……」

「なぜか分かるかね」

オリバーは問い掛けてくる。

「そりゃあ、おカネに余裕があるからでしょう」

杉田は返した。

ありきたりなこたえだが、そうとしか考えられない。

「カネに余裕がある。確かにその通りだ。だがね、カネというのは不思議なもので、集まるところに集まるんだ。そして、そういうやつらのカネは黙っていてもどんどん増えて行く。もちろん、消費に励む者もいる。だが、それにも限度というものがある。第一、消費には必ず飽きがくる。すると、今度は刺激とスリルを求めたくなる」

「そんな人間が、世界にはごまんといると？　何かぴんときませんね。一代で財を成した創業者がカジノに溺れたなんて話は聞いたことがありませんし、莫大な資金を運用する投資家だって――」

「投資は立派な博打《ばくち》だよ」

オリバーは杉田の言葉を途中で遮ると断じた。「それに、金持ちも様々ならば、カジノで大金を使う目的もまた様々なのさ。たとえばわたしの前任地のマカオだ。マカオのカジノの客は大半が中国本土の人間。それも大金を使うのは成金だ。経済成長の波に乗って財を成した人間がいるのは確かだが、なんせ一党独裁国家だ。事業の成功も党との癒着があればこそ。許認可を一手に握る高官には応分のカネが入る。つまり、利権を握った人間には、黙っていても莫大なカネが転がり込んでくるというわけだ」

もちろん、中国社会が腐敗に塗《まみ》れていることは知っている。

「なるほど」

杉田は頷いた。

「労せずして摑《つか》んだ泡銭《あぶくぜに》だ。スリルと興奮の代償に大金を溶かすやつもいる。だが、連中がカジノに大挙して押しかける目的はそれだけじゃない」

オリバーは意味あり気に口元を歪《ゆが》めると、人差し指を突き立てた。「彼らが摑んだカネは、表に出せない。海外に持ち出そうにも銀行は使えない。そこでひと役買うのがカジノだ。誰がどれだけ勝ったか負けたか、いちいち記録してるわけじゃない。現金をチップに換えちまえば、百ドルが実は一万ドルでやり取りされていても誰にも分からない。いや、実際に勝負をしたかどうかさえ誰にも分からんのだよ」

「マネーロンダリング？」

杉田は語尾をつり上げた。

「しかし、それも過去の話だ。中国政府が腐敗撲滅政策を掲げてからは、おおっぴらにカネを使えなくなってしまったからね。特に、中国のお膝元《ひざもと》のマカオで派手なゲームに興じようものならたちまちバレる。おかげで、マカオに往時の賑《にぎ》わいはない」

オリバーは、お手上げだとばかりに肩を竦《すく》め、「いうだろ。『水清ければ魚住まず』って――」

といった。

日本の諺《ことわざ》はそれで終わりだが、英語のそれには続きがある。

「『されど、水清ければ月宿る』でしょ」

杉田は返した。

純粋な心の中に、理想とする高い目標を掲げることができるという意味だ。

「あいにく、我々には高邁《こうまい》な理想なんてものはないんだよ」

オリバーは口元を歪ませる。「スリルと興奮に毒されて、大金を湯水のように使う。違法行為で稼ぎまくったカネを表に出すために、カジノを使う。どれも人間の屑のやることだ。そして、そこにつけこみ、いかにして尻の毛まで毟《むし》り取るか。それを考えるのが俺たちの仕事だ。金持ちだけじゃない。貧乏人だって容赦しない。その点からいえば、俺たちもまた飛びっ切りの屑だ」

屑の気持ちは屑にしか分からない。だから俺を選んだってか。

くそっ、馬鹿にしやがって——。

早々に辞意を告げ、この場を立ち去ろうと思ったが、四葉をすでに退職した身だ。新たに職を求めようにも、現職と浪人とでは条件に雲泥の差がある。足元を見られて、買い叩かれるのがおちだ。

第一、日頃の放蕩《ほうとう》が祟《たた》って蓄えがない。ひと月ももたないうちに干上がってしまう。

「そこが、まともな頭を持つ人間には分かっちゃいないんだな」

オリバーは杉田の内心など斟酌《しんしゃく》する気配もない。「後で渡すが、日本がカジノ誘致に熱を上げはじめたのは、アメリカの投資銀行プラチナ・グローブのレポートを日本の政治家が頭から信じたからだ。お台場カジノに落ちるカネは一兆五千億円。経済波及効果七兆七千億円。こんな数字がどこから出てきたか想像がつくか？」

後で渡すというレポートの内容だ。

そんなことが分かるわけがない。

杉田は首を振った。

「パチンコの市場規模だ。日本には千三百万人のパチンコ人口があって、ひとりが年に二十三万円負けている。日本にカジノができれば、その半分が押しかけて来んだとよ」

　オリバーは吐き捨てた。

「半分って……。パチンコ屋なんて、日本中どこにでもあるんですよ。当面カジノはお台場ひとつでしょ？　年に一回にしたって、パチンコやる人の半分が、日本各地からお台場まで足を運ぶなんてあり得ませんよ」

「さらにお笑いなのは、想定している客の七割から八割が、日本人だってこった。それも、ひとり十七万円をカジノで使うんだとさ」

「それじゃ、パチンコやるおカネなくなっちゃうじゃないですか。第一、交通費かかるんですよ。宿泊代だっているでしょう。それを考えたら十七万円もカジノで使えるわけないじゃないですか」

　それが本当の話だとしたら、とても現実的な試算とは思えない。でっち上げそのものだ。

「日本の政治家は、デイドリーム・ビリーバーなんだよ」

　オリバーは肩を竦めた。「もっともプラチナ・グローブに限らず、投資銀行のやつらの狙《ねら》いはプロジェクトファイナンスにある。政治家連中にしたって、カジノができるってだけで大きな利権を手にすることができるんだ。蓋《ふた》を開けて見たら、絵に描いた餅《もち》。赤字になったところで、知ったこっちゃない。要は、禿《は》げ鷹《たか》に毟られ、政治家に毟られて、ツケを回されるのは日本国民ってことになるんだよ」

「それは、カジノを運営するカイザーもでしょ？」

「このままならばね」

オリバーは頷いた。「だから、そうならないための手段を考えなければならんのだ」

「どうやって？」

聞き返した杉田に返ってきたのは、拍子抜けするようなこたえだった。

「それをわたしと一緒になって考えていくのが君の仕事だ」

しかし、全く方向性が定まっていないというわけではなさそうだ。

「キーになるのは、外国人だ」

オリバーはすぐに続けた。「カジノの収益の八割は、金持ちが落とすカネだといったね」

「ええ――」

「どこのカジノにもＶＩＰルームというものがある。投資銀行の連中は、日本人がひとり十七万円のカネを落とすというが、はっきりいってＶＩＰルームで飛び交うカネは桁《けた》が違う。ひと勝負でも、その十倍以上のカネが賭《か》けられるのはざらだ」

「十倍以上！」

「彼らにとって、その程度のカネは鼻くそだ」

オリバーは平然とこたえた。「つまり、VIPがひとり来りゃあ、パチンコやってる人間が百人、千人来るのと同じくらいのカネが飛び交うってことになる」

「そんな人間が、ごまんといるわけですか？」

「いる」

オリバーは大きく頷いた。「そうした太い客を連れて来るのがジャンケットだ」

初めて耳にする存在だ。杉田は黙って聞き入った。

オリバーは続ける。

「ジャンケットは、世界中に顧客を持っている。飛行機は、もちろんファーストクラス。時にはプライベートジェットを用意し、ホテルを手配し、ツケで遊ばせる。そして、その客がカジノに落としたカネの一定割合が彼らの取り分だ。要は、カジノにおけるコンシェルジュ。はっきりいえば『ぽん引き』だ」

「でも、飛行機代とか宿泊代は、全部客が――」

「我々の負担だ」

オリバーはあっさりといった。「当たり前だろ。千万、億単位のカネを落としてくれんだぞ。ディーラーの給料なんて、相手が観光客だろうがVIPだろうが変わらない。そして、ゲームはゲーム。ルールも同じなら、道具も同じ。つまり、百ドルしか使わない客も百万ドル単位のカネを使う客も、コストは同じだ。それだけのカネを落としてくれるなら、ファーストクラスにスイートルームをただで用意したって安いもんだ」

「客が勝ったら？」

「時には勝つさ。だが、トータルでは必ず負ける。それがカジノだ。現に客が来なくなって潰《つぶ》れたカジノはあっても、客にカネを巻き上げられて潰れたカジノはない」

オリバーは断言する。

目が眩《くら》む。

なんだか、話が俄然《がぜん》面白くなってきた。

杉田は思わず身を乗り出した。

「さて、そうなると問題になるのは、どうやって日本にVIPを呼ぶか。つまり、お台場にやって来る動機づけだ」

オリバーは、テーブルの上で手を組んだ。「バカラ、ブラックジャック、ルーレット、シックボー……。ルールも、払い戻し倍率も同じ。シンガポール、マカオ、ラスベガス、どこでやろうとね。それでわざわざ日本くんだりまでやって来る理由がどこにある」

「日本料理は文化遺産に登録されるほど海外でも人気です。ブランドショップもあれば、歌舞伎《かぶき》や相撲とエンターテイメントだって——」

「そりゃ観光客の話だ」

オリバーは鼻を鳴らした。「いったろ、一般客はカネにならんのだ。VIP連中がカジノにやってくる目的はゲームだ。彼らは夜を徹して勝負に没頭する。疲れれば部屋に戻って寝る。起きたらまた、勝負だ。それを時間が許す限り続けるんだ。そしてまず家族は同道しない。そもそも観光なんかに興味はないんだよ。マカオなんて、客の半分が一泊もしないで帰っちまってんだぜ」

「純粋に観光目的で来日した外国人が、カジノに落とすカネなんか知れてるでしょうしね」

「訪日外国人の消費額がいくらか知ってっか？」

杉田は首を振った。

「ひとり約十五万円。突出して大きいのが中国人だが、それでも二十三万円だ」

「微妙なところですね。買い物だけに限れば、結構な額といえるかも知れませんが、それに加えてカジノでどれだけ使うかとなると——」

「もちろん、これは平均値だ。財布を持たない子供もいれば、年金暮らしの高齢者もいる。個人差があるのは確かだが、カジノができたからって、額が激増するとは思えない。観光客の目的は、カジノじゃないことは確かなんだからね」

理は圧倒的にオリバーにある。

なるほど、このままではお台場カジノは失敗するというわけだ。

「それに、エンターテイメントというがね。海外の人間を魅了するエンターテイメントなんてものが日本にあるのかね」

オリバーはいった。「確かに相撲、歌舞伎はエキゾチズム溢れるものには違いない。だが、それを常設するってわけにはいかないだろ？　ラスベガスなら、一世を風靡《ふうび》した大スターの公演が常にあるが、日本人のスターなんて海外では知名度ゼロだ。ミュージカルにしたって、歌詞は日本語。それも、本場のクオリティーにはほど遠い。そんな物に高いカネを払う物好きがどれほどいるかね」

「まずいないでしょうね……」

杉田は声を落とした。

「普通の頭を持つ人間ならば、そう考える」

オリバーは背凭《せもた》れに体を預けると、足を高く組んだ。「ところが、日本側の連中は、カジノができさえすれば人は集まる。頭からそう信じて疑わない。それどころか、法でがんじがらめにしてクリーンなカジノにしようってんだ」

ごっとん、ごっとん——。

コンクリートポンプ車の稼働音《かどうおん》が、部屋の中に重く響く。

「冗談じゃねえ」

オリバーは吐き捨てた。「クリーンなカジノなんて、世界のどこを探したってあるわけがない。そもそも、博打はどこの国でもご法度《はっと》だ。だから、街から離れた所に特別な地域を造り、社会から隔離する。それを都会のど真ん中に造っておきながら、クリーンもへったくれもあるもんか」

「端から外国人なんかあてにしてない。日本人の懐《ふところ》を狙っているというわけですね」

そうとしか思えない。

「それもパチンコにどっぷり嵌《は》まったやつらの懐をな。だがな、それじゃあビジネスになんねえんだよ。何度もいうが、カジノの上がりの八割はＶＩＰだ。彼らをここに呼び寄せる仕組みをつくり上げねえことには、カイザーは大損害を被《こうむ》ることになるんだよ」

オリバーはくるりと椅子を回転させ窓を向き、「スジタさん。何でこんな騒々しい場所にオフィスを構えたか分かるかね？」

と訊ねてきた。

東京湾を一望できる素晴らしい眺望とは全く違い、窓の外に見えるのはカジノが入る高層ビルの建設現場だ。

「いえ……」

「この光景がわたしのプロジェクトのマイルストーンだからだよ。外観が整えば、開業までは僅《わず》かしかない。その頃にはどんなゲームを行うか、レイアウトはどうするか、従業員の募集、教育、管理システム、全《すべ》ての準備を整えておかなければならんのだ。つまり、自らにプレッシャーを与えているわけだ」

オリバーはそこで言葉を区切ると、再びこちらを向き、「それは同時に、アシスタントマネージャーになる君のプレッシャーでもあるわけだ」

杉田の目を揺るぎない視線で捉《とら》えながら立ち上がった。

オリバーはゆっくりとした足取りで、執務席に向かう。そしてキャビネットを開け、ふたつのファイルを手にすると、デスクの上に置くなりいった。

「プラチナ・グローブのレポートと、我々が行ったシミュレーションだ。目を通しておいてくれ。今夜の飛行機の中ででも――」

「今夜の飛行機？」

「シンガポールに一緒に行ってもらう」

オリバーはいった。「君には一刻も早くこの業界のことを理解してもらわなければならない。そのためには、現場を見るのが一番だ。飛びっ切りの屑が集まる場所を案内しよう。ただし、一泊四日の強行軍だがね。スジタさん。パスポートは持ってんだろう？」

どうやら話は、これで終わりのようだ。

「もちろん」

杉田は領《うなず》くと、はじめていった。「ひとつだけ。わたしの名前は『スジタ』ではありません。『すぎた』です」

3

頭の上で、船内電話が鳴った。

朦朧《もうろう》とする意識の中、杉田は手探りで受話器を取った。

「時間だ。ロビーで待っている」

オリバーの声が告げた。

もうそんな時間かよ……。

腕時計に目をやった。針は午後六時十五分を指している。

「分かりました――」

杉田は受話器を戻しながら罵った。

休養十分だってか。こっちの身にもなってみろ――。

日付が変わる直前に羽田を発《た》ち、シンガポールまで約八時間の飛行中、オリバーはミールサービスのワインをがぶ飲みして、到着直前まで爆睡だ。一方、こちらは資料の読み込みに追われ、一睡もできなかったのだ。

「現場を見るのが一番だ」というからには、マリーナベイ・サンズかセントーサか。いずれにしても、豪華なリゾートホテルに違いあるまい。そこでたっぷりシャワーを浴びて――という期待も甘かった。

空港でタクシーに乗り込んだオリバーは、確かに「セントーサ」という言葉を口にはしたが、続けて「国際旅客ターミナル」と運転手に告げた。

そこに待ち構えていたのが、総トン数七万五千の大型客船、『キング・オブ・ギャラクシー』だった。

なんで客船？

豪華客船も悪くはない。大抵の客船にカジノが併設されていることも知っている。しかし、現場を見るのが一番だというなら、やっぱりマリーナベイ・サンズかセントーサじゃないのか――。

ところがオリバーは、意味あり気な笑いを浮かべるだけで、質問にはこたえない。

もっとも、そんなことはどうでも良かった。

確かにビジネスクラスのフライトは快適だったが、疲労は移動距離に比例する。まして、出社初日にいきなりの出張で、かれこれ三十時間も寝ていない。徹夜仕事には慣れっことはいえ、明日は寄港地のペナンからクアラルンプール経由で日本へとんぼ返りというハードスケジュールだ。つまり、仕事は今夜。それも、夜を徹してのものになるのは間違いないのだ。

とにかく寝なきゃ――。

しかし、手続きもあれば、乗船直後には乗客総出の避難訓練がある。

結局横になれたのは、出港時刻の午後三時。たった三時間ちょっとの睡眠だ。

瞼《まぶた》が重い。再び睡魔が襲ってくる。

眠りに落ちかけた杉田の耳元で、今度は目覚ましをセットしていたスマホが鳴った。

杉田は舌打ちをしながら跳ね起きた。

ポロシャツにスラックスを身に着け、部屋を出た。

両側にずらりと客室のドアが並ぶ長い廊下を早足で歩き、突き当たりにある階段を上り切った途端、目の前に広大な空間が開けた。

三階までが吹き抜けになったロビーである。船首側の正面に設けられた階段は、宝塚のフィナーレで用いられるように幅が広く、十段ばかり上ったところから、なだらかなカーブを描きながら左右に別れる。その背後に置かれた一対の巨大なライオンのオブジェ。回廊となっている二階、三階部分には、有名ブランドの店舗がずらりと並ぶ。天井に無数のＬＥＤ照明が大河のように煌《きら》めいているのは、船名の『ギャラクシー』を模したのだろう。白から黄、オレンジ、赤へと色を変えながら見事なグラデーションを織りなしていく。

「少しは休めたか」

オリバーが訊《たず》ねてきた。

「十分とはいえませんが——」

杉田はこたえた。「旅の疲れを癒《いや》すには風呂《ふろ》が一番なんですが、生憎《あいにく》バスタブがありませんでね」

「酷《ひど》い部屋だろ？」

オリバーはにやりと笑った。

飛行機はビジネスクラスを使ったくせに、けちりやがって――。

胸中で毒づきながら、杉田は肩を竦めた。

確かに酷い。いや、居住環境としては劣悪といっていい。なにしろ部屋は船腹の中央部。窓すらない最低ランクだ。身長百七十五センチの杉田が手を伸ばせば届きそうなほど天井は低いし、シャワールームに至っては、体を入れれば身動きがままならないほど狭い。乗船時、廊下は客室に入る乗客でごった返したが、飛び交う言語は中国語、タイ語、ヒンドゥ語。長旅の果てに辿《たど》り着いたばかりなのか、香水や汗塗れの体臭が狭い空間に充満し、客船どころか難民船かと思ったほどだ。

「客船の船室には基本的に豪華な設備は必要ないのさ」

オリバーはいった。「なぜなら、圧倒的多数の乗客は、船の中の施設やエンターテイメントを楽しむために来ているからだ。部屋なんか、荷物を置くスペースと寝床があれば十分だ。目を瞑《つむ》っちまえば、最高級のスイートだろうが、物置き同然の部屋だろうが同じだからな。バスタブを欲しがるのは、行動に制限があるジジババぐらいのもんだ」

いわれてみれば、ここに来るまでの間、客室階では人っ子一人見かけなかったことに、杉田は改めて気がついた。

それに比べてここは凄い人出だ。しかも、家族連れや若いカップルの姿がやたら目につく。

シンガポールからペナン、プーケットとリゾート地を巡ることもあるのだろう、服装もカジュアルで普段イメージする船旅とは偉い違いだ。

「確か、施設の利用はただ。食事もブッフェスタイルの食堂はただ。ソフトドリンクも飲み放題。それに、ひとり三百ドル分のクーポンのプレゼントでしたっけ」

乗船手続きの際に、コンシェルジュから受けた説明を思い出しながら、杉田はいった。

「飯を食い、プールで遊び、ジムに行き、映画やミュージカル、マジックショーを見て、なあんてことしてたら、二泊三日のクルーズなんてあっという間だ。まして、元取るだけじゃ気が済まねえ。とことん得しようってのが人間だ。部屋でじっとしてるわきゃねえだろ」

「クルーズの料金は結構するんでしょうしね」

「ぜ〜んぜん」

オリバーは首を振った。「俺たちの部屋は、ワン・クルーズ、ざっと三百四十シンガポールドル。スーパーピークだって五百二十ドルだ」

一シンガポールドルがおよそ八十四円。それで換算すると、二万八千円といったところか。

それで三日間の船賃どころか、飲食も、船内の施設、エンターテイメントも全て無料となれば、べらぼうな安さだ。

「そんなんでビジネスになるんですか？」

眠気も吹き飛ぶ。「燃料代に人件費。船のメンテナンスに償却費。港湾使用料だってかかんでしょうが。クーポンをフルに活用されたら、二泊分の料金はほとんどちゃらになっちゃうじゃないすか」

杉田は目をむいた。

「それでも十分やっていける絡繰《からく》りがあんだよ」

オリバーは片眉《かたまゆ》を吊《つ》り上げた。「この会社はムーンクルーズといってな、この船と同じ大きさの客船を七隻《せき》も持っている」

「七隻って……じゃあ毎日運航してるんですか？」

「ルートが様々なら、日程も三日から一週間と幅があるが、基本的にはシンガポールを起点として、ほぼ毎日船が出る」

確か、この船の最大乗客数は千八百五十人。船旅は世界的ブームだが、シンガポールくんだりまでやってきて、クルーズに出かける人間が、そんなにいるとは——。

「まあ、その程度のカネで宿と食事の心配をせずに、三つの国を訪ねることができるとなりゃあ、人気が出るのも当然かもしれませんけど……」

となると、料金に含まれない収益源があるはずだ。

杉田はロビーの一角にある、旅行案内所に目をやった。

船の移動は、夕刻から翌朝にかけて。昼間は寄港地に停泊し、乗客は下船し観光に出る。所謂《いわゆる》オプショナルツアーというやつだが、これは全て別料金だ。

カウンターの背後の壁には、寄港地で開催されるツアー内容を記した案内が掲げられており、乗客の列ができている。

「違う、そうじゃない」

杉田がなにをいわんとしているのか察したのだろう。オリバーは、首を振ると続けていった。

「確かにツアーも収入源のひとつだが、そんなものから上がる利益は大したもんじゃない」

「じゃあ、なんです」

「最大の収益源はカジノだ」

オリバーは、断言した。「この船はカジノ船なんだよ」

「本当すか？」

杉田が問い返すと、

「睡眠不足で頭が回んねえか。じゃなかったら、なんでわざわざこんな船に君を乗せんだよ」

その通りだ。

しかし、客船のカジノなんてものは、長旅に飽いた乗客が暇つぶしに訪れる、謂《い》わば手慰みの場のようなものじゃないのか。

「そりゃあそうでしょうけど……。でも、これだけ娯楽施設が完備されてんですよ。カジノに興ずるために、わざわざ船旅をしようって人間がどんだけいるんですかね」

どうにもぴんと来ない。

杉田は小首を傾《かし》げた。

「まあ、君がそう考えるのも無理はない。ムーンクルーズはカジノの存在を広告でもほとんど謳《うた》わない。むしろ隠したがってるからな」

「それじゃ、客が来ないじゃないすか」

「必要ないんだ」

オリバーはあっさりと返してきた。「カジノ目当ての客は、黙ってたって押しかけて来るからな。第一、この船の実態がカジノ船だなんて知れてみろ。健全な船旅のイメージが台無しだ。カタギの客が尻込《しりご》みしちまう。船賃を極力安くしてんのは、航空会社と同じ理由だ」

「航空会社？」

「どこの航空会社も、エコノミークラスの料金なんて、定価があってねえようなもんだ。ばんばんディスカウントしてんだろ」

「それが？」

「あれはな、空気を運ぶより、なんぼかでもカネになった方がマシだからだ。利益を齎《もたら》すのは貨物とビジネスクラス、そしてファーストクラスの客だ。つまり、本当に客っていえんのはＶＩＰだけなのさ」

「じゃあ、この船のカジノにもＶＩＰルームがあって、でかい勝負が繰り広げられると？」

「博打うちを、逃げ場のない船に三日間も閉じこめてたら、どんなことになるか考えてみろ」

オリバーは、くっ、くっ、くっ、と肩を震わせた。「このクルーズを考えたやつは、ある意味天才だね。ロングクルーズじゃ、ギャンブラーの集中力も続かない。ところがショートクルーズとなれば話が違う。賭場《とば》が開くのは船が領海を出てから。つまり、移動中の夜だ。ひと晩ならば、体力も集中力も十分持続する。港に入れば、部屋に戻って休息を取る。船が次の港に向けて動き出せば、また賭場が開く。負けりゃ、今夜こそは取り返す。勝てば勝ったで、今夜もって気になんだろさ。三日ってのは、実に絶妙な期間なんだよ」

「そうか。一般乗客にしたって、三日間のうちに体験できるものは全て体験したいって思うでしょうしね。まして、カジノが開くのは夜だ。寝る前にひと勝負って気にもなるかも……」

「グッドポイント」

オリバーは人差し指を突き立てた。「それに一般乗客は、端からカジノで儲《もう》けるつもりはねえからな。ゲームに興じるのは、大抵が手元のチップが尽きるまでだ。それがそっくり、船会社の利益になる。部屋代を安くした上に、飲食代をただにしたってちゃんと儲かる仕組みになってんだよ」

そういわれてみると、この船はお台場に建設を進めている統合リゾートの縮図そのものに思えてくる。

いや、陸上の場合、人の行動に制限はないが、船はそうはいかない。第一、船内の施設利用は基本的に無料というところが根本的に異なる。割得感があるがゆえに、気持ちも大きくなれば、財布の紐《ひも》も緩もうというものだ。

そこからが腕の見せどころ。クーポンのプレゼントだって使わにゃ損。客の購買意欲を掻《か》き立てる撒餌《まきえ》なら、その勢いでカジノへとなったらしめたもの。要は、非日常的な空間を利用して、人の損得勘定と欲を掻き立てるのがムーンクルーズのビジネスモデルというわけだ。

「とにかく、論より証拠だ。本当の鉄火場がどんなところか、その目で確かめるんだな」

オリバーは、そういうと先に立って船首の方向に向かって歩きはじめた。

4

絨毯《じゅうたん》張りの通路の先から、賑やかな電子音が聞こえてくると、両側にスロットマシーンがずらりと並ぶ。そこがカジノの入り口だった。

杉田は目を疑った。

天井の高さは二階分ほど、広さはロビーの三倍はある。

右手は、現金とチップの交換所となっており、驚いたことに、その隣にはキャッシュディスペンサーがある。それも、クレジットカードの会社名が記されているところを見ると、キャッシングが可能であるらしい。

シックボー、ブラックジャック、バカラ、ルーレットの台が並び、場が開いて間もないというのに、凄い人出だ。座席に座るゲームに至っては順番待ちか、背後に人垣ができている。

「ワーォ……」

杉田は息を呑《の》んだ。「こんな光景を目の当《ま》たりにすりゃ、そりゃあカジノは儲かるって考えるのも無理ありませんよね」

「素人《しろうと》はな」

オリバーは白けた口調でいった。「ここにいるのは雑魚《ざこ》だ。たとえばブラックジャックだが、テーブルレートはひと勝負のミニマムレートが二十ドル、五十ドル、百ドル。ほら見てみろ、一番混んでる台は、二十ドルの台だ。百ドルの台は、それほどじゃないだろ」

いわれてみれば、どのテーブルも席は埋まっているが、確かに人の濃淡がある。肌の色もまちまちならば、飛び交う言語も様々だ。

それでも、英語や中国語が目立つのは、シンガポールという国柄ゆえか。

「二十ドル、五十ドルに一喜一憂しながら、ちまちまと勝負を続けんだ。最初に換金するのは、三百ドルが精々ってとこ。まあ、それでもブラックジャックなら、そここそ時間はもつ。そのうち熱くなって、手持ちのカネが溶けちまってキャッシングに走る客もいるしね。それでも、こいつらが使うカネは知れたもんだ」

「じゃあ、ここにいるのは——」

「カジノに二十％の収益を齎す客。つまり、日本政府がメインターゲットとしている連中さ」

みなまで聞かずに、オリバーは返してくると、「本当のギャンブラーが動きはじめるのはこれからだ」

奥にあるルーレットの台に目をやった。

台の回りに群がる客の背後で、壁に寄りかかっている男がいる。

中国人か。鋭い眼差《まなざ》しが盤と出目表の間を交互に動く。

「あいつは、ルーレット専門だな。ＶＩＰルームに入れるほどじゃないが、カジノ目的でこの船に乗ったギャンブラーだ」

「どうして、そんなことが分かるんです？」

「場が開いた途端に、ルーレットをはじめるのは素人だ」

オリバーはあっさりといった。「ルーレットは確率のゲームだ。ディーラーの癖、出目の流れってもんがある。あいつはそれを見極めてるんだ。いま、ゲームに参加してるのは、それを知らない初心者。カモだ」

男は無造作に船内電話を摑んだ。

「そろそろ流れが読めてきたか――」

オリバーはいった。「連れに連絡してるんだ」

かっけー。

素直にそう思った。

受話器を持ったほうの肘《ひじ》を当てて壁に寄りかかり、足を前で交差させる。鋭く、それでいてどこか退廃的な感じのする眼差し。物憂《ものう》げに動く口元。まるで、映画のワンシーンを見ているようだ。こんなギャンブラーの姿はいままで見たことがない。

「行こうか」

オリバーは杉田の肩をぽんと叩《たた》くと、奥へと進む。

突き当たりに、ぶ厚いオークのドアがある。

ＶＩＰルームだ。

傍らに立つタキシード姿のボーイがドアを開けた。

雰囲気が一変した。

深紅の地に金糸の刺繍《ししゅう》が施された絨毯が敷き詰められた床。黒一色の壁。天井のダウンライトの明かりに、四つのゲーム台が浮かび上がる。種類はバカラだけだ。台の表面に貼《は》られたグリーンの布がナイターの芝のように鮮やかだ。

右手には洋酒が並ぶバーカウンターがあり、左手には豪奢《ごうしゃ》なソファーが置かれている。部屋には既に四十人ほどの客がいたが、それを利用する人間はいない。早くもゲームに集中している。

背後でドアが閉まる気配がした。

室内は驚くほど静かだ。だが、客の間から漂ってくる熱気と緊張感は半端《はんぱ》ではない。一般客が集う外の空間とはまるで別物だ。

チップの色も違う。赤に金線、黒に金線——。一枚幾らなのか、遠目からは記されている数字は判別できないが、ひと目で高額であることが分かる。それを、無造作に摑むと盤の上に積み上げる。

「あれ、一枚幾らです？」

杉田は訊ねた。

「赤は五百ドル。黒は千ドルだ。他にもいろいろあるが、ここの最高額は一枚一万ドル。基本的にマキシマム・ベットはない」

プレーヤーは赤を十枚も張っている。

「ひと勝負に、五千ドルも賭けてんですか！」

「はじまったばかりだ。これから先は、どんどん吊り上がる」

オリバーは鼻で笑った。

ディーラーが配ったカードに手を伸ばしながら、男が鋭く叫ぶ。

行け！　行け！　とでもいっているのか。

中国語であることは分かるが、意味は理解できない。

気合を込めてカードを捲《めく》った瞬間、

「あぁぁぁ――……」

男の顔が歪《ゆが》み、目が三角になる。肌の色がみるみるうちに赤くなる。

ディーラーが顔色ひとつ変えずにチップを回収する。

ひと勝負一分にも満たない。たったそれだけの時間で、大金が溶けて失《う》せたのだ。

「こんな勝負を三日も続けてたら、破産しちゃうんじゃないですか」

『屑《くず》』と見込まれたくらいだ。傍から見れば、十分に壊れていると思われているのだろうが、こんなやつらに比べれば、俺はまだまだまともな部類だ。

妙な自信を覚えると、

――そのうち罰が当たんぞ。

そう思った。

「なにも負け続けるってわけじゃない。取り返すチャンスは常にある。十万ドル負けたら、倍プッシュ！　十万取り返せる額を張りゃ、次の勝負でイーブンだ」

オリバーは、簡単にいう。

「それで負けたら、負けが倍になるだけじゃないすか」

「だったら、次の勝負も倍プッシュ。二十万取り戻す額を張ればいい。実際、ここにいるやつはそういう賭け方をする」

オリバーは杉田に視線を向けると軽くウインクし、「もっともそこで勝負を止《や》めるやつはまずいないがね。そして、大損こいても、今度こそはとまたここにやって来る――」

口元を歪ませ、薄く笑った。

つまり、どちらにしても、肥え太ったカモを勝負に引き摺《ず》り込んでしまいさえすれば、カジノは儲かるといいたいらしい。

「ケーッ！」

男の叫び声が聞こえた。

また、大金が溶けて失せたのだ。

「手持ちのカネがつきたら、キャッシュディスペンサーですか。なるほどよくできた仕組みだ」

「残念ながら、彼らにその必要はない。ここにいる連中には、ジャンケットがついている。つけで遊べるんだ。部屋から出る必要はない」

出すもんか、だろ？

杉田は返そうと思ったが、それより早く、

「あのな、いい加減、カネ、カネ、いうな。君をここに連れてきたのは、大金が動く様を見せたかったからじゃないんだぞ」

オリバーは苛《いら》ついた声を上げた。「俺たちのミッションは、こいつらをいかにしてお台場カジノに呼び込むかだ。そのためには、なにが必要なのか。どんな問題があるのか。その目で見て感じて貰《もら》うために、ここに連れて来たんだ」

感性と能力を試すかのようないい草に、杉田は本採用に至るまで、半年間の試用期間があることを思い出した。

志村をあっさりと切って捨てたほどだ。カイザーで働きはじめてまだ二日。オリバーが納得する結果が出せなければ、解雇をいい渡されることは十分にあり得る。

それを、翌朝までに見つけろってか？

オリバーは、後はお前次第だとばかりに、バーカウンターに向かってひとり歩いて行く。その背中を見送りながら、杉田は深い溜《た》め息をついた。

5

午前四時半。カジノはマレーシア領海に入ったところでその日の営業を終えた。シンガポールとペナンの距離を考えれば、これほどの時間はかからない。マレーシア領海に入るのはさらに早いはずだ。敢《あ》えて到着時間を遅らせるのは、カジノの営業時間を極力長くするためとしか思えない。

オリバーは延々とバーでマティーニを飲み続けた揚げ句、閉店の三十分ほど前に、「ラウンジで待っている」といい残し、VIPルームをひと足早く立ち去った。

ラウンジは同じフロアの左舷側《さげんがわ》にある。

入港時間は、午前六時半。あと一時間もすれば、ツアーに出かける客が起き出し、ブッフェに殺到しはじめるのだろうが、さすがにこの時間ともなると、船内の人影も途切れる。

廊下を歩く杉田の行く手に、十ばかりの丸テーブルが並べられたスペースが見えてくる。

そこに座るオリバーの姿――。

彼はひとりではなかった。こちらに背を向けて座る男と、何事かを語りあっている。

「ここだ――」

オリバーは杉田に向かって、手を挙げた。

杉田が歩み寄ると、

「紹介しよう。ミスター・スタンレー・ヤンだ」

目前に座る男を目で指した。

「ヨシヒデ・スギタです」

「お話は、デニーから――」

ヤンは立ち上がると、握手を求めてきた。

杉田がそれに応《こた》えると、

「掛けたまえ」

オリバーは椅子《いす》を勧めた。

目の前には、床から天井まで一枚ガラスの巨大な窓がある。白みはじめた空はまだ灰色で、海の色も暗い。巨大な船体が起こす波が、たおやかにうねるアンダマン海に溶けて行く。

杉田は、改めて隣に座るヤンの姿に目をやった。

歳《とし》は四十前後か。真ん中から分けた頭髪。光沢を放つ淡い卵色のスーツ。高く組んだ足の先でワインレッドのエナメルの靴がダウンライトの光を反射する。

どう見たって、純粋な船旅を楽しむ客じゃない。

何者だ？

「どうだった？　はじめてのＶＩＰルームは」

オリバーがおもむろに訊ねてきた。

最初のうちは、巨額のカネが行き交う様に度肝を抜かれたが、どうやればこいつらを嵌められるのか、どうやってお台場に誘い込むかを考えなければならないのだ。そう思いながら、ＶＩＰルームの様子を観察していると見えてくるものがあった。

「何らかの策を講じなければ、お台場カジノの成功が、夢物語に終わるってことが、よく理解できました」

「たとえば？」

杉田の言葉に、すかさずオリバーが問い返してきた。

「最大の理由は環境ですね。カジノ船はＶＩＰ、一般客のいずれかを問わず、客からカネを巻き上げる理想的な条件が揃《そろ》ってるんです。なんせ、あなたが最初にいった通り、船に乗せたら最後、航海の期間中は逃げ場がない。まして、ＶＩＰに至っては、端《はな》からギャンブル目的で船に乗っている。元手が尽きる心配もないとなりゃ、とことん勝負を続けるに決まってますからね。その点、陸のカジノはそうはいきません。入るのも自由なら、出るのも自由。潮時だと思ったら、いつでも止められるわけですから」

杉田は、一気にいうと、「理想的な環境はカジノ船にある。それを最初に見せておけば、お台場に何が欠けているのかが見えてくる。どんな策を講じなければならないのか、もね。だから、この船にわたしを乗せた——。そうでしょう？」

オリバーの目を見詰めた。

「その通りだ」

オリバーは満足そうに頷くと、「ならば、どうしたらいいと思う？」

ご意見拝聴とばかりに、足を組み替えた。

「そんなに簡単に案が浮かぶわけないですよ。いきなりここに連れてきた素人に、解決策を打ち出されたんじゃ、面目丸潰れじゃないすか」

杉田は、巧妙にこたえた。

「確かに——」

「それでも、どうすんだって問題は幾つかありましたね」

オリバーは、話してみろとばかりに目で促した。

杉田は続けた。

「ディーラーはその最たるもんでしょうね。今日ＶＩＰルームにいた客は、ほとんどが中国人、あるいは中国系だったと思うんです。中には英語を話す客もいましたけど、少なくとも日本人はいなかった。飛び交ってた言葉は中国語か英語でしたからね」

「日本人のＶＩＰの多くは、大抵マカオに行くからな」

「お台場カジノは、世界中の観光客を狙《ねら》っているようですけど、メインはやっぱり中国人なわけでしょう？」

「その通りだ」

「だったら、そこで働くディーラーは、最低でも日本語以外に中国語と英語の素養が必要になるじゃないすか。どんな給与体系にするつもりなのかは分かりませんけど、一生サイコロ振るか、カード捲るかって仕事にトリリンガルの人間が就きますかね。そんだけの能力がありゃ、もっとマシな仕事が他に幾らでもありますよ」

『ふむ』といった顔をして、オリバーは蟀谷《こめかみ》に人差し指を置き考え込む。

「この船……、おそらくマリーナベイ・サンズでも、ディーラーの人材に苦労しないのは、元々国民が中国語と英語を日常的に使っているからでしょうね。だとしたら、政府が公言しているカジノの波及効果のひとつ、雇用については日本人は対象外。外国人に持っていかれるってことになりませんか？」

「年収四、五百万円の報酬は、魅力的なものじゃないのかね」

オリバーはいう。

「初年度からですか？」

そうとなれば、話は別だ。

杉田は目を丸くした。

「もちろん」

「それが歳を重ねるたびに、どんどん上がってくんですか？」

「昇給は……ほとんどない」

肩の力が抜けた。

「まあ、それでも日本人の平均年収からすれば、高額ではあるでしょう。だけど、それじゃあ雇用が保障されてるだけの派遣社員みたいなもんじゃないですか」

「サイコロ転がすか、カード捲るかの仕事に、それだけの給料を出すのは、不正行為を防ぐためだ。カジノで一番怖いのは、ディーラーと客がグルになっていかさまをされることだからな。第一、君は語学というがな、世界中どこのカジノに行ったって、同じゲームをやるんだぞ。小難しいコミュニケーションに迫られることなんて、滅多にあるもんか。トラブルが生じたら――」

「デニー――」

杉田は、オリバーの言葉を途中で遮った。「同じゲームをやってたら、日本くんだりまでやって来る理由はない。あなた、そういったじゃないですか」

オリバーの反応に切れがないのは酔いのせいか。

突っ込みどころが次から次へと出てくる。

オリバーは目をしばたかせて押し黙る。

「それに、この船には決定的に欠けている要素がありますね」

杉田は言葉に弾みをつけた。

「決定的に欠けている？　それは、なんだ？」

「健全過ぎるんですよ」

杉田は断じた。「博打《ばくち》にのめり込むやつあ、屑だっていいましたけど、だったらぽん引きの誘いに乗ってＶＩＰルームで大金を溶かすやつあ、屑の中の屑。飛びっ切りの屑だ。だけど、『打つ』だけじゃ屑とはいえませんね。『飲む』、『打つ』、『買う』の三拍子揃って、はじめて日本じゃ屑っていわれんですよ」

オリバーはすっかり慌《あわ》てたふうで、組んだ足を解いて身を乗り出した。止めろといわんばかりに、ヤンの顔をちらりと見ながら、広げた掌《てのひら》を杉田の目前に翳《かざ》す。

あっはっは――。

「飲む、打つ、買うの三拍子揃って、はじめて屑か。こいつあいいや」

ヤンが腹を抱えて笑い出す。「その通りだ。ゲームに勝てば、カルトワインを盛大に抜き、豪華な飯を食い、飛びっ切りの女を欲しがる。実際、マカオなんかその手の姉ちゃんがわんさかロビーをうろついてるしね。シンガポールにだって売春宿もあれば、女を呼ぶことだってできるんだ。それを用意してさしあげるのもわたしたちの仕事だが、さすがに客船に乗せるわけにはいかんもんなあ」

それがわたしたちの仕事って――。じゃあ……。

「ヤンさんの仕事は、もしかしてジャンケット――ですか？」

やっちまったか。

杉田は眉を吊り上げた。

「カイザーが経営するカジノに、多くのＶＩＰを連れて来て下さる大切な、だ」

オリバーが念を押してくる。

ぽん引きっていってたくせに――。

だが、カジノの経営が成り立つのも、『ぽん引き』の存在があればこそなのは、これまでの説明の中で明らかだ。

「知らぬこととはいえ、失礼なことをいいました……」

杉田は頭を下げた。

「いいんです。あなたのおっしゃることは、的を射てますよ。表もあれば裏もある。人間の欲望の全《すべ》てが噴き出す場所。それがカジノなんですから」

ヤンは、顔の前で手を振ると、「でもね杉田さん。デニーから聞いていると思いますが、カジノの収益の八割がVIPの落とすカネだといっても、ならば残る二割はどうでもいいかというと、決してそんなことはないんです」

一転して真顔でいった。

杉田は姿勢を正し、ヤンの言葉に聞き入った。

「カジノは一般客が集まるスペースが大部分を占めるんです。そこががらがらじゃ、誰も近づきやしないでしょう。賑《にぎ》やかしが必要なんですよ」

「いうだろ？ 人出と客の入りは別物だって。カジノはその典型でね。シンガポールにしたって、大きなイベントがあって、どこのホテルも満室だってのに、カジノの売り上げはほとんど変わらない。要は、来るヤツは黙っていても来る。来ないヤツは、端から足を踏み入れない。それがカジノだ」

「しかし、それでは困る」

ヤンが軽い溜め息をつきながら、オリバーの言葉を継いだ。「日本政府は、自国民がカジノ依存症になることを恐れて、シンガポール同様、高い入場料を課す方向で動いています。もちろん、それでも手がないわけじゃない。テーブルレートを下げる。つまり一円パチンコと同じ手法を取り入れるのはひとつの考えです。実際、この船でも航海が終わりに近づくと、一般客のテーブルレートを一律十ドルにまで下げますからね」

そんな、あこぎなことまでしてんのかよ。

「それって、尻の毛まで毟《むし》ろうってことじゃないすか！」

杉田は声を裏返らせた。

「驚くほどのことかね。一円パチンコだって、少ない元手を増やしてやろうってやってんじゃない。貧乏人のなけなしのカネをとことん絞り取ろうってのが魂胆だろ。そんな商売を黙認しといて、ギャンブル依存症もなにもあったもんじゃねえだろ」

と、オリバー。

そもそもが、カジノ推進派議員をその気にさせたプラチナ・グローブのレポートにある日本の市場規模は、パチンコが基だ。つまり、パチンコに興ずる客をどうしたらカジノに呼び込めるか。そこに成否の鍵《かぎ》がある。してみると、確かにテーブルレートを極端に下げるという策はありなのかも知れない。

「だが、それも現実的な話じゃないでしょうね」

ところが、ヤンは自らの言を否定する。「一円パチンコが成り立つのは、客の相手をするのが機械だからです。パチンコは典型的な装置産業ですからね。機械の稼働《かどう》率をいかに高めるかが鍵になる。その点、カジノはそうはいきません。スロット以外のゲームには、ディーラーが就く。動くカネの多寡《たか》にかかわらず人件費は同じなんです。ちまちまと小銭しか張らない相手に粘られたんじゃ、儲けになるどころか赤になっちゃいますからね」

「となると、メインターゲットはやはり、外国人ということになりますか――」

一円パチンコが成り立つほどだ。実現性はともかく、人寄せのためにスロットのレートを極端に安くするというのもひとつの手だろうが、それじゃあわざわざお台場まで足を運ぶ必要もない。ならば、日頃、パチンコやスロットに熱中する人間が、バカラやルーレットに興じるかというと、どうもイメージが湧《わ》かない。まして、予想紙片手に競馬、競輪、競艇に熱中しているおっさんたちが、大挙して押しかけて来る光景ともなればなおさらのことだ。

カジノが洒落《しゃれ》たカクテルならば、日本のギャンブル場は居酒屋の焼酎《しょうちゅう》。場の雰囲気、集う人種が違い過ぎるのだ。小ガネを持ったプチセレブ、流行《はや》りの場所で夜遊びに耽《ふけ》る若い男女。お台場まで足を運ぶのは、精々がそんなところじゃないのか。

「かといって、どこへ行っても同じゲームじゃ、外国人がわざわざ日本でカジノに興ずる意味がない。VIPだって来やしませんよ」

ヤンの結論も、やはりそこに行き着く。

「つまり、日本ならではの大人のエンターテイメント空間を造り上げなければならんということだ」

「それも、ビジネストリップのついでにじゃない。自腹を切ってでも日本に行きたい。そんなリピーターを生み出すような環境をね――」

オリバーの言葉を補足するかのように、ヤンはいった。

杉田は、深い息を吐いた。

これこそ、いうは易《やす》く行うは難しの典型みたいなものだからだ。

『打つ』は、カジノのゲームの種類は謂わばグローバルスタンダード。だからこそ、どこに行っても客は安心して遊ぶわけだが、それでは新鮮味に欠ける。『飲む』にしたって、日本にはクラブやキャバクラがあるが、中国のカラオケバーのように、簡単にホステスを連れ出せるような類《たぐ》いのものではない。もちろん、馴染《なじ》みになればそうした展開も期待できないではないが、一流クラブは座っただけでべらぼうな料金が生じる。勘定書きを見た途端、『ふざけんな！　他所《よそ》の国でこんだけ払えば、どんだけ飲めると思ってんだ！』と、トラブルになるのが落ちだし、第一、言葉が通じないのでは話にならない。銀座のホステスだって、今ではプロよりバイトの方が圧倒的多数を占める。

もちろん、中国人をはじめとする外国人も数多くいるが、それならマカオ、シンガポールに行けばいいだけだ。まして、『買う』に至っては、表向きとはいえ日本での売春はご法度《はっと》だ。そんなものを大々的に謳えば、当局が黙っちゃいない。

まさか、日本側にばれなきゃ、何をやっても構わないとでもいうのか――。

「大人のリゾートに必要なものは、飲む、打つ、買うの三拍子。そこに着目したのは評価する」

オリバーはいった。「具体案はこれから考えるとして、君には日本の関係当局と折衝を持ってもらうことになるが、それに当たって、心得ておいて貰いたいことがある」

まずは、本採用に向けて一歩前進といったところか。

頷《うなず》いた杉田に、

「カジノ運営に対する日本側の姿勢は一枚岩ではないということだ」

オリバーは続けた。「議員連中は、海外の重要顧客や高額取引顧客に対して、預託勘定やクレジットを付与することを認めたように、これまでのところ我々の意向に協力的ではあった——」

「ただし、予《あらかじ》め登録した顧客には、だろ？」

ヤンがにやりと笑った。

どっちにしたって、同じこっちゃねえか。

客を連れて来るのがジャンケットなら、チップに記された以上の額で勝負がなされているかどうかなんて調べようがない。ジャンケットと客の間では一万円のチップを十万円とすることだってできるのだ。第一、与信枠をカジノが決めるとなれば、カネの流れは完全に把握される。そんな『健全な』賭場で遊ぶＶＩＰがいるわけがない。

「問題は官だ。どこの国でも厳しい規制をかけたがるのが官だが、日本の場合は特に酷《ひど》い」

忌々《いまいま》しげにいうオリバーに、

「たとえば？」

杉田は訊《たず》ねた。

「お台場カジノでは、場内はもちろん、近隣特定地域内でのATMの設置は禁じられる。カネの貸し付け業も同じだ。おまけに未成年者は当たり前だとしても、学生、暴力団関係者、前科持ち、ギャンブル依存症の患者も駄目なんだとよ。どうやって見分けるつもりなのかは知らんがね」

オリバーは鼻を鳴らすと、「まあ、そんなこたあどうでもいい。だが、ゲームの種類、論理的期待値の設定、射幸性判断基準、最低、最高賭《か》け金に至るまで、我々と協議の上で、国の機関が定めるってんだ」

真剣な眼差しを向けてきた。

それも俺の仕事ってわけか――。

「どこの国のカジノにもあるゲームをやれってんなら簡単さ」

オリバーはいった。「だがね、お台場カジノを成功させるためには、ジャパンオリジナルが絶対に必要なんだ。世界を見渡してもどこにもない、前例のないことをやらにゃならんのだ。エンターテイメントのなんたるかなんて、分かりもしねえ役人にそれを理解させるのは、大変なハードワークになる。それを心しておいて欲しい」

「でしょうね――」

杉田は冴《さ》えないこたえを返した。

何事も前例主義。手本がなければ、ぴくりとも動かない。

商社だって官庁との交渉事は日常茶飯事だ。役人の頭の固さは身に沁《し》みている。エンターテイメントなんて言葉とは、最もほど遠い人種だ。それが『大人の遊び場』の全てを仕切るというのだから、まるでジョークだ。

いつの間にか、すっかり夜は明けている。

水平線の彼方《かなた》に日が昇り、くすんでいたアンダマン海に碧《あお》みが増してくる。船速もだいぶ落ちてきたようだ。船首から流れてくる波も緩やかになっている。

「ヒントは現場にあるといいます」

ヤンはゆっくりと立ち上がり、「お役に立つことがあれば、何なりと――」

そういい残すとラウンジを立ち去っていく。

後ろ姿を見送りながら、

「力になることたあ、間違いないだろうな」

オリバーは呟《つぶや》いた。「カネの生《な》る木を、もうひとつ手に入れられるかどうかの瀬戸《せと》際《ぎわ》だ。やつだって必死だ。精々知恵を借りることだな」

「カネの生る木って……ジャンケットって、どんだけ儲かるものなんです？」

「我々はやつらにＶＩＰルームを貸し出す。もちろん部屋代は貰うが、収益の四割は税金、二割が我々の取り分。残る四割は、やつらの懐《ふところ》に入るんだ」

「四割！」

今夜、あの部屋で動いた金額だって大変なものだ。世界中の富豪が集まってくる陸のカジノとなれば――。

開いた口が塞《ふさ》がらないとはこのことだ。

杉田は、ぽかんと口を開けた。

「もっとも、それは表面上のこと。客とジャンケットの間でどんな条件が交されているのか、実際にどれほどのカネが動いているのかは、我々にも分からんのだがね」

杉田は、去って行くヤンの後ろ姿を改めて見やった。

窓から差し込む朝日が、薄い卵色のスーツに反射して、全身がフレアに包まれる。

それが杉田には、ヤンの体から後光が射《さ》しているかのように思えた。

第二章

1

「はい、これ……今日の予定」

柏木が一枚のペーパーを差し出してきた。「念のため。カジノ事業室は、三ブロック離れたビルの四階。十分みとけば大丈夫だけど、遅れないように」

シンガポールから戻って二週間。今日のメインは事業室との二度目の定期会議だ。初回はオリバーが同席したので、単身での出席ははじめてになる。

「ありがとう」

杉田は、精いっぱいの笑顔でこたえた。

柏木梗香《きょうか》。三十二歳。

それにしても、いい女だ。

シュシュで束ねた黒髪。切れ長の目。すっと通った鼻筋。真っ赤なルージュを引いた薄い唇。

スタイルだって相当なものだ。胸は豊かだし、腰も締まっている。張り出したヒップから、流れるようなラインを描いて伸びる脚。これで英語が堪能《たんのう》ときているのだから、『天は二物を与えず』なんて嘘《うそ》っぱちだ。

「それはこっちのセリフだわ」

柏木は、ふっと笑った。

「おれ、なんか礼をいわれるようなことしたっけ」

「仕事がひとつ楽になったってこと」

柏木はこたえた。「定期会議なんて、お互いの進捗《しんちょく》状況を話すだけのもんなのに、デニー、これまでは毎回わたしを同席させてたのよ。重要事案がある会議は随時設定されんのにさ」

「そんな必要あったの」

杉田は首を傾《かし》げた。「会議の公用語は英語だろ?」

「あのひとたち、ことあるごとに陰でこしょこしょ日本語で喋《しゃべ》るでしょ。そこに、ガイジンには聞かれちゃまずい本音があるんじゃないか。それを逐一メモしておいて後で教えろ。本気でそういうの」

「志村さんが同席してたんだろ？」

「あの人は通訳じゃないってさ」

柏木は、片眉《かたまゆ》を吊《つ》り上げた。「それをいうなら、秘書だって通訳じゃないわ。デニーと志村さん、ふたりの面倒をみるだけでも大変だってのに、だったら人を雇えってなもんよ」

みっつ年下のくせに、柏木は端《はな》からため口をきく。それにビジネスライクというか、雑談には応じても、プライベートな話題は極力避ける。学歴はもちろん、どこでこれだけの英語を身につけたのか、カイザーが日本にオフィスを構えたのは二年前だが、それ以前の職歴も一切語らない。

もっとも、それも無理のないことなのかも知れない。ふたりを兼務する秘書とはいえ、どちらに重きを置くかといえば、こたえは明白。こちらはついでのようなものだ。まして、試用期間中の身である。客でもなければ、同僚と呼ぶにもまだ早い。彼女からすれば、いまのところは派遣社員の面倒を、ちょっと見ているようなものだろう。

「で、なんか収穫はあったの」

杉田は訊《たず》ねた。

「あるわけないでしょ。だからあんたに任せることにしたんじゃない。大分前から出担当者が代わったのは、彼にとっても面倒くさい仕事を減らすいいきっかけになったのよ」

「確かに、あの会議は退屈だもんな」

杉田は前回の会議を思い出しながらいった。

事業室は、関係各省庁の出向者で構成される寄り合い所帯だ。

いずれも国家公務員。法律遵守《じゅんしゅ》、前例主義に凝り固まった連中だ。『大人のエンターテイメント』なんてカジノのコンセプトとは、最も縁遠い人種以外の何物でもない。それが、運営の許認可権の全《すべ》てを握っているのだから、冗談みたいな話だ。

「やる気がない、っていうか面白くないのよ」

柏木は顔を顰《しか》めた。「まあ、あの人たちの気持ちも分かるけどさ。官庁だって、こと人事に関しては民間企業と同じだからね。一旦《いったん》本省から出されちゃった以上、戻れる保証はなし。へたすりゃ片道キップで終わっちゃう可能性だって大ありだもの。モチベーションが上がんないのも当然よ」

「それ、逆じゃないか」

杉田はいった。「片道キップで終わるかもしんねえってんなら、実績上げて本省に戻るか、骨を埋めんなら組織をいかにして大きくするか。ふつー必死に考えんだろ?」

「新しいことを考える能力が根本的に欠如してんのが官僚でしょ」

柏木は鼻を鳴らした。「この事業にはお手本ないんだもん。余計なことすりゃ、何やってんだって本省から睨《にら》まれる。それこそ片道キップ確定じゃない。第一、カジノが成功することを願っちゃいない役人は、ごまんといんだから」

「成功することを願っちゃいないって、どういうことだ?」

「そんなことも分かってないの?」

杉田は肩を竦《すく》めた。

柏木は呆《あき》れたように軽く息を吐くと続けた。

「よーするに、カジノだって役所の管理下にある限り、所轄《しょかつ》官庁同士の利権が絡《から》むってこと。カジノが成功すれば、既存の公営ギャンブルにも大きな影響が出る。所轄団体は役人の天下り先でしょ。収益が落ちれば、旨味《うまみ》だって減っちゃうじゃない。それを心配する連中がいろいろいうわけよ」

さもありなんだ。

「役人の鑑《かがみ》だな」

杉田は皮肉をいった。

「もっとも、それ以前の問題もあるんだけどね」

「それ以前の問題？」

「役人が一番恐れてんのは、馬鹿《ばか》が知恵をつけることだからね」

「馬鹿？　馬鹿って誰のことだ」

「さあ……」

勘の鈍いヤツとでもいいたげに、柏木は艶然《えんぜん》と微笑《ほほえ》みながら小首を傾げた。

美貌《びぼう》に凄《すご》みが加わる。小馬鹿にされたというのに、杉田は思わずぞくっとした。

それに、柏木の服装がまたそそる。

セクシーだというのではない。あまりにもきちんとし過ぎているのだ。

時は八月。女性社員の中には、半袖《はんそで》のポロシャツ姿すら珍しくないというのに、柏木は常に長袖のブラウス、それも襟元をきちんと閉じて肌の露出を極力避けている。

そればかりではない。下着の透け具合からすると、下に何か着込んでいるようだ。紫外線から肌を守るためなのか、エアコンの冷えを防ぐためなのかは分からないが、その固いガードがたまらない。

こんないい女を後ろから――。

杉田の妄想は、あらぬ方向へと広がっていく。

そんな杉田の胸中を見透かしたように、

「それから、今日の夜は歓迎の夕食会がありますから」

柏木は事務的な口調で告げた。「店は七時に予約してあります。三十分前には出れるようにしといて下さいね」

「分かってる」

「出席者はオリバーとわたし」

「送別会にならなきゃいいけどな」

杉田はジョークをいったつもりだったが、

「分かってんじゃない」

柏木は、感心したようにいう。「損得勘定に長《た》けたカジノ運営会社だけあって、役に立たないとなりゃ、カイザーは見切りつけるの早いからね。油断してると、志村さんのようになるわよ」

返す言葉がない。

黙った杉田に向かって、

「それからひとつ、あんたにいっておくことがあるの」

柏木は軽く顎《あご》を上げながらいった。「わたしの半径一メートル以内には近づかないように――」

「って……どういう意味だよ」

杉田はむっとした声で訊ねた。

「わたしは、四葉の女とは違うから」

柏木の言葉が胸を抉《えぐ》る。

「な、なんのことだ……」

まさか、あの一件を知ってんじゃねえだろな――。

声が上ずるのを感じながら、杉田は訊ねた。

「はっきり聞きたいの？」

「いや……」

やっぱり――。

柏木の顔をまともに見れない。顔面が熱くなる。

身の置き所がないとはこのことだ。

杉田は俯《うつむ》いた。

「世間は狭いのよ。ましてや、ビジネス社会はね。聞いたわよ。あの事件は大手町じゃ知らない人がいないっていうじゃない。真っ昼間から、犬の交尾じゃあるまいし」

柏木は呆れたようにいう。

いってんじゃねえか――。

「これでもまだ、嫁入り前なんですからね。変な噂《うわさ》がたったらたまったもんじゃないわ」

それをいうなら、おれだってまだ嫁を貰《もら》っちゃいねえんだ！　まるで人をばい菌のようにいいやがって……。のぼせんな！

そう返したいのは山々だが、そそられたことは間違いない。

顔を上げられないでいる杉田に向かって、柏木はささくれ立った傷口に、さらに塩を塗り込むような言葉を吐いた。

「仕事はきちんとやるけれど、勘違いしないように。――いいわね」

2

「なんだ、前回の会議から、ちっとも進展してねえじゃねえか」

カジノ事業室の会議室で、杉田の報告が終わった途端、場を仕切る河本《かわもと》が苛立《いらだ》ちの声を上げた。「しかし、何だねえ。外資ってのは仕事が早いって聞くけどさ、いったいカイザーはどうなってんだ」

テーブルを挟んで座る三人は、関係各省庁からの出向者だ。対してカイザー側からは杉田ひとり。まるで、訊問《じんもん》に遭っているような気がしてくる。

「日本の独自性を打ち出したゲームの導入を考えてる。前回の会議でオリバーさんはそういったけど、それって、世界のどこのカジノでもやってねえゲームってこったろ」

「その通りです」

「だったら、さっさと案出せよ。こっちだって、認可するかしないか、検討すんのも大変なんだ。場合によっちゃ、法案だって作んねえとなんねえし、開業に間に合わなくなっても知らねえぞ」

河本は経産省出身のキャリア官僚だ。

禿《は》げ上がった頭髪。だぶついた顎。ぎょろりとした目。まるでダルマだ。

その大きな目を剝《む》いて、罵声《ばせい》を浴びせる。

オリバーが同席した前回とは偉い違いだ。

借りてきた猫のようにおとなしかったくせに、相手が日本人、日本語での会議となった途端にころっと態度変えやがって——。

杉田は胸中で毒づきながら、

「申し訳ございません」

殊勝に頭を下げた。

「だいたいさ、日本の独自性なんて打ち出す必要があんのかね」

続けて口を開いたのは、警察庁出身の蒲池《かまち》だ。

髪をオールバックに整えた瘦《や》せぎすの男で、銀縁眼鏡の下から鋭い眼差《まなざ》しを向けてくる。

「カジノなんてもんは、ファストフードと同じようなもんだろ。世界中どこへ行っても、ゲームもルールも変わらない。だから安心して遊べんだろうが。日本に来たガイジンが競馬や競輪やるなんて話は聞いたことがねえだろ。それと同じだ。考えるだけ無駄ってもんだろ」

「それじゃ、カジノ目的の外国人なんか来やしませんよ。どこへ行っても同じなら、わざわざ日本に来る意味ないじゃないですか」

「おかしなことをいうねえ」

再び河本が口を開いた。「カイザーは、パチンコの市場規模に目をつけたんだろ。

つまり、メインターゲットは日本人だ。ガイジン客なんて、おまけのようなもんじゃねえか」

「おまけが増えれば、その分だけ収益が上がる。税収の向上にも繫《つな》がるんですから、カイザー、日本政府双方にとっては、喜ばしいことじゃありませんか。いかにしてより多くの外国人を呼び込むか。そこに知恵を絞るのは当然のことだと思いますが」

「カジノの収益の八割は、ＶＩＰが齎《もたら》すんでしたよね」

財務省出身の西崎《にしざき》が、いまさらながらに念を押してくる。

他のメンバーはいずれも五十過ぎだが、西崎は三十代後半と図抜けて若い。言葉遣いは丁重だし、切れ長にして一重瞼《ひとえまぶた》のほっそりとした顔立ちには知性が滲《にじ》み出ている。

「その通りです」

頷《うなず》く杉田に向かって西崎は続ける。

「そして、ＶＩＰを連れて来るのはジャンケット。だから我々は彼らの存在を認めたわけです。第一、ＶＩＰがゲームに興ずる場所は、ＶＩＰルームでしょう？　それもほぼ例外なくバカラなわけですよね。つまり、世界中どこへいっても同じゲームに興ずるために、ＶＩＰはやって来る。ならば、どうやって彼らを日本に連れてくるかは、それこそジャンケットの腕次第。カイザーが考えることではありませんよね。おまけがどれだけ増えるかなんて、それこそ誤差の範囲ってことになりませんか？」

役人同様、こっちだって本音と建前は別物だ。

いまさら、日本人客だけでは想定していた収益は上げられない。ＶＩＰだって、やっては来ない。『飲む』、『打つ』、『買う』の三拍子揃《そろ》った、世界に類のない大人のレジャーランドを模索してるなんていえるわけがない。建前上は、あくまでも健全な大人の娯楽施設を目指していることを貫き通さなければならないのだ。

こたえに詰まった杉田に向かって、

「それともなにか？　日本人客をメインにしたんじゃ、想定通りの収益は上げられねえ。だから、ガイジン客を呼び込む手段を考えなくちゃなんなくなったってか？」

まるで、そうなることを読んでいたかのように、河本は意地の悪い口調で訊ねてきた。

肯定することはできない。

「そんなことはありません」

杉田は即座に返すと、「我々の評価は想定通りの収益を上げて当たり前。以下なら×。以上の結果を出して、はじめて○が貰えるんです。×貰ったら首ですよ。生活かかってんですもん、○貰えるように頑張るのは当たり前じゃないですか」

公務員のお前らとは違って、成果が求められる厳しい世界に生きているのだ、というニュアンスを言外に匂《にお》わせた。

「まっいいさ。せいぜい案を練るこった」

河本は鼻を鳴らすと、「ただ、これだけはいっておく。何をやるにしたって、我々が認可しねえ限り、実施は不可能だからな。なんぼカジノは賭場《とば》だっていったって、博打《ばくち》なら何でもありってわけじゃねえ。覚書にはやっちゃ駄目だって書いてねえなんて理屈は通らねえよ。やっていいとも書いてねえんだからな」

高圧的な物いいで念を押し、背凭《せもた》れに体を預けた。

でたよ——。

四葉にいた頃、さんざん聞かされたセリフ。官僚答弁の典型だ。

新しいことをやろうとして、念のため違法性の有無を役所に確認すると、「確かにやっちゃ駄目とは法律に書いちゃいないが、やっていいとも書いてない！」。そう返してくるのが常だ。

何様だよ——。

そういいたいのを堪《こら》えて、杉田は「承知しております」とこたえながらぺこりと頭を下げた。

「それからカイザーには、ひとつ伝えておくことがあるから」

まずは新顔に力関係を見せつけるべく、強烈なパンチをお見舞いしてやったというところか。

河本は横柄《おうへい》な口調で告げてくると、蒲池に視線をやった。

「入場資格についてなんだけど、方向性が定まりつつあってね」

蒲池は切り出した。

政府の法律案によれば、カジノには未成年者、学生、暴力団関係者、前科者、賭博依存症患者の立ち入りを禁止するとある。以前、「どうやって見分けるつもりなのか」と、オリバーがせせら笑っていた件だ。

「タスポのようなＩＤカードを導入してはどうかって案が出てんだ」

「たすぽぉ？」

杉田は声を裏返らせた。

「国民からは、ただでさえも日本にはギャンブル依存症の人間が多いってのに、この上カジノなんかやろうもんならって散々いわれてんだ。まあ、未成年者は免許証か保険証の提示を求めりゃ済むだろうが、学生、暴力団、前科者、ましてギャンブル依存症かどうかなんて、その程度のもんじゃ判別できねえからな」

「じゃあ、カジノに行きたい人には、事前登録を強いるってことすか？」

冗談じゃないと思った。

そんな面倒なことをすれば、気が向いた時にふらりと訪れる、その場ののりで「よっしゃ、カジノにでも繰り出すか」、「東京に来たついでに話題のカジノに――」なんてことは期待できなくなる。まさに、収益にかかわる大問題だ。

「そういうこった」

ところが蒲池は当然のようにいう。

「そういうこったって……」

あっさり返されると言葉が続かない。

杉田は、ぽかんと口を開けた。

「タバコが切れたら困るってやつあ、タスポを常に携帯してんだろ？　それと同じさ。カジノで遊びてえってやつなら、事前登録制も面倒だとは思わねえだろ。それに、ギャンブル依存症の人間をカジノに入れないって効果も期待できるし――」

「申請者がギャンブル依存症かどうかなんて、どうやって識別すんですか」

「ギャンブルにどっぷり浸《つ》かられちまったら、一番困んのは誰だよ」

「そりゃ、家族でしょう」

「その通り！」

蒲池は深く頷いた。「だったら、身内の同意が必要だってことにすりゃあいいじゃねえか。もちろんIDカードには有効期限を設ける。更新の際にも同じ手順を踏むようにすりゃあ、また家族の同意を得なきゃなんねえだろが。問題なけりゃ再発行。同意がなけりゃ発行しねえ。有効期限の間でも、家族から無効申請があれば、カジノに立ち入れないことにしちまうんだよ」

もっともらしい理屈だが、難点はすぐに思いつく。

「大の大人が、カジノ行くために身内にハンコ押してもらうんですか？　じゃあ、独居老人なんてどうすんです？　誰に証明してもらったらいいんです？　カジノに行きたくとも行けなくなっちゃうじゃないすか。第一、合法的な娯楽を楽しむのに、第三者の承認を必要とするなんてことにしたら——」

憲法が謳《うた》う幸福追求権に抵触するんじゃないか。杉田がそう続けようとしたのを遮って、

「方向性を話してんだ。細かいところは、これから詰める」

蒲池は平然といい放つ。「それに、国民の心配はもっぱらギャンブル依存症に向けられてるが、我々が最も懸念《けねん》しているのは反社会的団体だ。やつらがディーラーとグ

ルになって、いかさまでもされたら、格好の資金源になっちまうからな。それだけじゃねえ。表に出せないでいるカネを洗浄するには、カジノは絶好の場だ。不法な手段で貯《た》め込んだカネを持ち込んでチップに換える。それをそのまま窓口に持ち込んでカジノで勝ったことにすりゃ、表に出せるカネになっちまうじゃねえか」

「それは、なにも反社会的団体に限ったことではありません」

西崎がいった。「一般国民だって不正に蓄財し、タンスに眠らせているしかなかった現金が、その手口を使えば表に出せるようになるわけです。それじゃあ脱税が、やりたい放題になってしまいます。カードにICチップを埋め込み、システムで管理すれば、誰がどれほどの現金を持ち込み、幾ら持ち帰ったのか、そもそもそんなカネがどこから出てきたのか、カネの流れが完全に把握できるようになるんです」

つまり、怪しいカネの動きがあれば、税務署が飛んでいくというわけだ。

職務には違いないが、規制でがんじがらめにすることには、恐ろしく知恵が回る連中だ。

杉田は、半ば呆れながら舌を巻いた。

「それに、いまだって仕事の契約を結ぶに当たっては、相手が暴力団関係者かどうかの問い合わせがありゃ、警察は情報を提供してんだ。この仕組みを導入すれば、暴力団、及び関係者をＩＤカード申請の段階でカジノから締め出すことができる」

蒲池は、どうだとばかりに胸を張ると、「まっ、カジノっていやあ、なあんか洗練されたイメージがあっけどさ、とどのつまりは賭場だかんな。墨しょった怖い人にうろうろされたら、堅気の客が寄りつかねえ。それじゃあんたらも、商売上がったりになっちまうだろ」

呵々《かか》と笑った。

「えっ……。墨入った人の申請は、却下すんですか」

杉田は、訊ね返した。

「銭湯やゴルフ場が、墨者の入場を制限してんのはなぜだと思う？　回りの人間がびびっからだろ？　それと同じだ」

「どうですかねえ」

杉田は小首を傾げた。「いまどきそんなこといったら、外国人客なんて入れなくなる人だらけになってしまいますよ。メジャーリーガー、サッカー選手、映画俳優、その世界じゃ超一流って呼ばれる人間だって、墨だらけじゃないすか。しかも、みんな大金持ち。セレブって呼ばれてんですよ。ジョニー・デップ、アンジェリーナ・ジョリー、ネイマール、ベッカム、み〜んな入れなくなっちゃうじゃないすか」

「露出を極力押さえろっていってるだけだ。風紀の問題なんだ、これは」

痛いところを突かれたというところか、蒲池は声を荒げると、どんとテーブルを叩《たた》いた。

「まっ、それも今後の検討の中で決めていくことでして――」

西崎が割って入った。「でも、ＩＤカードの導入は現実的な策だと思いますよ。実際、韓国では、自国民がカジノに入場するに際して、写真入りＩＤの携行を義務づけていますからね。この制度の導入には、前例があるんです」

前例ねえ。

その言葉が妙に腑《ふ》に落ちる。

オリジナルのアイデアを出す能力はないが、前例があれば、それをモディファイするのはお手のものというわけだ。まさに『ザ・カンリョウ』だ。

だが、墨者はともかく、ギャンブル依存症者、入場不適格者の排除、マネーロンダリングの防止と、カジノに否定的な世論を納得させるという点においては、このシステムの導入が有効に働くであろうことは想像に難くない。

「じゃあ、ＩＤカードが導入された暁には、日本の公営ギャンブルも大きく変わることになりますね」

杉田は、ふと思いついたことを口にした。

「どういうことだ」

問い返してきたのは、河本である。

「そうなりませんか？　ギャンブル依存症と疑われる人間は、日本にごまんといるんです。その分だけ、苦しんでいる家族がいるってことじゃないですか。パチンコ、競馬、競艇、競輪、オートレース。全てのギャンブルに、ＩＤカードを導入すれば、格好の依存症対策になるじゃないですか」

当然の話だ。

日本でギャンブル依存症の疑いがあるとされる人口は、成人男性の八・七％、女性の一・八％。成人全体では四・八％で、実に五百三十六万人にも上るとされている。アメリカの〇・六％、マカオの一・七八％と比べても、異常に高い数値である。ＩＤカードの導入が、カジノ依存症防止のためだというなら、既存のギャンブル依存症対策にもなるはずだ。

てっきり、「その通りだ」というこたえが返ってくるものと思ったが、意外なことに官僚たちは、硬い顔をして押し黙る。

どういうことだ？

怪訝《けげん》に思いながらも、杉田はさらに続けた。

「それに、払戻金にしたって、総額が年間五十万円を超えた場合は、一時所得として確定申告をしなければならないことになっていますよね。だけど、実際に確定申告を行っている人はまずいません。つまり、脱税が野放しになっているわけです。IDカードを導入すれば――」

「それは、難しいでしょうね」

西崎がいった。「まず払戻金ですが、サラリーマンの場合、給与以外の所得が二十万円以下であれば、確定申告の必要はありません。これに一時所得の上限五十万円を加えれば、併せて七十万円の給与外収入がなければ、申告義務は生じないのです。それも馬券なら、的中馬券を購入した金額は、払戻金から差し引いていいのですから、かなり儲《もう》けないことにはとてもとても――」

さすがは財務官僚だ。

西崎は淀《よど》みない口調で一気にいい、間髪を入れずさらに続けた。

「もちろん、確定申告をしなければならないほどの利益を上げている人がいないとはいいません。ですが、一般的には、年間七十万円以上もの利益を公営ギャンブルから上げている人は、極めて少数だといっていいでしょうね」

確かにその通りかもしれない。

大穴、万馬券なんてものは、そう簡単に出るものではないし、そもそも、買う人間が僅《わず》かしかいないから、的中倍率が高くなるのだ。それに、公営ギャンブルは、的中してはじめて儲けが出る。外せば全額没収だから、マネーロンダリングには全く不向きな仕組みである。財務官僚が、興味を示さぬのも分からないではない。

「なるほど」

杉田は頷いた。

「次にギャンブル依存症対策になるというご指摘ですが、なるほど既存のギャンブルにIDカードを用いれば、有効な策とはなるかもしれません。ですが、それを可能にするためには、すでに確立されているシステムの中に、新たにカードを用いるような仕組みを加えなければならなくなります。馬券、車券、舟券の販売窓口、パチンコとなれば、各台に設置しなければなりませんから、膨大なコストと時間がかかる。これは、いうは易《やす》く行うは難しの典型みたいなものです。その点が一からはじめるカジノとは全く事情が違うのです」

ごもっとも。

「ご丁重な説明、ありがとうございます」と、思わず口にしてしまいそうなほど、西崎は明快かつ、丁寧な言葉遣いで話した。不快感など覚えようがないのだが、逆にそのそつのなさの裏に、既存のギャンブルにIDカードを導入しない別の理由が隠されているのではないかという気がしてくる。

ひょっとして、おれ、手玉に取られてんじゃねえのか——。

しかし、もうこれ以上の言葉が出てこない。

「まっ、そういうことだから」

河本はノートを閉じると、「こっちは、着々と準備を整えてんだ。カイザーも新しいことやんならやるで、さっさと案を出せ。オリバーさんによくいっといてくれ」

会議を終わらせた。

3

「なるほど、IDカードときたか」

歓迎会は新橋の博多水炊《みずた》きの店で行われた。

生ビールでの乾杯が終わり、今日の会議の概要を聞き終えたところで、オリバーが唸《うな》った。

「まあ、いってることは理に叶《かな》ってはいるんです。事前登録制にすれば、カジノの問題点とされている事案が、相当部分まで解決されるでしょうからね」

杉田は、そこでビールを喉《のど》に流し込むと、「でも、実際どうなんでしょう。IDの携行を義務づけてる韓国だって、カジノ依存症の人間がごまんといて社会問題になってるんでしょう？　やりたいってやつは、身内の制止を振り切ってでも行く。そうなると、DVとか別の問題が起きそうな気もするんですよね。ギャンブル依存症にだって、禁断症状みたいなもんがあんでしょうに――」

手の甲で口を拭《ぬぐ》った。

「そこは、君のいう通りだろうな」

オリバーがこたえる間に、料理が運ばれてきた。

店を選んだのは柏木だ。鶏《とり》の水炊きがメインだと聞いたがコース料理なのか、新鮮な馬刺、レバ刺、餃子《ぎょうざ》にヤングコーンの唐揚げがテーブルの上に並べられる。

「身内の同意が得られねえからって止められるもんなら、ギャンブル依存症が問題になるかよ。カネがなけりゃ借金しても、止める人間がいるならはっ倒してでもやる。それが依存症っていわれる所以《ゆえん》だ。IDカードがなけりゃ入れねえなんてことになったら、それこそ、やつらが懸念してる、暴力団が開く違法カジノに足を向けるに決まってんじゃねえか」

「ですよねえ……」

杉田は頷くと、「しかし、あの場でそんなことはいえませんからね。だって、こっちとしては、依存症者が増えるのは、正直いってそれだけ実入りが増えるってことですからね。本音を漏らさず、あくまでも建前を通さなきゃならない。向こうだってそれは同じなんですから、腹の探り合いをやってるようなもんです。疲れますよ……」

小さく息を吐いた。

「連中が何を考えてるかなんて見え見えだろが」

オリバーはそういいながら箸《はし》を手に持つと、料理に目をやった。

視線が止まった。

「これ……なんだ？……」

「馬刺、レバ刺――」

柏木が順を追って説明する。

「馬の肉にレバー……それも生だと？」

オリバーは愕然《がくぜん》として、顔色を変えた。「そんなもん食って大丈夫なのか？」

「小さい頃から食べてますけど？」

柏木は平然とこたえた。「馬肉は体が温まるし、カロリーが少なくてヘルシーなんです。なのに精がつくって、うちの近所には、古くから続く専門店があるんですよ」

「近所って、柏木さん、どこに住んでんの？」

杉田の問い掛けに、柏木は冷たい視線を向けてくると、

「台東区の日本堤――」

そっけなくいった。

なるほど。

地名を聞けばピンとくる。確かに精力を必要とする人間が集う場所のすぐ近くだ。

それ以上訊《き》かなかったのが、お前の行状を物語るとばかりに、柏木は顔を小さく顰めた。

「悪いが、わたしは止めておく……」

オリバーは、餃子をつまみ上げると口に入れた。「これ、美味《うま》いな。いままで食べた餃子の中では一番だ。実にいい肉の感触だ」

「牛タン餃子です」

オリバーは目を剝き、慌《あわ》ててビールで飲み下すと、

「どこまで、話したかな」

咳払《せきばら》いをしながら訊ねてきた。

「連中の狙《ねら》いが見え見えだってところまで」

「そうだったな」

変なもん食わせやがってとでもいいたげに、オリバーはちらりと柏木を見ると続けた。「思うに、彼らの狙いはふたつある。ひとつは、IDなくしてカジノに入れないということにしちまえば、申請を審査し、カードを発行する機関が必要になる。これは、かなり大きい組織になるだろう。結果、彼らがひとつ新たな権益、天下り先を手にすることになるわけだ」

杉田は眉を吊り上げた。

「なるほど。過去の犯罪歴、暴力団関係者かどうかのデータは、警察が握ってるわけですもんね。誰がどれだけ勝ったか。マネーロンダリングじゃないかを追うのは国税庁。書類審査に、追跡調査。役人の仕事が増えれば増員か、職務を分担すればさらに組織は大きくなる。それがことごとく役人の天下り先になるってわけか」

油断も隙《すき》もないというのはまさにこのことだ。

善人然とした、西崎の顔がいまさらながらに白々しく思えてくる。

「日本人は、官僚がなにをやってるかなんてことには無関心だし、役人組織を生かすために、どんだけ無駄な手間暇をかけられても、それが決まりだといわれりゃ黙って従うからな」

何のことだ？

「日本の免許更新なんてその典型だろ」

オリバーはいった。「基本三年に一度。無事故無違反でも、五年で更新しなきゃなんねえんだろ？　アメリカの免許更新なんて、スーパーでできんだぜ。それが、日本じゃわざわざ免許更新センターとやらへいって、どーでもいいようなビデオ見せられ、役人の退屈なお話しを聞かなきゃなんねえっていうじゃないか。毒にも薬にもならねえ組織を抱えるために、どんだけの税金が使われてんだよ。アメリカだったら、とっくの昔にそんな組織なくなってるよ」

お上の決めたことには、唯々諾々《いいだくだく》と従うか。そうだよな——。

反論の余地はない。

杉田は肩を竦め、ジョッキを傾けた。

「そして、その二」

オリバーは、顔の前で二本の指を突き立てた。「やつらはカジノの成功を望んではいない。少なくとも、日本人の足がカジノに向くことを極力防がなければならない。

本気でそう考えている」

「所轄官庁の利権が損なわれるからでしょ？　だけど、カジノが失敗すりゃ、政府が目論《もくろ》んでいた経済効果も見込めなければ、お台場の総合レジャーランド化だって、想定通りには行かなくなりますよ。それは、役人だって――」

十分承知のはずだ、と続けようと思った杉田は言葉を飲んだ。

分かってないな――。

柏木の呆れた視線が、目に入ったからだ。

「やつらにとって、カジノが成功するかどうかは、まさに既得権益構造が崩壊しかねない大問題なんだよ」

「どういうことです。さっぱり分かんなくて……」

取り繕ってもしょうがない。

杉田は正直にいった。

「カジノは、ギャンブラーにとって実にフェアなものだからだ」

重々しい声でオリバーはいい、「君は、控除率《こうじょ》を知っているかね」

と訊ねてきた。

「控除率……ですか？」

はじめて聞く言葉だ。

杉田は問い返した。

「例を上げよう。一枚千円の宝くじがあるとしよう。さて、日本の胴元は集めたカネのどれほどを払い戻しの原資にするかな？」

「確か、五十二％だか五十六％だかが抜かれて、払い戻しに充《あ》てられるのはその残りだということを聞いたことがあります」

「その胴元の取り分を控除率という」

オリバーは、人差し指を突き立てた。「サッカーくじ五十五％。競馬、競輪、競艇、オートレースは二十〜三十％。パチンコ十五％。千円注ぎ込んだ時点で、買った人間は自動的に胴元にそれだけのカネを抜かれてんだ。それに比べて、カジノの控除率は、最も高いアメリカンルーレットで五・二六％。バカラに至っては一％ちょっとだ。日本のギャンブルは、胴元にとってはまさに濡《ぬ》れ手で粟《あわ》なんだ。しかもノーリスクときてる。夢のような話だよ」

なるほど、あらゆるメディアを使って、高額当選金を餌《えさ》に宝くじの購入を勧めるわけだ。

一等賞金が六億円といっても、胴元には痛くも痒《かゆ》くもない。クジの売上の半分以上は、予《あらかじ》め抜いているのだ。

しかし、疑問は残る。

「カジノの控除率って……どこでプレーヤーからテラ銭を抜いてんです？　ゲームの場でも、チップを現金に換える時だって、百ドルチップは百ドルで精算されてますよね」

「テラ銭はない」

オリバーは含み笑いをしながら、首を振った。「カジノの控除率は、実に複雑な数式で算出されていてね。手っ取り早くいえば、プレーヤーが勝負を続ければ必ず負ける。何回の勝負で持ち金がゼロになるか。その確率を控除率という言葉で表わしているんだ」

「つまり、あなたが一回のバカラのゲームに千円賭《か》けたら、その時点で十円ちょっとのカネが溶けている。百回やれば、全部なくなるってこと」

柏木が口を挟んだ。「それが日本のギャンブルは千円張った瞬間に、宝くじなら五百円が溶けている。十人参加すれば五千円。当たったとしても、五千円を当選者が分けあってるってわけ。日本じゃ、プロのギャンブラーが成立するのは、パチンコと麻雀《マージャン》くらいっていわれるけどさ、それは、公営ギャンブルが胴元に極端に有利にできているから。そもそもが勝てない仕組みになってるからなのよ」

『役人が一番恐れてんのは、馬鹿が知恵をつけることだからね』

今朝彼女がいった言葉の意味が、いま分かった。

馬鹿とは、公営ギャンブルにうつつを抜かす日本人のことだ。

そもそもが、ギャンブラーなんてものは、的中すれば大喜び。外せばカネが溶けて失《う》せて当然だと考えている。目がいっているのは、自分のカネだけ。総額でどれほどのカネがその勝負に注ぎ込まれ、抜かれているのかなんてことは全く念頭にない。

そこに付け込み、暴利を貪《むさぼ》っているやつがいる。それもアンフェアー極まりない仕組みの中で――。

それが、日本の公営ギャンブルの正体というわけだ。

「そして抜かれた莫大《ばくだい》なカネの一部が公益法人、役人の天下り組織に流れてる」

オリバーはいった。「だから『愚か者の税金』なんていわれんだ。免許証の書き換えと同じ。役人を食わせるために、無駄金を払わされてんだ。それに比べりゃ、いかにカジノが良心的か。日本のギャンブラーがそこに気づいたら、一番困んのは官僚だろが」

「いかにしてカジノに足を踏み入れさせないかに知恵を絞ってるのはそういうわけ

か」

なんてやつらだ！

猛烈な怒りが込み上げてくる。

そんな杉田の顔を見ながら、「ようやく分かったようね」とでもいいたげに、柏木はあざけるように口角を歪《ゆが》めた。

「日本の官僚は、マフィアだよ。いや、それよりタチが悪いね」

オリバーが苦々しげに吐き捨てる。「なんせ、泥棒が法律を立案し、執行する権限を持ってんだからな。鬼に金棒ってやつだ」

なるほどマフィアとはいいえて妙だ。縄張りを荒らすやつは、断固排除する。違いといえば、暴力にものをいわせるか、法で縛るかだけだ。

「しかし、カジノに足を向ける日本人は、自制の利《き》く人間だけ。地方からやって来た観光客が、話の種にと思っても、事前にＩＤを取得しとかなきゃ入場できないじゃ、ハードルがすごく高くなりますよ」

杉田は唸った。「やつらの狙いがそこにあるとしたら、カジノを成功に導く鍵《かぎ》は、やっぱり外国人をいかにして集めるかってことになりますね」

「そうなるな……」

杉田の言葉に、オリバーは腕組みをして考え込む。

水炊きが運ばれてきた。

意外なことに、柏木が自ら進んでおたまを取り、具とスープを各自の器に取り分けはじめる。

「日本ならではのゲームか……」

杉田は呟《つぶや》いた。「パチスロやパチンコをカジノに入れても意味ないしなあ……」

「当たり前だろ。そりゃ、パチスロもパチンコも日本にしかないゲームだが、そんなもん、街に出りゃいくらでもあんだ。キャッシュには換えられねえってのも建前の話じゃねえか。意味ねえよ」

「ですよねえ……」

杉田は箸を手にし、柚子胡椒《ゆずこしょう》を載せ器を口元に運んだ。

「そんなことで頭を悩ませてんの？」

柏木がいった。

「そうだよ。どこでもやれるゲームをしに、外国人、特にＶＩＰが日本くんだりまで来るわけないじゃん。だから、お台場じゃなければ遊べない、これぞ日本ってゲームを導入し、エキゾチズム溢《あふ》れる空間にしなけりゃなんねえんだ」

「簡単じゃない」

柏木はあっさり返す。

そんなものがあるならいってみろ。

杉田はスープを啜《すす》り、具を口に入れた。

「丁半なんて、その最たるものじゃない」

ブッ――。

噴いた。

口の中にこびりついた柚子胡椒が喉に沁《し》みる。杉田は激しく咳き込み、涙目になりながらかろうじていった。

「ちょ、丁半って……」

「なんだそれ？」

再び咳き込む杉田を尻目《しりめ》に、オリバーは柏木に目を向けた。

「日本伝統の博打です。サイコロ二個をツボの中に入れて、その合計が偶数なのか奇数なのかに賭ける。単純なゲームですよ」

「確率は二分の一か。大小と同じだな」

「まあ、日本独自のゲームは他にもいろいろあるんですけど、はじめての人にはルールが分かりにくい。だけど、丁半は別です。偶数か奇数かのどちらかに賭けりゃいいんですから、外国人にも一目瞭然《りょうぜん》ですね」

「となると、勝った場合の配当は賭け金相当。持ち金が倍になるわけだな」

「基本的に――」

柏木は頷くと、「ただ、丁半の場合、偶数、奇数の賭け金が、同額にならないとツボはあきません」

「どういうことだ？」

「丁半は、客同士の勝負なんです。負けた方の賭け金を、勝った方に分配する。胴元は、ゲームの仲介役に過ぎないんです」

「じゃあ、胴元はどこで儲けんだ？」

「賭け金の五％を胴元に払うのがルールです。ひと勝負にかかる時間は一分程度。控除率はアメリカンルーレットよりも低いけど、勝負が早い分だけ実入りは大きい。これもカジノには向いてるんじゃないかと――」

「役は？」

「ありますけど、カジノでやるなら無視した方がいいでしょうね。ややこしくなりますから」

「まるで、バカラじゃないか。いや、勝負が早いのは同じだが、バカラよりもルールはずっとシンプルだ」

オリバーは、水炊きを頬張ると、「いいね」

鼻を鳴らした。

ようやく咳が収まった杉田は、異を唱えた。

「あり得ません！　丁半なんて。あんなの入れたら、カジノがまるっきし賭場になっちゃうじゃないすか。イメージ悪すぎですよ。第一、そんなものをやるなんていおうものなら――」

官僚連中が、絶対駄目だっていうに決まっている。

そう続けようとしたのを柏木が遮った。

「なあ〜にいってんのよ。カジノは賭場そのものじゃない。そうじゃないってんならなんだっての？」

「だけど、なんでもありってわけじゃ……」

「あんたが官僚みたいなこといってどうすんの？　デニーだって、まるでバカラだっていってんのよ。だったら、なんでバカラがよくて丁半が駄目なんだって、問い詰めることもできんでしょ？」

柏木は、能無しといわんばかりの口ぶりで迫る。

「まったくだ」

オリバーが感心したように頷いた。「イメージはいまひとつ湧《わ》かないが、聞いた限りでは相当に面白そうなゲームではあるな。第一、バカラと似てるってとこがいい。カネが溶けるか、倍になるか。二つにひとつ。勝負は早いし、ゲームの度にこちらには賭け金の五％が確実に入るんだろ？　バカラだって、バンカーが勝利した場合には、配当から五％が引かれるしな。客もこのルールは抵抗なく受け入れるだろうし、なんたってＶＩＰが好んでやるゲームがバカラだからな」

「いや、でも、日本では丁半っていえば、ヤクザが仕切るもんだってイメージがありますからね。カジノが賭場ってのは、その通りなんですが、やっぱイメージ悪すぎますよ」

余計なこといいやがって。交渉すんのは、誰だと思ってんだ。

内心で舌打ちをしながら、杉田は顔を顰《しか》めた。

「それをいうなら、違法の賭場で行われてんのってバカラかルーレットじゃない。そこには、大抵ヤクザが絡《から》んでんのよ。イメージ云々《うんぬん》を理由に、丁半が駄目だっておかしくない？」

柏木はいささかむきになって反論する。

いったい、なんでこんなに熱くなるんだ。

オフィスで見せるビジネスライクな態度との余りの乖離《かいり》が、不思議でならない。

「その丁半ってのは、どっかで見れるのか」

オリバーは興味津々《しんしん》である。

「いまどき、丁半やってる賭場なんてあるわけないすよ。ヤクザだってやりゃしません。もはや伝説の博打です」

すかさずこたえた杉田を尻目に、

「イメージを摑《つか》むだけでいいんなら、すぐに用意できますよ。食事が終わったら、ご案内しましょうか？」

柏木はしれっとした顔でいい、水炊きを口に運んだ。

4

「いい！　あれはいいぞ」

週明けの早朝、オフィスに現われたオリバーは雄叫《おたけ》びを上げた。

歓迎の夕食会が終わった後、柏木が案内したのはレンタルビデオ店だった。

ヤクザ映画のコーナーに向かうや、ずらりと並んだＤＶＤの中から選び出したのがその名もずばり『女賭博師《とばくし》丁半旅』。イメージを摑むだけなら映画で十分というわけだ。

「いいって……映画見ただけじゃないすか。それも日本語でしょ。内容把握できたんすか」

ほんと勘弁してくれ。

杉田は、訊《たず》ね返した。

「ストーリーなんか関係ない。ゲームの面白さは、絵面《えづら》を見てりゃ良く分かる」

オリバーは興奮した面持ちで椅子《いす》にどさりと腰を下ろす。「第一、勝負が決着するまでのルーティーンがいい。サイコロを翳《かざ》す。ツボに入れる。マットの上に置く。客が札を置く。進行役が、賭けを促す――」

劇中の登場人物になったかのように、オリバーは身振り手振りを交えて熱く語る。

「あの雰囲気、いいねえ。場の主役は、ぴしっと着物着た絶世の美女。隣の男の掛け声が、弥《いや》が上にも勝負への期待感と興奮を高める。黒ベストに蝶《ちょう》ネクタイってカジノとは何もかもが大違いだ。あれぞ日本。立派に世界に通用するゲームと見たね」

オリバーは断言する。

「美女っていいますけど、そりゃ映画だからですよ。実際には、あんな美人の賭博師なんていませんよ」

「チッチッチッ――」

オリバーは舌を鳴らし、顔の前に突き立てた人差し指を左右に振った。「日本人女性はな、アメリカじゃもの凄《すご》くモテんだ。おれが大学生の頃なんか、日本人の女子留学生がキャンパスを歩きゃ、一日どれほどの男がいい寄ったか。外見云々じゃねえんだ。日本人女性が醸《かも》し出す雰囲気は、どこか違うんだよ。それが着物着てツボ振るんだぞ。外国人にはたまんねえよ」

「じゃあ、ツボ振りは着物着た女性にやらせんですか？」

「ありだろうな。男がやるより、ずっとインパクトがある」

「中盆《なかぼん》、ツボ振りの隣にいるふたりは？」

「それは、男でも構わんさ」

「服装は？　蝶ネクタイに黒ベストってわけにはいきませんよね」

「あったりまえだ。そんなことすりゃ、雰囲気台無しじゃねえか。着物に決まってんだろが」

「ふつー中盆は、着物は着ませんけど。映画の中でもそうだったでしょう？」

「そういや、妙なもの着てたな」

「だぼシャツっていうんです。それと猿股《さるまた》。さもなくば、上半身は裸で腹にサラシを巻く。中盆って審判ですからね。たぶん、いかさましてないってアピールするためもあるんでしょうけど、とにかく軽装なんですよ」

「だったらそうすりゃいいじゃねえか。その方が、雰囲気出るし」

なにをつまんねえことを、とでもいいた気に、オリバーはあっさり返す。

それじゃ鉄火場じゃねえか。

もちろん、カジノとて鉄火場に変わりはないが、蝶ネクタイに黒のベストというディーラーの服装がノーブルな雰囲気を醸し出し、後ろ暗さが付き纏《まと》う賭場のイメージを和らげているのだ。

「あのですね。中盆だって、誰でもいいってわけじゃないと思うんですよね」

杉田はいった。「あれは、やっぱりヤクザがやるから様になるんですよ。ディーラーったってカジノの場合従業員、ふつーの人ですからね。迫力もない、品のいい若者が、あんな格好したって様になりませんよ」

「あのな……」

オリバーは眉間《みけん》に皺《しわ》を刻んだ。「おれは、外国人受けするゲームを探してんだ。ヤクザがやるから様になるっていうが、そもそも外国人は丁半がどんなものかも知らねえんだ。中盆の迫力とか品なんて気にするもんか。あの服装、場の雰囲気は目を惹《ひ》くこと間違いないね。どんなゲームが行われてんだって、外国人が群がってくんぞ」

「おはようございます」

出社してきた柏木が、顔を覗《のぞ》かせた。

「これ、返却しといてくれるか」

オリバーは、DVDを差し出した。

「お役に立ちました?」

「もちろん」

オリバーは一転して満面に笑みを湛《たた》えると、「捜していたものがついに見つかった」

大きく頷《うなず》いた。

「それはよかった……」

柏木は、意味あり気な視線で杉田を見た。

ちっともよかねえよ。

杉田は大げさに溜《た》め息をついてみせた。

丁半博打《ばくち》をカジノに持ち込む。確かにアイデアとしては面白い。だが、問題はやはり実現の可能性だ。なにしろ、許認可権を握っているのは『駄目だとは書いていないが、やっていいとも書いてない』と公言してはばからない官僚だ。面白いと思ったら、いかにして実現するか。そこに知恵を絞るアメリカ人とは、その点が根本的に異なるのだ。

「さて、そうなるとどうやって丁半をお台場に持ち込むかだな」

果たしてオリバーは視線を向けてきた。「映画を見て、丁半はヤクザが仕切るもんだってのは改めて分かった。あのくそ面白くもねえ連中を説得するのは至難の業だろう」

分かってんじゃねえか。

「うんといわせる知恵があるなら、是非聞かせて欲しいもんです」

杉田は皮肉をいった。

「いまのところ、おれにもこれといったアイデアはない。それに、それ以前に問題があるしな」

「どんな？」

「本社の連中に、日本で成功を収めるためには丁半博打の導入が必要なんだと認めさせることだよ。なんせ、これまで手を付けたことのないゲームだからな。もちろん、説得する自信はあるが、丁半を理解して貰《もら》うためには、DVDを送った程度では判断に困るだろう」

「本社がその気になったって、事業室の同意が得られなきゃどうしようもないじゃないすか」

「カイザーはギャンブルに精通したプロの集団だ。それに、そもそもギャンブルがご法度《はっと》とされてきた国に進出してきた経験もある。つまり、ご法度をひっくり返す力もあれば、ノウハウもあるってことだ。彼らが本気になって知恵を絞れば、思いも寄らぬ方策が見つかるかも知れない」

力だかノウハウだか知らねえが、だったら、そいつをさっさと使えばいいじゃねえか。

そう返そうとするのを見計らったように、

「力を発揮させるためには、やはり意思の統一だ。そのためには、現物を見る、あるいは実際に体験して貰うのが一番早いと思うんだが――」

オリバーは続けていった。

「いまどき、丁半やってる賭場《とば》なんてありゃしませんよ。そこそこの場所も必要ですし、人だって集めなけりゃカネも動きませんからね。丁半博打の賭場が摘発されたなんて記憶はとんとありませんし、たとえヤクザに頼んだってやれる人間がいないっていわれるでしょうね。もはや、過去の博打ですよ」

その時、柏木が口を挟んだ。

「体験したいってんだったら、パーティーの余興で疑似丁半やってるところがありますけど」

また余計なことを。

杉田は睨《にら》みつけると、

「それって、ヤクザ映画のパロディみたいなショーだろ。駄目だよそんなの。気の抜けたコーラみたいなもんじゃねえか」

一刀両断に切り捨てた。

「だよな……」

これにはオリバーもすぐに同意した。「疑似ってんなら、せめてあの映画のような、びしっとした美女がツボ振って、それなりに場の雰囲気も再現されて、カネが動かぬまでも、リアリティ溢れる演出がなけりゃ、丁半がどんなものか分かってもらえんだろうなあ」

「そりゃあ無理な相談っていうもんです」

杉田はそう返すと、「いったでしょ。丁半はもはや過去の博打なんです。ヤクザだって手を出さないし、映画にしたって、博徒をテーマにしたものなんか今やありゃしませんからね。まさか、昔のヤクザ映画のスターを集めて賭場を再現するってわけにもいかないし——」

薄ら笑いを浮かべながら柏木を見た。

「ほんとうに雰囲気だけでいいってんなら、わたし、心当たりありますけど」

ところが柏木は、さらりといってのける。

「へっ？」

杉田は間の抜けた声を漏らした。

「昔、そういう稼業《かぎょう》に就いてた人を知ってるんです。もちろん中盆とか人を集めなければなりませんから、ただってわけには行きませんけど、ほんの謝礼程度でやってもらえるんじゃないかと」

「それって、昔ヤクザだった人にやらせるってこと？」

「ヤクザにもいろいろあるけど、広義ではそうなるかな」

「まずいだろ、それ。ただでさえ、カジノには裏稼業の人たちの影が付き纏うようなイメージがあんのに、元とはいえヤクザとカジノ運営会社の人間が接触するなんてさ。そんなことが表沙汰《おもてざた》になったら、カイザーがお台場カジノを運営する話だって、御破算になっちゃうかも知れないぞ」

「別に、ほんとうに博打するわけじゃなし。雰囲気を再現するだけじゃん。何で問題になんのよ」

「ほんとうにやれるのか」

　オリバーがいった。

「デニー！」

　乗り気になったのが見え見えだ。

　慌てる杉田を尻目に、

「もちろん。お望みとあれば――」

　柏木は断言する。

「よし。じゃあ、その件は君に任せよう」

　オリバーは話は決まったとばかりに、ぱんと手を打つと、「となりゃあ、人集めだ。面白いことになってきたぞ」

　椅子をくるりと回転させると、パソコンに向き直った。

おあいにく様とでもいいたげに柏木は目を細めると、軽く首を傾《かし》げた。

元とはいえ、ヤクザに知りあいがいるって、どんな女だ——。

しかし、こういう時の柏木もまたいい。得体の知れなさゆえか、美貌《びぼう》に凄みが加わる。

「知らねえぞ」

杉田は悔し紛れに思わず漏らした。

「デモンストレーションよ。大げさに考えなさんなって」

柏木は鼻を鳴らすと、「それに、あなたの使命は、日本でのカイザーのビジネスを成功させることでしょ？ だったら、いかにしてあの官僚連中を説得するか、それを考えておくべきなんじゃないの」

まるで、結論は見えているとばかりにいった。

その通りだ。その通りには違いないんだが——。

言葉が出ない。

黙った杉田の背後から、オリバーの声が聞こえた。

「ホーリー・シット！ あのじゃじゃ馬娘が、日本に来るって？ 冗談じゃねえ」

振り向いた杉田の目に、身をのけ反らせ頭に手をやるオリバーの姿が飛び込んできた。

じゃじゃ馬娘って誰のことだ？

どうやらメールを書く前に受信に目を通したらしいのだが、大した驚きようだ。

思わず視線を転じると柏木が、「さあ」とでもいうように、肩を竦《すく》めた。

5

賭場の開催は、三週間後と決まった。

冴《さ》えない時間が瞬《また》く間に過ぎた。

丁半をお台場でという案が持ち上がっているとは口が裂けてもいえず、その間に開かれた事業室との定期会議の場では、例のごとく散々に罵《のの》られ、まったくの能無し扱い。『賭場』の開帳にしても、直接の準備は柏木が受け持ち、仕事といえば丁半博打の資料を集め、ポイントを英文に要約したレジュメの作成に追われた。

そして、カイザー本社の面々が来日するより早く、オリバーが頭を抱えたじゃじゃ馬がやってきた。それも、本社から日本駐在を命じられたエキスパッツとしてだ。

ゲール・ガーフィールド、通称ＧＧ。

赤毛のカーリーヘアのテキサス娘。年齢三十歳。身長は百六十センチほどと白人にしては小柄だし、エキスパッツにしては、おっとりしているというか、品がいいというか、とにかく一風変わった雰囲気を醸し出す女性だ。しかも、これといった職務を課せられている様子もない。

「預かり社員なんだよ」

彼女が着任した直後、オリバーは溜め息をつきながらいった。

「預かり社員?」

日本ではよく聞く言葉だが、そんなものがアメリカにもあんのか。

「彼女の親父《おやじ》というのは、政府の高官でね。ほら、ジェフリー・クラウスって知ってんだろ。通商代表の——」

「もちろん」

クラウスは、かつてTPP締結交渉が盛んに行なわれていた頃、アメリカ側の代表として、日本政府を相手に剛腕ぶりを発揮したアメリカ政府の高官中の高官だ。メディアを通じて、その名は日本でも広く知れ渡っている。

「そんな、お偉いさんの娘が何でまた」

杉田は訊ねた。

「ギャンブル依存症にかかっちまってさ。カウンセリングとか、ひと通りの治療を受けさせはしたんだが、どうも芳《かんば》しい効果が得られない。クラウスにとっては、大事なひとり娘だ。なんとか更生させたい。ならば、カジノ産業がどんな仕組みで成り立ってんのか、カネを毟《むし》り取る側になってみりゃ、ギャンブルにうつつを抜かす行為が、いかに愚かなものか気がつくだろうってんで、カイザーに泣きついてきたってわけなんだ」

「毒を以《もっ》て毒を制すってわけですか。で、更生したんすか？」

「そこそこはね――」

オリバーは、開いた掌《てのひら》をひらひらと振った。「お陰で、投資銀行に勤めるエリートと結婚して退社。ニューヨークに移り住んだはいいんだが、旦那《だんな》はべらぼうな高給取りだ。まして、いまだ子供はいない。そこで、また悪い癖が出ちまったってわけさ。まあ、当然夫婦仲が怪しくなるわけだが、そんなところに、旦那が東京駐在だ。ニューヨークでひとり暮らしをさせときゃ、それこそ夫婦仲が破綻《はたん》しかねない。かといって、東京に行かしたままじゃ暇を持て余す。なんせ、日本には外に一歩出りゃ街の至るところにパチンコ屋があるんだ。ギャンブル熱に拍車がかかったんじゃたまったもんじゃない。そこで、ここで働かせてくれないかって、親父が再度泣きついてきたってわけだ」

「まっ、カイザーの仕事は、とどのつまりがどうやってギャンブル依存症の人間を増やすかってことですからね。このプロジェクトの過程をつぶさに見りゃ——」

「問題はそこだ」

オリバーは溜め息をついた。「実は彼女、前にカイザーにいた時も、カジノ経営に直接関係するセクションにいたわけじゃないんだ。仕事は、海外から訪れるＶＩＰのアテンドでね」

「なんです、それ？」

「カイザー本社には、世界中からＶＩＰが頻繁に訪れる。ホテルやレストランの選定。カイザーが経営するカジノの案内。休日の娯楽。ＶＩＰの滞在中、付きっきりでお相手して差し上げる専門の部署がある。なんせ、通商代表の娘だかんな。相手だって悪い気はしねえ。預かり社員とはいっても、彼女はうってつけの人材だったというわけさ」

「じゃあ、日本ではなにをさせんですか」

「カジノ建設は、これから佳境に入るんだ。社内外を問わず、ＶＩＰも頻繁に訪れるようになる。その相手でもさせときゃいいだろ。要は暇を持て余して、ふらふらしねえようにしときゃいいんだよ」

いよいよ丁半の体験目的でカイザーの四人が来日したのは、そのGGが着任してちょうど一週間が経《た》った日のことだ。

本社上席副社長のポール・テーラー。施設担当のプロ、マーク・ニールセン。マーケティング部門からは、ジョセフ・ドナルド。海外営業部門からピーター・マルロー。そして、なぜかジャンケットのヤンがマカオからやってきた。

ヤンを除けば、はじめて会う面々だったが、いずれもオリバーが発信するメールにCCとして必ず名前が連ねてある人間ばかりだ。丁半がいかなる博打かは、この間にやり取りしたメールと事前に送ったレジュメで十分に説明してあったが、意外だったのは、この日を迎えるまで、オリバーがリハーサルを要求しなかったことだ。

四葉においては、絶対に失敗できないプレゼンテーションに際しては、本番さながらのリハーサルを何度も繰り返すのが常だった。丁半をお台場カジノの目玉にというなら、日本側プロジェクトマネージャーのオリバーにとっても、自分の評価につながる最重要事案。絶対に失敗できないはずなのに、リハーサルどころか、事前の説明の場も設けない。ぶっつけ本番ときた。

いったいどういうことだ。よほど自信があるのか。それとも、そこまで柏木を信頼していることでもいうのか──。

怪訝《けげん》に思う一方で、「失敗しちまえ」という気持ちを抱きつつ、杉田はオリバーと共に、待ち合わせ場所である都心のホテルに向かった。

「ハアイ、ポール！」

オリバーが、真っ先に駆け寄ったのはテーラーだ。普段より一オクターブ高い声を上げながら、手を差し出す。

「元気そうだな」

すかさず手を握り返すテーラーだったが、その顔に笑みはない。「日本くんだりまで、これだけの面子《メンツ》を呼びつけたんだ。さぞや、面白いゲームなんだろうな」

大人のエンターテイメントを提供することを生業《なりわい》としている企業のボードメンバーだ。新しいゲームへの好奇心を露《あらわ》にするものとばかり思っていたが、テーラーの反応は、ビジネスマンのそれである。遊び心どころか、無駄足に終わろうものなら許さない。そんな内心が表情と声の厳しさに表れている。

「シンプル・イズ・ベストを絵に描いたようなゲームです。世界のどこを探しても、これほど面白いゲームはないと思います」

だから、その自信はどっからくんだよ。

オリバーの行く末を案じたのではない。親亀《おやがめ》と一緒に子亀もこけたら堪《たま》ったもんじゃない。悪い予感を覚えたからだ。

「こちらは、わたしの部下のミスター杉田。今夜の案内役を務めます」

オリバーが紹介すると、

「よろしく――」

テーラーは形ばかりに手を差し出してきた。

案内役かよ――。

まあ、確かにそうだ。柏木は準備があるといって、昼過ぎに会社を出た。お陰でタクシーの手配からお迎えに至るまで、すべての雑用を引き受けることになったのだ。まるでジャンケット。いやぽん引きである。

オリバーは他のメンバーと挨拶《あいさつ》を交す。杉田もまたそれに続いた。

「お久しぶりで――」

最後に握手を交したヤンがいった。

「シンガポールではお世話になりました」

「面白いゲームが見れると聞きましてね。飛んできました」

ヤンは笑った。

ジャンケットがビジネスとして成り立つのは、VIPがいればこそ。そして、カジノの成否は、ジャンケットがどれほど多くのVIPを連れてこれるかにかかっている。その点からいえば、日本に客を呼び込めるかどうかを見極める一番厳しい目を持っているのはヤンだ。おそらく、そうした目的があって、オリバーはヤンを呼んだに違いない。

「では、ご案内しましょう」

杉田は、そういうと先に立って玄関に向かって歩きはじめた。

「ポール？」

背後から、テーラーを呼び止める声がしたのはその時だった。

振り返ると、そこにGGが立っていた。

「ハアイ、GG」

テーラーの表情が一変した。声のトーンが上がる。満面に笑みを湛えながらテーラーは両腕を大きく開き、駆け寄るGGを抱きしめた。

「どうしたの？　なんで日本にいるの？」

「いや、ちょっと仕事でね」

「仕事？　そんなのわたし聞いてないわ」

親の威光の賜物《たまもの》か。上席副社長という雲の上の人間を相手にしているというのに、臆《おく》するどころかまるっきりため口。まるで、近所のおっさん扱いだ。

GGはオリバーに視線を転ずると、

「デニー。どういうことかしら。上席副社長は立派なＶＩＰじゃない。滞在中のアテンドはわたしの仕事のはずよ」

厳しい顔で詰め寄った。

「いや……君は、日本に着任したばかりだし――」

オリバーは、戸惑いを露に語尾を濁した。

「関係ないでしょ。そんなことといってたら、いつまで経っても、日本の事情が分からないままじゃない」

「ビジネスの打ち合わせなんだ」

「打ち合わせ？」

GGは一同の服装を舐《な》めるように見る。「その割には、随分軽装じゃない」

賭場に出かけるのだ。来日組の服装は、ポロシャツにスラックスといった軽装で、スーツを着ているのはオフィスから駆けつけた、オリバーと杉田だけだ。説得力のないこと甚だしい。

「今夜の会合は、カジュアルで構わないんだ」

「わたしが同席しちゃいけないのかしら」

このあたりが、天真爛漫《らんまん》というか、天衣無縫というか、GGはお嬢様気質を剝《む》き出しにする。

「遊びに行くわけじゃないんだ」

オリバーは慌《あわ》てて返した。

ギャンブル依存症の人間を、たとえデモンストレーションとはいえ賭場に連れていけば、どんなことになるか。オリバーが声を掛けなかったのも当然だ。

「遊びだろ」

ところが、テーラーはあっさりいう。「いいじゃないか。ゲームは参加者が多いほど盛り上がる。一緒に行こう」

「でも、予定があんだろ。こんな時間にわざわざホテルに来たっていうことは――」

「旦那はビジネスディナーがあって、遅くなるっていうし、お友達もまだいなくて。それで、ホテルでお寿司《すし》でもと思って来ただけなの。時間なら十分あるわ」

GGはオリバーの言葉が終わらぬうちにいった。

「よし。話は決まった」

テーラーはGGの肩を抱くと、先に立って歩きはじめる。「ところで、お父様はお元気かね——」

「まずいんじゃないすか」

杉田はふたりの後ろ姿を見ながらいった。「彼女、ギャンブル依存症なんでしょ。いくらデモンストレーションったって、実際に丁半やるんですよ。燻《くすぶ》ってる火種にガソリンぶっかけるようなことになりませんかね」

「んなこと知るか！」

オリバーは、吐き捨てた。「もっとも、ギャンブルに目覚めて、パチンコにでも嵌《は》まってくれりゃ、こんなはずじゃなかったって、パパがアメリカに呼び戻してくれるかも知れんがね。むしろ、そうなればせいせいするってもんだ」

6

柏木が設けた賭場は、浅草にあった。

繁華街から露地に入った住宅街の一角。三階建てのビルである。

車庫にでもなっているのか、通りに面した一階はシャッターで閉ざされ、二階と三階が住居部分になっているらしい。

ひと足早くタクシーを降りた杉田は、玄関のドアの呼び鈴を押した。

ほどなくして、ドアが開かれた。

歳《とし》の頃は、七十前後といったところか。普段着姿の婦人が現われた。

「カイザーの杉田と申します――」

「お待ちしておりました。どうぞ――」

杉田は振り返り、合図を送った。

乗用車とワゴン車、二台のタクシーに分乗した面々が、路上に降り立つ。

玄関はさほど広くなく、上がるとすぐのところから階段になっている。

婦人の先導で二階に上がると、三十畳ほどの広い座敷に通された。

中央に置かれた、皺ひとつない真っ白な布がかけられた畳。すでに、その上にはツボ笊《ざる》、サイコロ、堆《うずたか》く積まれたコマ札が用意されており、四方の梁《はり》に『俵組《たわらぐみ》』と書かれた提灯《ちょうちん》がずらりと並ぶ。まるっきりのカタギの家でないことは承知の上だが、元どころか、まるで現役のヤクザの家だ。

「遠路遥々《はるばる》、ようこそおこし下さいました――」

和服を着た老人が部屋に入ってきた。

婦人よりも少しばかり年上か。短く刈った頭髪には、白いものの方が多い。小柄だが、体型はがっしりしている。日焼けした顔に刻まれた、いくつもの皺。穏やかな眼差《まなざ》しだが、眼光は鋭い。

「どうぞ、おかけ下さい」

杉田が通訳すると、一同は並べられた座布団《ざぶとん》に腰を下ろした。もちろん、外国人は正座はできない。体育座りのような姿勢が、何とも様にならない。

「改めまして、家の主《あるじ》の片倉重蔵《かたくらしげぞう》でございます」

片倉は名乗ると、畳に手をつき頭を下げた。

「こちらこそ、ほんと、ご無理を申し上げまして――。このような場を設けていただき感謝申し上げます」

杉田は礼を述べた。

「ただの実演とはいえ、生涯、二度とこんな場は持てまい、いや、持つまいと思っておりましたが、可愛《かわい》い姪《めい》っ子のたっての頼みとあれば、無下にも断れません。久しぶりに、道具を引っ張り出しまして――」

姪だって？　そんなことは、柏木はひと言もいわなかった。

まずいんじゃねえか。

杉田は思った。

元だろうが、なんだろうがヤクザが身内にいる人間が、カジノ運営会社で働いているなんて知れたら暴対法に抵触すんじゃねえのか。

柏木の身分を心配したんじゃない。カジノ設置が決まり、施設建設が進んでいるいまでさえ、異を唱える人間は世にごまんといる。それ見たことかと、反対派が勢いづき、カジノ建設が止まることはないにせよ、カイザーが手を引かなければならない事態になりかねない。

隣に座るオリバーが、何をいってるんだとばかりに、視線を向けてくる。

そういえば、肝心の柏木はどこにいったんだ。こんなこと、おれいえねえぞ――。

「早速ですが、はじめさせていただきましょうか」

片倉はそういうと、

「おい」

入り口に向かって声をかけた。

だぼシャツ、猿股姿のふたりの男が現われた。いずれも丸刈り。堂々とした体軀《たいく》である。そして、続いて現われた、白い着物姿の女性を見て、杉田は腰を抜かさんばかりに驚いた。

柏木だ。

彼女は、楚々《そそ》とした足取りで、正面の中央に正座した。

痺《しび》れた。

アップに纏めた髪を簪《かんざし》で止め、化粧もいつもとは違う。アメリカ風のメリハリのあるものではなく、ずっと控えめだが、その分だけ整った素の顔立ちがさらに強調される。それに、髪形がリフトアップの効果を生むのか、目のシャープさが際立《きわだ》つ。また着物の似合うこと。息を呑《の》むばかりの美しさだ。

正直、部屋に入った時点では、場の光景があまりにも地味だったせいもあるのだろう。外国人の間には、どこか拍子抜けしたような雰囲気が漂っていたが、柏木の出現で、場が一気に華やぎ、同時にぴりりと締まった。

それが証拠に、一同の間からほうっという溜め息が漏れた。

「カーシワーギサーン！」

オリバーもこんな展開は予想だにしていなかったのだろう。

声を裏返らせて、ぽかんと口を開けた。

「本日、ツボを振りますのは梗香。中盆はテツとサブがそれぞれ相務めます」

片倉がいった。

「梗香にございます」

「テツです」

「サブです」

三人は改めて名乗ると、畳に手をつき頭を下げた。

中盆がコマ札を渡しはじめる。

焦《こ》げ茶色《ちゃいろ》に変色した年季の入ったコマ札だ。それとは別に、樹脂でできたチップが用意されていた。

柏木はいう。

「ルールは簡単。ふたつのサイコロの目の合計が偶数か奇数かを当てるだけ。当たれば倍。外れれば当然持ちゴマは没収。ただし、ひと勝負につき賭《か》け金の五％を胴元に払っていただきます。チップは、そのためにご用意いたしました」

なるほど、勝負を繰り返せば、どれほどのカネが胴元に入るか一目瞭然《りょうぜん》。プレゼンテーション効果ばっちりってわけだ。

「では、宜《よろ》しいでしょうか――」

一同を見渡す、柏木の目が鋭さを増した。

彼女は、サイコロを摘《つま》み上げると、人差し指、中指、薬指の間に挟んだ。

「入ります」

見事な仕草だった。間の取り方、タメの作り方。ヤクザ映画そのものだ。

いったい、こんなことどこで覚えたんだ。

あっけに取られているうちに、頭上に掲げたツボ笊が、盆布の上にとんと置かれた。

まるで、横綱の土俵入りのように、柏木はツボ笊から手を離すと、両サイドに広げた。

「さあ、張った、張った」

中盆が、独特のリズムではやし立てる。「どっちも、どっちも」

盆布の上には、前後それぞれに『ODD－HAN』『EVEN－CHO』と書かれたカードが置いてある。

「そこに、こいつを置けばいいんだな」

テーラーがいった。

柏木が頷くと、

「チョーだ」

テーラーはコマ札を置いた。

「テラ銭を――」

「おっとそうだったな」

柏木に指摘され、テーラーはすかさずチップを支払う。

「さあ、半方ないか。半方ないか」

驚いたことに、中盆の掛け声が英語になった。

おそらくは、準備期間の間に、勝負に使われる必要最低限の英語を、柏木が教え込んだのだろう。

そこからも、彼女がこのプレゼンに賭ける、並々ならぬ熱意が窺《うかが》えた。

「丁半、コマ揃《そろ》いました。勝負！」

中盆の言葉に、柏木が笊を開けた。

「四六の丁」

「あ〜っ……」

「イエス！」

悪くない反応だった。

デモンストレーションとはいえ、実際に勝負をはじめると、やはり熱が入る。

みんな、一様にはじめて経験する丁半博打を楽しんでいるようだ。

しかし、ひとり浮かぬ顔をして、黙々とコマ札を張り続ける男がいる。

テーラーだ。

「ゲームの内容は理解できた」

五回ほど繰り返したところでテーラーがいった。「確かにシンプルだし勝負も早い。これなら、はじめてゲームに参加する外国人も抵抗なく受け入れるだろう。それに、胴元が確実に利益を上げられるってのもいい」

胴元の前には、この間に支払われたテラ銭が山となっている。

果たして、テーラーはそれにちらりと目をやると、続けていった。

「だけど、なんかいま一なんだよな。ゲームに乗り切れないっていうか、興奮しないっていうか――」

「あたりまえじゃない」

即座に返したのは、GGだった。「だって最高のエッセンスが欠けてんだもん。本当におカネ賭けなきゃ、興奮なんて味わえないわ。これじゃ、延々とノンアルコールビールを呑んでるようなもんよ。味は同じでも、酔わない酒なんかすぐに飽きちゃう。一杯でもうたくさん。そうたくさん呑めるもんじゃないでしょ。実際におカネ賭けたら、これ凄く面白いって」

テーラーは「ふむ」といった顔をしながら、腕組みをする。

「わたしもそう思います」

ヤンがはじめて口を開いた。「このゲームはバカラにとても良く似ています。勝つか負けるかふたつにひとつ。確率は二分の一。負けても、次の勝負に勝てば取り返せる。だから、客は熱くなるんです。丁半は、間違いなく客を惹きつける力を持っていると思いますね、これ、実際にカネ賭けたら、物凄く熱くなりますよ」

「やりましょうよ」

GGが身を乗り出した。「ひとり十万円出して、勝負しません？」

こらこらこら。ちょっと待て！

実際にカネ賭けるって、それも十万？

冗談じゃねえ。ここを鉄火場にするってか。

「駄目ですよ！　そんなの。賭博《とばく》は違法行為ですよ。カジノ運営会社の人間が、よりによって丁半博打をするなんて、こんなことが知れたら――」

杉田は腰を浮せた。

「分かりっこないじゃない。それに、博打っていったって、仲間内のカネをやり取りするだけじゃん」

ギャンブル依存症が覚醒《かくせい》しやがった。

GGはむきになって反論する。

「それにしたって、十万は大金だ。第一、持ち合せがない」

さすがのオリバーも、血相を変えた。

こっちは、この場が賭場に変わることよりも、カネを惜しんでいるらしい。

「現金なんか必要ないわ。ここにいるのは見知った人間だけじゃない。誰がどれだけ負けたか記録しといて、精算は後日でいいでしょ。コマ札一枚千円でどう？」

GGはもう止まらないとばかりにいう。

一同が、顔を見合わせた。

「カモーン・ガイズ！　端《はな》からカネが溶けて失《う》せるって考えるのは間違いよ。確率は二分の一。勝つチャンスだって十分あるし、勝ち負けを繰り返しゃ、カネは減らないんだから」

確かにその通りには違いないのだが、GGは肝心なことを忘れている。

勝負の度に、五％のテラ銭を胴元に支払わなければならないということだ。つまり、勝とうが負けようが、賭け金の総額の五％が確実に減って行く。理論上、総額一万円の勝負を十回繰り返せば場で動くカネとは別に、五千円のカネを胴元に支払うことになる。

そこを突こうとした杉田だったが、それより早く、

「本当の勝負をとおっしゃるのなら、テラ銭用の小銭をご用意いたしましょうか」

柏木はいうが早いか、隣に座るテツを促した。

出てきたのは手提げ金庫だ。蓋《ふた》が開くと、中は紐《ひも》が通された五十円玉でいっぱいだ。

まるで、こうなることを読んでいたような展開に、

「なんで、こんなもんが出てくんだ！　なんなんだよ、この手回しのよさは！」

杉田は叫んだ。

柏木はこたえなかった。

ただ、ニヤリと笑うと、

「みなさんにお配りして」

テツに命じた。

千円札と引き換えに、二十枚の五十円玉。とりあえずというところか、コマ札が二十枚ずつ各自に手渡された。

「では、改めまして。入ります」

相変わらず鮮やかな手つきで、柏木はツボ笊を振る。

「ハン！」

「チョー！」

場の雰囲気ががらっと変わった。

どこか弛緩《しかん》していた空気が張りつめる。ツボ笊を見詰める誰の目も真剣そのものだ。いつの間にか胡座《あぐら》をかいた男たちの上半身が、前のめりになっている。ただならぬ熱気が漂いはじめる。

それは、回を重ねるごとに高まっていき、やがて手元のコマ札にも明らかな差がつきはじめた。

勝っているのはGG、そしてヤンだ。

他の面々は、良くてとんとん。杉田もまた、少し負け越している。そんな中にあって、極端にコマ札を減らしているのはテーラーだった。最初の二十枚はすでになく、追加のコマ札を要求しては負け続け、最後の二十枚もあと二枚しか手元にない。

テーラーが熱くなっている様子が伝わってくる。これが『仕事』であることなど、もはや頭の片隅にも残ってはいまい。負ける度に、蟀谷《こめかみ》の血管をひくつかせ、白い肌をピンクに染めながら罵りの言葉を吐き、舌打ちをする。出目を追う目は血走ってもいるようだ。

「ここら辺で、中休みといたしませんか。お酒を用意してあります」

場を黙って見ていた片倉がそういったのは、二時間が過ぎた頃のことだった。

柏木が通訳し、ツボ笊を置くと、誰ともなくほうっと息を漏らした。

冷や酒とグラスを盆に載せた婦人が入ってきた。

柏木は立ち上がり、一同に酌をして回りながら、

「いかがでしょう」

と訊《たず》ねた。

「面白い。実に面白い」

真っ先に反応したのはヤンだ。「これは、客を呼べますよ。まさに、VIPが好むゲームです。日本のカジノの独自性を打ち出すという意味では、これに優《まさ》るゲームはないでしょうね」

「わたしもそう思います」

同意したのは、海外営業部門のピーター・マルローだ。「日本だけに留めておくのはもったいない。世界規模でみれば、カジノが増えているのは事実ですが、総じて売上は伸びていない。これは、カジノで行われているゲームにほとんど変化がないのも一因でしょう。つまり、客が飽きてしまっているんですね。かといって、言語の壁があったり、ルールが複雑ではそう簡単には広がらない。その点、このゲームは実にシ

ンプルだ。日本で成功すれば、他のカジノでも十分応用がきくでしょう」

「バカラと似ているといっても、雰囲気が変わるだけでも新鮮ですからね」

オリバーはすっかり上機嫌で、声を弾ませた。

「新鮮もなにも、最初からアドレナリン出まくりだわ。こんな面白いギャンブルはじめて！」

ＧＧが興奮冷めやらぬといった体で、目を丸くした。

「ただ、改善点はあると思うのです」

施設担当のマーク・ニールセンが顔を顰《しか》めながら胡座を解き、足を伸ばした。「例えばこの足。タタミの上に直に座るのは外国人にはかなり厳しい。かといって、ツボ振りの所作を考えれば、台をテーブルにして椅子《いす》を設けるってわけにはいきませんしね」

「客側に足置きの溝をつくればいいじゃないですか」

柏木がすかさずこたえた。「日本人だって、最近は椅子の生活に慣れてますもの。飲食店でもそういうとこ、多いんですよ」

「そんなことより、最大の改善点はゲームのルール自体にあると思うね」

マーケティング部門のジョセフ・ドナルドが少し険しい表情を浮かべる。「ひとつ聞きたいことがあるんだが、丁半は精算時にコマ札は購入時と同じ換算率で現金に換えられるのかな」

柏木が訳して聞かせると、

「昔は賭場によって、九割とかいろいろとあったようです」

片倉はこたえた。

「やっぱりね。つまり、丁半は圧倒的に胴元に有利な仕組みになってるんだ。五％のテラ銭を取った上に、さらに儲《もう》けの一割を抜く。これじゃパチンコとそう変わらない。あまりにもあこぎだ」

「そのパチンコにどっぷり嵌まってるのが日本人だ。それに、そういう例もあったというだけの話で、ルールというわけじゃない。そうだとしても、我々にとっては悪い話じゃない」

オリバーがいった。

「確かに――」

ドナルドは頷《うなず》くと続けた。「だが、わたしがいいたいのはそこじゃない。最大の改善点は、客同士のカネを右から左に流すだけ。胴元は場を仕切るだけで、リスクフリーだって点なんだ」

「どういうことだ？」

オリバーは怪訝な表情を露にする。

「丁半、コマが揃ってはじめて勝負が行われる。なるほど、胴元にとっては理想的なゲームなんだが、客はバランスを取ることを強いられる。中盆がハン方ないか、チョー方ないかって、声掛けるのは、それを促すためだ。つまり、客は最低でもふたりいないと勝負はできない。でかい勝負に出たくとも、それに応ずる客がいないとゲームにならない。このままのルールだと、カジノのような不特定多数が出入りする場では、運営にかなりの制約が出る。これじゃあ、客はフラストレーションを覚えるだろうし、場がなかなか開けない」

いいことというじゃねえか。

「まして、VIPをターゲットにすりゃあ、ひと勝負の賭け金だって半端《はんぱ》なもんじゃない。仮に客がふたりいたって、相手が張る金額についていけなきゃ、勝負ができないんですよ。それじゃ興が削《そ》がれますよね」

杉田は、思わず相槌《あいづち》を打った。

オリバーは、そんな杉田を横目でちらりと見ると、

「改善点っていうからには、考えがあるんだろうな」

ドナルドに訊ねた。

「もちろん」

「聞かせてくれ」

「バランスを取るなんて、せせこましいことはしなくてもいいんじゃないかな」

「じゃあ、どこで儲けんだよ」

「これはわたしの勘なんだが、胴元と客の勝負でも、このゲームは十分成立するんじゃないかと思うんだ」

ドナルドはいった。「勝てば二倍。負ければ溶ける。再三指摘されているように、基本的な仕組みはバカラに似てるんだが、丁半にはタイがない。それに、バカラの場合、タイに賭けていれば配当は八倍に跳ね上がる。その点からしても、賭けた時点で五%が全員から徴収できるんなら、チョー、ハン自由に賭けさせても、カジノ側は十分収益を上げられるんじゃないかと――」

つまりこういいたいらしい。

バカラはトランプを使い、バンカー、プレーヤーのどちらが勝つかを当てるゲームだ。それ以外に、イーブン、引き分けに賭けるという選択肢がある。その場合、バンカー、プレーヤーに賭けた客のカネは全額戻る。イーブンに賭けた客は、賭け金の八倍の配当にありつける。つまり胴元が損をする可能性があるのだ。その点、丁半は常に勝敗の決着がつく。カジノ側のリスクという点においては、バカラよりもずっと低いゲームといえるだろう。

果たして、ドナルドはいう。

「だって、バカラの控除率《こうじょ》は一%そこそこだぜ。改めて計算してみないと、正確な数字は分からないけど、毎回五%ものテラ銭抜いてんなら、どう考えたってそれ以下になるってことはない。バランスなんか取らずに自由に賭けさせた方が、でかいカネが動く。結果、カジノ側の収益もバカラより、ずっと高くなるんじゃないのかな」

「賭け目が偏《かたよ》れば、胴元が大損するんじゃゃ――」

我ながら、馬鹿《ばか》な質問をしたものだと思ったがもう遅い。

果たして、ドナルドは眉間《みけん》に皺《しわ》を刻むと、

「客が外しゃ、胴元の総取りだろ。それにバカラ同様、客ひとりとサシで勝負しなけりゃならないケースにしたって、現行ルールのままなら、控除率は五%。これほどカジノ側に有利なゲームはない」

眉《まゆ》を吊《つ》り上げた。

「胴元が勝負を受けるなんてことはあるんですか」

オリバーが片倉に訊ねた。

「そりゃあ、映画の話だな。胴元が、博打《ばくち》に参加したんじゃシノギにならねえもんな。賭場を開く目的は、客になるったけ多くの勝負を繰り返してもらって、テラ銭を巻き上げることだからねえ。もっとも、盆も一カ所ひとつだ。ふたつも三つも一度にやったって話は聞いたことがない。数を増やした分だけ客が押し寄せるってんなら、そういう仕組みも成り立つのかも知れませんがね」

片倉は、含み笑いをしながら、穏やかな声でいった。

「だそうです」

訳し終えた柏木がいった。

「じゃあ、その小難しい計算はジョセフに任せるとして――」

GGが、身を乗り出した。「勝負続けましょうよ」

「ひとつ提案がある――」

感想ひとつ語らなかったテーラーが、久しぶりに口を開いた。

彼のコマ札はあらかた尽きている。ここまで来れば、負けを取り返すことはもはや不可能だ。

この辺で、終わりにする。続いて、丁半の総評を述べる。

てっきりそうなるものだと思った。

しかしテーラーの口を衝《つ》いて出たのは、杉田が考えもしなかった言葉だった。

「実に面白いゲームだ。それは認める。だが、負けで終わるのは断じて受け入れられない！」

はあ？

どうやら、この間に冷や酒をがんがんやったのか、彼の顔にはいままでにも増して、赤みが差している。

「諸君！　勝負をしようじゃないか！　わたしと一騎打ちだ！」

「受けて立ちましょ！」

GGが、膝立《ひざだ》ちになってコマ札に手を伸ばす。

「三十万円ほど、札を回してくれ！」

そりゃあ、上席副社長ともなれば、四十万円程度のカネははしたガネかも知れない。しかし、片倉はいったはずだ。胴元が博打に参加しちゃ、シノギにならねえと——。

カジノ運営会社のボードメンバーが博打に嵌まってどうすんだよ。

呆《あき》れる杉田を尻目《しりめ》に、柏木は、

「サブ！　コマ回してやんな！」

威勢のいい声で命じた。

「へい！」

テーラーの前に、コマ札が積み上げられる。

「では、その心意気におこたえして――」

柏木はそういうなり右腕を、袖《そで》の中に入れたと思うや、ぐいと襟元から抜き出した。

瞬間、杉田はのけ反った。腰を抜かさんばかりに驚いた。

普段、柏木がなぜ長袖のブラウスを着ているのか、そしてその下に、長袖の肌着を身に着けているのかが、いま分かった。

象牙色《ぞうげいろ》のきめ細かい肌。その上には、鮮やかな牡丹《ぼたん》の大輪。そこに舞う蝶《ちょう》の入れ墨が彫られていたのである。

大輪の花が咲く。部屋の空気がまた変わった。まさに、正しい日本の賭場である。

おおおおおお――。

ジーザス――。

一同が、驚愕《きょうがく》の声を上げる。

「何て美しいんだ……」

テーラーの呟《つぶや》きが聞こえた。

「入ります」

蝶が舞う。ツボ笊の中で、サイコロが乾いた音を立てる。

「さあ張った」

中盆が間《あい》の手を入れる。

「チョーだ！」

テーラーは、冷や酒を一気に呷《あお》ると、全《すべ》てのコマ札を押し出した。

第三章

1

『賭場《とば》』は三時間でお開きとなった。

結果は、テーラーのひとり負け。

彼が最後の大博打《おおばくち》に打って出たお陰で、どうにか杉田は負けを取り戻した。

テーラーはその場で最終的な評価を下さなかったが、結論は分かっている。

あれほど熱くなったのだ。『行ける』と踏んだに決まっている。

さて、そうなると、丁半博打をお台場にどうやって持ち込むかだ。

事業室との交渉を任される公算は極めて高い。それも、オリバーのことだ。「絶対にうんといわせろ」。頭ごなしに厳命してくるだろう。成功すれば良し。失敗すれば能無しの烙印《らくいん》が押される。その時点で採用取り消し。職を失うことになるかもしれない。

ならば、前例主義に凝り固まったあいつらが素直にうんというか――。

そんなことは考えられない。

とんでもねえことになっちまった――。

これからのことを考えると、杉田は暗澹《あんたん》たる気持ちになる。

片倉の家を辞した一行は、タクシーを拾おうと通りに出た。

これから宿泊先のホテルに戻って、寿司《すし》屋で遅い夕食を摂《と》るのだ。

「杉田さん。ちょっと相談があるんだけど」

ヤンが耳打ちしてきたのは、一台目のタクシーを止めた時のことだ。

「わたしにですか？」

「そう。ちょっとふたりだけで話したいんだけど」

ヤンはどこか落ち着かない様子だ。

一行が宿泊しているホテルは超一流。名前を告げればタクシーの運転手には通じる。

「わたし、ヤンさんと最後のタクシーに乗りますから。申し訳ありませんが、先に行っていただけますか」

ヤンは唯一《ゆいいつ》の社外の人間。つまり客人だ。

オリバーは快諾し、二台目のタクシーの助手席に乗ると、ひと足早く浅草を後にした。

やがて、三台目のタクシーがやってくる。

「今夜は実にいい経験をさせてもらった。チョーハン、こいつはいけるよ」

後部座席に並んで座ったところで、ヤンは声を弾ませ、「しかし、柏木さんには驚いたな。彼女、デニーの秘書なんだって？」

と訊《たず》ねてきた。

「そうなんですよ」

杉田は眉《まゆ》を顰《ひそ》めた。「まずいと思うんですよねえ。身内にカタギかどうか怪しい人間がいるわ、あんな物凄《ものすご》い墨背負ってるわ、ですもんね。腰抜かすほど驚きましたよ」

「ありゃあ、見事なもんだ。まさにアートだね」

出たよ……。

綺麗《きれい》なもの、理解不能なものを見ると、外国人は決まってアートと評する。

まあ、確かに外国のタトゥは、和彫に比べりゃマンガみたいなもんだ。だけど、アートだなんていえるのは、どんな人間が入れるかを知らないからだ。

「あのですね。日本じゃカタギの人間は、まず入れ墨なんかしないんですよ」

杉田は溜《た》め息をついた。「もっとも最近じゃ、日本の若い世代はファッション感覚でタトゥを入れる人も多いみたいですけど、和彫の、それもあんな凄い入れ墨をしてる人はまずいません。一昔前までは、ヤクザの定番だったけど、いまじゃそのヤクザでさえ墨を入れようとすると『馬鹿《ばか》なことをすんな』って止められるそうですよ。それが、カイザーの社員がだなんて――」

ほんと、シャレになんねえ――。

杉田は首を振りながら、言葉を飲んだ。

ヤクザの身内で、入れ墨背負った社員がいるなんてことが外に漏れようものなら、ただでさえカジノ運営会社といったただけで、色眼鏡で見る人間は大勢いるのだ。今後の事業展開に、支障が出ることだって十分に考えられる。

「本物のヤクザが止められるってんなら、墨入れてるのはヤクザじゃないってことになりませんか？　それに、やたらヤクザを気にしてるようですが、カジノには裏社会の人間は付き物ですよ」

ヤンは何が悪いとばかりに反論する。

「彼らを排除して、いかにして健全なカジノを運営するかに知恵を絞ってる。それがいまの日本なんですよ」

「そんなことできませんよ」

ヤンは鼻を鳴らした。「そりゃあ、彼らを直接カジノ経営に関与させないことはできるでしょうが、施設の外まではコントロールできませんね。それはどこの国のカジノでも同じです。日本の行政当局だって、我々ジャンケットが関与することを認めたじゃないですか。その時点で、その手の連中には飯の種ができたことになっちまってるんですよ」

「どういうことです？」

杉田は訊ねた。

「我々はＶＩＰ、大金を使う客を連れてくるのがビジネスです。一晩で千万単位、時には億単位のカネを使う客をね。そんな人間が、カジノに現金を携えてやってくると思いますか？　アジアのカジノの上客は中国人ですが、彼らが持ち出せる現金は五万ドルが上限です。それも一年にですよ。理屈の上じゃ、それだけのカネが動くわけがない。しかし、現実には動いている」

「それは、あなた方がツケで遊ばせるからでしょう？」

「その通り」

ヤンはにやりと笑った。「ツケで遊ばせるからには、当然回収をしなければならない。ところが、これが中々難しい」

「どうしてです？ ＶＩＰだって、青天井で遊べるってわけじゃないでしょう。与信枠ってもんがあるはずだ。それに、あなた方は支払い能力があると見込んだ客を選んで連れてくるんでしょう」

「もちろん」

ヤンは頷《うなず》いた。「しかし、一旦《いったん》勝負に入れば、自制心なんてもんは消し飛んでしまうのがギャンブルです。負けりゃ、取り返そうと熱くなる。金銭感覚も麻痺《まひ》してしまう。キャッシュ・オンリーというなら元手が尽きれば終わりですが、チップは幾らでも用意できるんです。狂乱の一夜が終わり、熱が冷めてみりゃ残ったのは莫大《ばくだい》なツケ。中には支払いを渋る客だって出てくるし、資産家っていっても全部を現金で持ってるわけじゃありませんからね」

「素直に、支払いに応じない客はどうすんです」

「決まってるじゃないですか。その手のプロに任せるんですよ。つまり、債権譲渡。いつまでも借金取りに奔走するほどわたしたちは暇じゃありませんからね」

ヤンはこともなげにいう。「もっとも、その人たちにしたって、いつまでも自分で回収を行うわけじゃありません。債権は次、そのまた次へと譲渡されていく。そして、下へ行けば行くほど、回収手段はきつくなる。ついには、その手の連中のご登場ってわけです」

ＶＩＰであり続けられるのも、カネがあればこそ。丸裸になった人間は知ったこっちゃないといわんばかりのいい草だ。

「支払うことができなければ？」

杉田は生唾《なまつば》を飲み込んだ。

「さあ……」

ヤンはそっぽを向くと、「文無しになった客のことなんか知りませんよ。二度と姿を見なくなる人間だってざらにいますしね。なんせ、金利は十日で二十％が相場です。回収する人間だって熱くなる。手段は選びませんからね」

これまた、さらりといってのける。

闇金《やみきん》だって『トイチ』、十日で一割の利子は法外といわれるのに、二割だって！

表情ひとつ変えずに物騒なことを口にするヤンを見るにつけ、

――この世界にカタギの人間がいるのか。

そんな気持ちに襲われて、杉田は沈黙した。

ヤンは続ける。

「どこの国も、カジノに反社会的団体は関与させない、万全の対策を施してるって胸を張りますがね、一歩施設の外に出りゃ、連中の飯の種は幾らだってあるんです。それがカジノなんですよ。日本が例外だなんてあり得ませんね。必ず同じことになる。まして、外国人客が作った借金は、外国で回収されるんですよ。それを日本の当局がどうやって取り締まれるんですか」

反論の余地はない。

もちろん、事業室の官僚たちとてそんなことは百も承知に決まってる。

実際、韓国で唯一自国民がカジノで遊べる江原《カンウォン》ランドの周辺は、資金を調達する、あるいはすってんてんになって帰りの電車賃を工面する客相手の質屋がずらりと並ぶ。当然、闇金業者も跋扈《ばっこ》していれば、取り立て業者もいるはずだ。それは、何もVIPに限ったことではない。カジノに嵌《は》まった客の全《すべ》てにいえることなのだ。そして、そこには必ず反社会的団体が介在する余地が生ずることも――。

「要は、表舞台が整ってりゃいいんですよ。たとえていえば、そうですね、カジノってのは、ホテルの宴会場みたいなもんなんです」

ヤンはいった。

「ホテルの宴会場？　なんだそれ」

「一流ホテルの宴会場は、そりゃあ絢爛《けんらん》豪華なものです。だけど、一歩裏に回れば、壁はコンクリート剝《む》き出し、廊下は油塗《あぶらまみ》れって決まってるでしょ？　客の目に触れないところにカネをかける馬鹿はいませんからね。体裁さえ整ってりゃそれでいいんです。パチンコだって同じじゃないですか。店での換金はご法度《はっと》ですが、景品と称するものを換金所に持ち込めばカネに変わる。パチンコが事実上、賭博《とばく》だってことは誰でも知ってるのに、日本の警察が、それを一度でも取り締まったことがありますか？　脱法行為だって、問題視した政治家がいますか？　いやしないでしょ？」

ヤンの言葉が妙に腑《ふ》に落ちる。

しかし、ヤンはこんな話をするために、同乗を願い出たわけではあるまい。

「変な話になってしまいました」

果たして、ヤンはいうと、「実は、杉田さんに案内して欲しい場所があるんです」

本題を切り出した。

「どこへ行きたいんです？」

ヤンは、少し照れたような表情を浮かべ、

「ヨシワラ……」

ぼそりといった。

「はあっ？」

驚いた。

杉田は声を裏返らせた。

「前に杉田さんがいったように、わたしたちは『飲む』、『打つ』、『買う』の三拍子揃《そろ》った飛びっ切りの屑《くず》を相手にしてるんです。そして、ご所望とあれば女を揃えて差し上げなきゃならないこともある。世界に名を馳《は》せる、日本のソープランドってもんを、一度体験してみたくて――」

「なんでわたしが？」

ほんと、これじゃ今日の仕事は最初から最後までぽん引きまがいじゃねえか。

賭場に一行を案内し、最後に吉原かよ――。

「最近じゃ、中国人の団体客が大挙して押し寄せるそうですが、吉原は、基本的に外国人お断りの店が多いと聞きます。ひとりで行こうにも、交渉ができないんじゃしょうがない。なんせ日本語はからっきしでね。案内役が必要なんですよ」

「だから、なんでわたしがあなたをソープに連れていかなきゃなんないんですか！」

「だって、杉田さんは、三拍子揃った人だって聞きましたよ」

「誰がそんなことといったんです」

「聞きましたよ。会議室での一件——」

オリバーだ……。

そりゃあ、傍で聞く分には抱腹絶倒。誰にでも馬鹿ウケするネタだろうさ。だけど、当事者、少なくともおれにとっちゃ、一生の不覚。消せるものなら消し去りたい過去以外の何物でもない。それを、またべらべら喋《しゃべ》りやがって——。

「詳しいんでしょう？　そっちの方も」

ヤンが込み上げる笑いを必死に堪《こら》えているのが分かる。「さっきの勝負で軍資金は十分あるし、わたし奢《おご》りますから、連れて行って下さいよ」

カネの問題じゃねえよ。

しかし、悔しいことに図星だ。

四葉は世界を股《また》にかける総合商社だ。外国人のビジネスマンがひっきりなしに訪れ、夜は当然、接待だ。好き者は国を問わない。中には、異国での一夜のアバンチュールを望む客もいる。それに応じるのも仕事のひとつのようなものだし、第一、そうでなくともエネルギーと好奇心の塊が商社マンだ。社内不倫は当たり前。それでも足りずと風俗通いに精を出す人間だってざらだ。

ソープランドは『ＳＬ』、ファッションマッサージは『ＦＭ』。男性社員の飲み会ともなると、若手を中心にそんな隠語が飛び交い、酒場から風俗に流れるのも珍しいことではない。

タクシーは、室町の辺りに差しかかっている。

こうなりゃ、気取ったところでしょうがない。

「運転手さん。悪い。行き先変更だ」

杉田はいった。

「どちらへ」

「吉原……」

「分かりました。吉原ですね」

復唱すんじゃねえよ。

杉田は、胸の中で毒づきながら、

「で、どんな女の子をご所望なんです？」

軽く溜め息を吐《つ》くとスマホを取り出した。

「どんなっていわれても……」

自分から所望しておきながら、ヤンは口籠《くちごも》る。

まあ、確かに女性の趣味を他人に語るのは憚《はばか》られるものだ。

杉田は、検索エンジンにキーワードを入れる。

ソープの総合案内サイトだ。

その中から覚えのある店を選び、在籍一覧をタッチした。

画面が切り替わり、女性の写真が現われる。

「こん中に、これぞって女性います？」

ヤンの表情が変わった。

目をぎらつかせながら、画面を食い入るように見詰める。

「かっわいいなぁ！　それにみんな若い。こんな女の子たちが、本当に相手してくれんのか！」

ヤンは信じがたいとばかりに感嘆の声を上げながら首を振る。

女性の年齢は、二十歳か二十一歳が多い。高くとも、二十四歳止まりだ。もちろん吉原年齢、実際はプラス五歳から十歳というのが常識ならば、プリクラだってその場で画像が加工できる時代だ。まして、写真は店からすれば男をその気にさせる撒餌《まきえ》だ。パネルマジックといわれるように、綺麗な写真であればあるほど、画像加工を施してある可能性は大だ。

しかし、ヤンは夢を見ている。期待で胸がはち切れんばかりでもあるだろう。

それをぶち壊すような解説は、無粋というものだ。

「そりゃ、お見合い写真ですから。多少良くは撮れてるでしょうけど……」

そんな言葉も耳に入らないらしい。

「これだけ揃うと、どれにしていいのか迷っちゃうなあ」

ヤンは、スマホを奪い取ると夢中で画面を操作しながら、相好を崩す。

いっそ、パネマジ見え見えの、会ってびっくり、「お前、だれ……」レベルのオネエチャンを紹介してやろうかと思ったが、それも芸がない。

「世界に名を馳せる日本のソープを体験したいんでしょう？」

杉田は訊ねた。

「その通り！」

「だったら、単に若い、かわいい、美人より、プロ中のプロのお姉さんに相手してもらったらどうです」

「そんなのどうやって分かるんですか」

杉田は、スマホを奪い取ると、画面を操作した。

ひとりの女性の写真が現われる。

「どうです。この女性は」

杉田はスマホを差し出した。

かつて、相手をしてもらったことのある速水《はやみ》さんだ。

二十三歳となっているが、そこは吉原年齢。世話になった三年前から変わっちゃいない。おそらく、実年齢は三十を超えているはずだ。面差しは当時のままだ。写真こそ変わっているが、大分手が加えられているのだろう。しかし、経験が長い分だけ、技にはさらに磨きがかかっているはずだ。

幸いなことに、出勤欄のところには『空きあり』の文字が出ている。

「いいですねぇ。なかなかの美人じゃないですか」

ヤンは鼻の穴を膨らませる。

「彼女、この世界じゃ結構名が通ってましてね。おそらく、ご満足いただけると思いますよ」

「杉田さんがそういうんなら、間違いありませんね」

ヤンはすっかり乗り気になって、「じゃあ、彼女にします」

満足そうに頷いた。

「じゃ、予約入れときます」

おれ、なにやってんだろう。これじゃ本当にぽん引きじゃねえか。

畜生、馬鹿にしやがって。骨抜きにしてやる——。

杉田は心の中で罵《ののし》りの言葉を吐きながら、画面に表示された電話番号をタップした。

2

夜更《よふ》かしをした翌朝は辛《つら》い。

骨抜きにしてやる。

目論《もくろ》みは、見事に的中した。

いや、的中どころの話じゃない。効果があり過ぎた。

店に着いたのが、午後九時。それから、早々に『ご入浴』ということになったのだが、時間になってもヤンは姿を見せない。

出てこなくなったのだ。

「お連れ様、延長なさるそうです」

やがて、ボーイが現われると、そう告げた。

目的を果たした後に、待合室にい続ける。これほど、決まりの悪いことはない。

ぽん引きの後は、晒《さら》し者かよ。

自棄《やけ》になった杉田は、酒を呷《あお》った。水割りから、オンザロック。ヤンがようやく出てきた頃には、すっかり酔いが回っていた。

「素晴らしい！　噂《うわさ》には聞いてたけど、こんな風俗は世界のどこにもない！　これ、凄いよ！」

ヤンは顔を紅潮させ、興奮を露《あらわ》にする。

「杉田さん。呑《の》みに行きましょう。わたし奢ります！」

カジノの成否を握る大切なジャンケットだ。無下に断るわけにもいかぬ。

そこで、銀座へ場所を変え、深夜のバーへと流れたのだが、まあ、ヤンの喋ること喋ること――。

曰《いわ》く、

「VIPの目的は、一にも二にもギャンブルだが、これはそれとは別の立派な目的になるね。チョーハンに、ソープ。これ最強の組み合わせだ！　間違いなく客を呼べる！」

「滞在日数が増えるってことは、ギャンブルに興ずる機会が増えるってこった。売上増大のチャンスだ」

ひと風呂《ふろ》浴びたお陰で、深夜だというのに妙にこざっぱりした顔をぎらつかせる。

揚げ句は、

「外国人をいつでも受け入れられるように、特約店契約を結びたいね。ネットでオネエチャンたちの写真を見せりゃ、お客さんもイチコロだ。その場から予約を入れて、ソープが先かカジノが先か。流れつくっちゃうんだよ。その際には杉田さん、協力してもらえるよね」

といい出す始末。

「日本じゃ、売春は禁じられてんですよ。ソープだって、個室付き特殊浴場。あくまでも、お世話をする女性がいるってだけで『風呂』なんです。中で、行われているのは、たまたまそこに居合わせた男女が恋愛行為に発展したってことになってんです。外国人にウケるのは分かってますけど、あんまりそれが有名になると、国のイメージダウンになりますからね。当局が黙ってないっすよ」

「それ、パチンコと同じじゃないですか。実態は換金可能な賭場なのに、表向きは買い取り業者が外で景品を買い取ってるだけ。ソープが駄目なら、パチンコだって同じでしょう」

「パチンコは警察官僚の天下り先。ソープにそんなものはないんです。必要悪として黙認されてるだけで、摘発しようと思ったら、いつだってできるんです。調子こくとえらいことになりますよ」

「IR法案作ってまでお台場を一大リゾートにしようってのが日本政府の目論みなんですよ。カジノやショッピングモールなんて、世界のどこのリゾートに行ってもあって当たり前。女子供は満足しても、男には男の遊び場が必要なんですよ。もちろん、日本にはクラブやキャバレーって綺麗どころが集まる場所があることは知っています。だけど、ランゲージバリアがあるんじゃ楽しめないじゃないですか。その点、ソープは違います。何しろ、ボディランゲージは世界共通。ソープは客寄せの立派なキラーコンテンツになる。間違いありません!」

まあ、ヤンの喋ること喋ること——。

そんな話を延々と聴かされ、気がつけば午前三時。

睡眠が足りていない上に、酒もまだ完全に抜けていない。

杉田は自席の椅子《いす》に座り、大きく伸びをした。

「あらあら、ご出勤早々に生あくび? 大分お疲れになったようね」

柏木が、パーテーションの陰から顔を覗《のぞ》かせた。

「ああ……昨日はどうも——」

柏木は今日も完全防備だ。

しかし、肩から腕にかけて彫られた鮮やかな牡丹《ぼたん》と蝶《ちょう》の入れ墨は目に焼き付いている。

あれは、本当に彼女だったのか。おれは何か夢でも見てたんじゃないのか――。

「昨夜のことは、他言無用ですから」

柏木は、無表情で返してきた。

「さて、何のことでしたっけ」

何を話題にしても気まずい思いをするだけだ。

そういう思いを言葉に込めたつもりだったが、柏木には通じなかったようだ。

「さぞや驚いたでしょうね。墨背負った女が、カタギの仕事をしてるなんて」

自らそれを話題にする。

「そりゃあ……まあ……」

「でもね。別に隠すつもりはなかったのよ。カイザーの募集要項には墨者は駄目だなんて書いてなかったし、面接でも訊《き》かれませんでしたからね」

そりゃそうだ。

どんな一流企業の募集要項にも、入れ墨のことなんか書いてない。面接でだって「あなた墨入れてませんよね」なんて訊くわけがない。

「しかし、よくいままでバレなかったもんだ。あんだけ立派な墨入れてたら、健康診断の時に誰かの目についただろうに。どうやって隠したの？」

「そうか、杉田さんは、まだ会社の健康診断受けてないんだ」

柏木はふっと笑うと、「小所帯だもの。カイザーの健康診断は指定の医療機関に行って受診することになってるの。診断結果は総務に提出することになってるけど、そこにも墨の有無なんて書きませんからね。医者、看護師は例外なくぎょっとするけどさ」

いつものようにポニーテールにした頭髪をさらりと撫《な》でた。

「後悔してないの？」

杉田は訊ねた。

「後悔？」

柏木は小首を傾《かし》げる。「後悔なんてしてませんけど？」

「じゃあバレても平気なのか。おれは黙ってるけど、墨のこと知ってる人間は社内だけでも他に六人もいるんだぞ。しかもあんな演出して公開したんだ。あいつら絶対話題にするって」

「タトゥ入れてる外国人なんて、珍しくもなんともないじゃない」

「あの人たちのはマンガじゃねえか。君のはやつらとは次元が違う。実際、ヤンなんかアートだって感激しちまってさ」

「アート。まさにそうよね。外国人のタトゥがマンガなら、日本の入れ墨は絵画だもん」

「そうじゃなくて。周りの日本人の反応だよ」

柏木の危機感のなさに、杉田は慌《あわ》てた。「知ってんだろ。ゴルフ場、銭湯、スポーツクラブ。肌を露出するところじゃ、入れ墨入れた人間は入場を拒否されんだ。だいたい――」

まともな人間は、墨なんか入れねえよ。

そう続けようとしたが、それじゃあ柏木がまともな人間じゃないっていっているようなものだ。

さすがに杉田は言葉を飲んだ。

「まあ、日本の大企業なら、大変な騒ぎになるでしょうし、周りの女の子からもスポイルされるでしょうけど、ここはアメリカの会社。女性社員だって他人のことをあれこれ詮索《せんさく》しないし、会社を一歩出れば付き合いほとんどないから」

確かに、日本オフィスの女性社員は二十人程度。帰国子女や外資を渡り歩いた人間がほとんどで、年齢層も幅広い。過去を詮索すれば、脛《すね》にひとつやふたつ傷があってもおかしくなければ、数多《あまた》の武勇伝を持ってもいるだろう。

しかし、どうして柏木は墨を入れたのか。彼女の何が、墨を入れる気にさせたのか。過去が一切分かっていない分だけ、謎《なぞ》は深まるばかりだ。

柏木はそこで表情を硬くして、目を細めると、

「人には過去もあれば、様々な経緯《いきさつ》もあって当たり前。聖人君子然としていて、裏じゃ何をやってるか分からないよりマシでしょ。人間なんて、一皮剝けば皆同じ。もっとも、あんたほど分かりやすい人は珍しいけど」

毒のある言葉を吐いた。

「何だそれ。どういう意味だよ」

「あれだけ痛い目にあっても、女好きは止《や》められない男だってこと」

柏木は平然といい放った。

「えっ？」

「博打の後はソープって、こんなに分かりやすい男はいないでしょ」

何で？　何で知ってんの？

杉田は言葉を失った。

背中にじっとりと嫌な汗が滲《にじ》み出る。

そんな心中を悟ったものか、

「わたしが日本堤に住んでるってこと知ってんでしょ。あんな時間にうろついてたら目立つわよ。帰り道にタクシーの中から見かけたわ」

ぐうの音も出ない。

下を向いた杉田に向かって、

「それから今日の予定だけど、朝一番に昨日のメンバーで会議をするって、あの後デニーから連絡があったの。議題は丁半の総括と、これからの戦略ですって。あんたにも何度か電話したけど、繋《つな》がらないからって、わたしに伝えてきたんだけど、まっ、状況が状況だもの。そりゃあ、出られないわよねえ」

柏木は冷たくいい放った。

「ベリーグッドモーニング」

その時、オリバーがオフィスに現われた。

彼は柏木に向き直ると、

「昨夜は大変いい経験をさせてもらった。改めて礼をいうよ」

上機嫌でいった。

「どういたしまして」

柏木は、小首を傾げて笑みを浮かべ、「皆さんお揃いですか？　コーヒーでも用意しましょうか？」

支度に取りかかろうとする。

「もうそんな仕事はしなくていい」

オリバーが制した。

「と、いいますと？」

「秘書の仕事は、いまこの時点で終わりだ。君には今日からわたしのスタッフとして働いてもらう。もちろん、オフィスも用意する。給料も変わる。その点については改めてまた——」

「本当ですか！」

柏木は目を輝かせる。「ありがとうございます！　ベストを尽くします！」

おいおい。冗談じゃねえぞ。彼女がスタッフになるって、それじゃおれは——。

下っ腹が鉛を飲み込んだように重くなる。背筋に冷たい汗が流れはじめる。

まさか首？

オリバーの視線が、杉田に向いた。

「杉田さん――」

来る……と思った。

志村同様、この場でＩＤを取り上げられ、退室を命ぜられる。それで終わり。昼からは職探しだ……。

杉田は思わずうな垂れた。

「昨夜はどうしたんだ。ヤンとふたりで、どこ行ったんだ」

オリバーの口調は普段と変わらない。

「いや……その……ヤンさんが、銀座のクラブへ行きたいといい出しまして……。カジノで勝てば、酒場だ。ＶＩＰをへたなところに連れては行けないって。それで……」

苦しい嘘《うそ》だ。一瞬力が抜けかけた肩に、また力が入る。

そして、嘘は人を能弁にさせる。

杉田はすかさず続けた。

「お誘いしようかと思ったんですが、席に座っただけでひとり三万円ですからね。そんなところに、アメリカ人を連れていったら、『アメリカ』でそんだけ払えば、どんな豪遊ができると思ってんだって、叱《しか》られるんじゃないかと――」

ぷっ——。

柏木が噴き出す。

彼女は顔を真っ赤にして肩を震わせる。

余計なこというんじゃねえぞ。

そう目でいったつもりだが、弱みを握られているとあっては力が籠らない。

どうしても視線が力なく下がってしまう。

「そうか。ヤンにしてみりゃあ、カジノ以外のエンターテイメントをセッティングするのも大事な仕事のひとつだからな。で、その銀座のクラブってのは、幾らしたんだ」

「総額で、ひとり十万円……でしたでしょうか」

「ワン・ハンドレッド・タウザンド・エン！」

オリバーが目を剝いた。「どんな酒を呑んだんだ！　ドンペリでも呑んだのか」

「フツーのウイスキーです……」

「あら、ひとり『総額』で十万円って、随分高級なお店にいらしたのね」

柏木は『総額』という単語に力を込めて、棘《とげ》のある言葉を投げ掛けてくる。

「そんなにするんじゃ、なるほど会社持ちにはできないな。自腹でヤンを案内したってわけか。いや、感心」

経費で落としてもいいかとでもいい出すと思ったのか、オリバーは即座に予防線を張る。

「それに、さぞや夢のような時間を過されたんでしょうしね」

柏木が止《とど》めのひとことを吐く。

「OK」

オリバーは上着を脱ぎながら、「会議室で一行がお待ちかねだ。議題は昨日の総括。それとチョーハンをどうやって、日本側に飲ませるか。今後の戦略の立案だ。柏木さん。君も会議に参加してくれ」

ふたりに向かっていった。

3

丁半の総括は短時間で済んだ。

ゲームの面白さ、シンプルさは、客の国籍にかかわらず即座に理解できる。お台場カジノの目玉になることに異議を挟む人間がいなかったからだ。

丁半双方のコマが揃わなければ、勝負が決まらないという難点も、昨夜のうちにドナルドが試算を行ったらしい。改めて精密な検証が必要だとしながらも、控除率《こうじょ》は下がるものの、バカラ以上。五%を勝負の度に勝った側からも抜けるのならば、バランスを取る必要はないと、賭場《とば》で語ったのと同じ結論に至った。

「さて、そうなると、このゲームの導入をどうやって日本側に認めさせるかだ」

場を仕切るテーラーが話題を変えると、「昨夜、寿司屋で聞いたが、杉田さん。日本では丁半はヤクザが仕切る賭場で行われるもの。イメージが悪過ぎる。とても通らないというのが君の見解らしいが？」

いきなり訊ねてきた。

「その通りです。いまでこそ、過去の賭博ですが、丁半はとにかくイメージが悪過ぎると思います。それに、世界のカジノのどこでもやってないゲームですからね。前例主義に凝り固まってる日本の官僚がうんというわけがないでしょう。彼らにしてみれば、ようやく葬《ほうむ》り去った博打《ばくち》が復活する。日本の恥部が、ほじくり返される。そんな気持ちになると思いますね」

「それは、違うと思います」

昇格したばかりだ。おとなしくしているかと思いきや、そんな様子は微塵《みじん》もない。

柏木は、きっぱりと否定すると、

「杉田さんは、丁半にはヤクザのイメージが付き纏《まと》うっていいますけど、そんなこといいはじめたら、ヤクザが介在してない博打なんてありませんよ。摘発される違法カジノは、大抵ヤクザが経営してますし、そこで行われてんのはバカラかルーレットです。公営ギャンブルにだって、ノミ屋ってのがいるし、それをやってんのは大抵ヤクザ。これらのゲームと丁半の何が違うかといえば、公認されてるギャンブルであるか、他国のカジノで行われている実績があるかどうかの違いだけです。違法だったものを合法にしたのがカジノなら、いかに日本の独自性を打ち出して、客を呼び込むかがカイザーの狙《ねら》いなわけですから、否定的に考えるんじゃなくて、どうしたら実現できるか、そこを議論すべきだと思います」

いきなり大演説をぶった。

「その通り。百%柏木さんの意見に同意するね」

オリバーが間髪を入れず声を上げた。

「日本側の窓口は、そんなに融通の利《き》かない連中が揃ってるのか」

マルローがいった。

「官庁からの出向組が雁首《がんくび》揃えてるんですからね。政府はカジノが新しい収益源になる、何としても成功させなきゃならないって考えているのは間違いありませんが、官僚の思惑は別です。はっきりいってカジノには旨味《うまみ》がないんですよ。宝くじ、公営ギャンブルの控除率が異常に高いことに気がついていない国民が、黙ってたって寄ってくるんですから。その莫大な収益が、天下り先に転がり込んできて、彼らは法外な収入を得てるんです。カジノが栄えりゃ、公営ギャンブルの収益が落ちる。それこそ死活問題。胸の中じゃ失敗しろと思ってんです」

杉田の言葉に、

「ならトップダウン。政治家を動かすか」

ドナルドが反応した。「そもそも、日本にカジノをっていい出したのは政治家だろ。それもあっという間にカジノ議連とかいうもんができたくらいだ。連中の本当の狙いは、利権のおこぼれに与《あずか》ろうってとこにある。お台場カジノが繁盛《はんじょう》しなけりゃ、それも絵に描いた餅《もち》で終わっちまう。つけこむ余地は十分にあるんじゃないか」

「誰が、誰に話を持ち込むんです。議員を動かすとなれば、それなりの影響力を持った人間を狙い撃ちしなきゃなりません。話を持ち込む方にしたって同じです。カイザーにはその手のノウハウがあるとは聞きましたが、アメリカ側に誰かこちらの意を汲《く》んで動いてくれそうな人はいるんですか」

「確かに、カジノの進出交渉については経験があるが、個別のゲームとなるとなあ……」

テーラーが、語尾を濁した。

ほれ見たことか。散々大口叩《たた》きやがって、やっぱり簡単な話じゃねえじゃねえか。

杉田は胸の中で毒づきながら、オリバーにちらりと視線を向けた。

「政治家はまず期待できませんね」

柏木が割って入った。「彼らが利権を欲してることは事実ですが、カイザーに恩を売ったところで、直接見返りを受けられるわけじゃありませんもの」

「どういうことだ？」

オリバーが聞き返す。

「利権、つまりカネは誰から齎《もたら》されるのかってことです」

柏木は意味あり気にいう。「ご存知の通り、お台場カジノには、テレビ局、パチンコ機器メーカーと政府以外に幾つもの会社が出資しています。カイザーは運営権を持っているだけに過ぎません。ではなぜ、それらの企業が、お台場カジノに出資したのか」

「そりゃあ、でかいビジネスになると踏んだからだろ」

杉田はこたえた。

「キーはパチンコ機器メーカー。ギャラクシー興業だと思います」

杉田の見解などどうでもいいとばかりに、柏木は断言する。「パチンコは実に胡散《うさん》臭《くさ》いビジネスです。なのに、どうして大手を振ってまかり通っているのか。それは、店外換金という脱法行為が行われていることが最大の要因です。警察は、管理団体が天下り先となっているがゆえに現状に目を瞑《つむ》り、政治家もまた莫大な献金を受けている。だから、依存症者が出ようと、破産者が出ようとそれを問題視しない。むしろ、カネ欲しさに擦り寄って行く。ですから、政治を動かすには、双方の金主であるギャラクシーをその気にさせた方が効果があると思うんです」

「酷《ひど》い話だ」

ニールセンが呆《あき》れたように眉《まゆ》を吊《つ》り上げた。「カネのためなら、国民がどうなろうと知ったこっちゃない。脱法行為にも目を瞑るってか。まあ、どこの国の政治家もそうだがね。我が国にしたって、ロビーストにカネを摑《つか》ませられりゃ、平気で国を売るような連中ばっかりだ」

「実は、日本の政治家がパチンコ業界からの献金を当たり前に受け取るようになったのは、そんなに古いことではないんです」

柏木はいった。「最初に献金を受けたのは法務大臣でしたが、それが発覚した時には大問題になりましてね。結局、それが元で政治生命を絶たれ失脚。しかも、この大臣、国会議員になる前は、警察トップの警察庁長官。退任後は天下って、こともあろうに全日遊連っていうパチンコ業界の会長も務めてたんです」

「冗談だろ？」

テーラーが驚愕《きょうがく》の表情を浮かべ、「脱法行為で成り立ってる業界の会長だって？　それじゃ、ヤクザのガードマンを警察がやってるようなもんじゃないか」

体をのけ反らせた。

「それでも、当時は反社会的な臭《にお》いがする業界からカネは受け取らない。政治家の間にも、そんな矜持《きょうじ》があったことは確かです。だから、その政治家は政治生命を絶たれたわけですが、いまは違うんです。特に与党を中心に、数多くの国会議員がカネを受け取っている。いや、むしろ無心してるんです」

「腐ってる……」

マルローが首を振った。

「もちろん、その事実はマスコミも知ってます。国民もね……」

柏木は、そこで言葉を区切ると、「では、なぜモラルを問われないか。それは、日本人は忘れやすいからです。最初に飛んではならないハードルを超えた人間にはバッシングを浴びせますけど、道義的問題があっても、献金を受け取ること自体は違法ではない。その後に続く人間が続々と現われ、常態化してしまうと、関心を示さなくなる。そんなもんだで済ませてしまう。一方の政治家も、一度蜜《みつ》の味を知ってしまうともう止められない。『赤信号、みんなで渡れば怖くない』って感覚になっちゃうんです」

一同を見渡した。

「あっはっは――それ面白いギャグだな」

テーラーが大口を開けて笑った。

「日本の漫才師の古いネタです」

柏木は一瞬笑みを浮かべると、「でも、これって丁半にもいえることだと思うんです。最初こそ、カジノに丁半なんてとんでもないっていう声が上がるでしょうけど、一旦《いったん》それが定着してしまえば、あって当たり前。違和感も抱かなくなるんじゃないかと――」

すぐに真顔でいった。

「なるほど。献金と引き換えに脱法行為に目を瞑るくらいだ。ギャラクシーがその気になれば、大事なカネ蔓《づる》。政治家も駄目とはいわない。それに日本じゃ、外国人からの政治献金は禁じられているからな。我々に貸しを作ったところで、何のメリットもない」

オリバーは感心したように頷《うなず》いたが、「しかし、カジノが繁盛すれば、パチンコ業界だって打撃を被《こうむ》る。利害が相反するんじゃないのか。我々を利するような動きをするかな」

疑問を口にした。

「可能性はあると思います」

柏木は自信満々だ。

「根拠は？」

オリバーが訊《たず》ねた。

「じゃあ、お訊きしますが、ギャラクシーがお台場カジノの構想段階から、なぜ実現にあれほど熱心だったのか。どうして経営に参加したがったのか。その理由はどこにあると思います？」

「そりゃ、ギャラクシーにとっては絶好のビジネスチャンスの到来だからだろ。彼らは単なるパチンコ機器のメーカーじゃない。カジノのスロットマシーンのメーカーとしても、世界のトップメーカーのひとつだ。カジノが新設されるってことは、市場が拡大するってことと同義だ。経営に参加すれば、自社のマシーンを——」

「カジノが新設されたって、いったい何台のマシーンが必要になるんでしょう」

柏木はオリバーの言葉を途中で遮った。「日本にはパチンコ、パチスロ併せて、一万二千以上の店舗があるんですよ。それも新台の入れ替えが頻繁に行われるんです。それに比べれば、カジノが開店して増加するスロットの台数なんて微々たるものです。それこそ誤差の範囲ってもんじゃないですか」

「しかし、パチンコ屋の軒数は、年を追うごとに減少の一途を辿《たど》っている。売上も横ばい。参加人口も微減傾向にある——」

オリバーはそこで気がついたように、「あっ！」と声を上げた。

「十九兆円近くの市場とはいっても、かつては三十兆円産業だった時代もあったんですよ。パチンコ屋の数が減ったのは、長引く日本経済の低迷もあるでしょうが、最大の要因は間違いなく地方の過疎《かそ》高齢化です。肝心の遊ぶ人がいなくなれば、経営は成り立ちません。店舗数が減っているのは、一店舗あたりの集客力を高めるために、店舗の大型化が進んだこともありますが、日本はこれから先、少子高齢化が進むんです。つまり、客も売上も減少することはあっても増えることはない。だから新しい飯の種を作る必要があった。彼らにとっては、それがカジノだったんです」

柏木の言葉を聞きながら、杉田は内心で舌を巻いた。

そりゃあ、オリバーが来日して以来、秘書を務めてきたのだ。書類や資料の一部始終に目を通してはいただろう。しかし、普通の秘書ならば、それらの情報を頭に叩き込み、理解し分析したりはしない。ボスの書類だと右から左に流して終わるのが関の山というものだ。

いったいこいつは何者だ？　何が目的で、カイザーに職を求めたんだ。

杉田の中で、謎は深まるばかりだ。

どうやら、感心したのは杉田ばかりではないようだ。

他のメンバーたちも、お説ごもっともとばかりに黙って話に聞き入っている。

圧倒的な柏木の存在感。

やべえ……。おれもなんかいわなきゃ……。

「そういえば――」

杉田は慌てて口を挟んだ。「ギャラクシーの社長の娘って、確か経産省のキャリアと結婚したんでしたよね。彼、その直後に行われた衆院選挙に出馬するってんで、経産省辞めて見事当選。いまじゃ現職の与党国会議員……」

全くの週刊誌ネタだ。

理路整然、戦略性に溢《あふ》れた柏木に比べりゃ、自ら馬鹿《ばか》を晒したようなものだ。

果たして、「それがどうした」とばかりに、アメリカ人たちが白い目を向けてくる。

やっちまった……。自爆だ……。

「グッドポイント」

救いの言葉を吐いたのは柏木だった。「あの結婚式には、新郎側の主賓として当時の総理大臣。新婦側には、与党に近い野党の党首。来賓には現職の国会議員が百人以上も出席したんです。パチンコ機器メーカーの社長の娘の結婚式にですよ」

「パチンコ業界と政界が、いかに密接に結びついているかの現われだな」

テーラーが頷いた。

「つまり、お台場カジノが成功するか否《いな》かには、ギャラクシーの社運だけじゃない、政治家にとっても、カネの生《な》る木を手にできるかどうかがかかってる。そして、政党内でその利権の窓口になるのはお婿《むこ》さん。彼は、結婚と同時にお嫁さんの実家から豪華マンションをプレゼントされたそうですから、まあ養子に入ったようなものです。ギャラクシーの社長の操り人形なんですよ。だから、社長をその気にさせれば、丁半の導入も実現する公算が極めて高くなる――」

柏木は一同を見渡した。

「どうやら、道が見えたな」

テーラーがいった。「しかし、ギャラクシーは典型的なワンマン企業じゃなかったか。事務レベルから話を持っていったんじゃ、担当者に否定されりゃ終わりだ。それこそトップダウンでいかなきゃ埒《らち》が明かんだろう」

「それに、外国人が相手となると、向こうも腹を割った話をしないでしょうしね」

オリバーが言葉を継いだ。「日本人は建前と本音を使い分けますからね。検討しますは否定されたも同然だ」

「確か、お台場カジノの設立パーティーには、テーラーさんも同席なさいましたよね」

これも、秘書ならではの言葉だ。GGが来日する以前は、オリバーの上司に当たる本社VIPの宿泊先、車の手配は柏木の仕事であったのだ。当然、来日の目的も知っている。

「ああ……」

「あの時、名刺の交換はなさいましたよね」

「もちろん」

「カイザーの上席副社長が、お台場カジノのことで折り入って相談したいことがある。業績にかかわる重要な案件だ。担当者をやるので話を聞いてくれないかというのは、不自然なことじゃありませんし、無礼にも当たらないと思いますが？」

柏木は、落ち着いた声でいった。

ふむと、テーラーは考え込む。

「彼は、一代でギャラクシーを日本一のパチンコ機器メーカーに育て上げた立志伝中の人物です。当然利に敏《さと》い。業績に関わる重要な案件といえば、応じるのではないかと――」

社長の経歴まで頭に入っているとは、大したものだ。

しかし、不思議でならないのは、柏木がなぜここまで丁半の導入に執着するのか。なにが、彼女をここまで熱くさせるのかだ。

単に仕事で業績を上げ、キャリアを積み重ねていくことを狙っているようにも思えない。第一、これだけの能力を持っているのだ。そもそもが、秘書職になど応募するはずがない。入れ墨の有無を応募規定に謳《うた》わぬ企業は山ほどある。端《はな》から総合職として入社できる会社は他にもたくさんあったはずだ。

考えれば考えるほど、柏木という人間が分からない。

「よし、それで行ってみよう」

テーラーは体を起こした。「まずはギャラクシーだ。駄目なら駄目で、別の手を改めて考えよう。早々にアポを取ってみよう。仰《おお》せの通りにね――」

4

「なるほどなあ。丁半か――」

平木宗晴《ひらきむねはる》は、高く組んだ足を入れ替えながら唸《うな》った。

さすがは、日本最大級のパチンコ機器メーカーの社長室だ。

黒の革張りのソファー。絨毯《じゅうたん》はグレー。樹脂の上に銀のコーティングが施された壁は、ピカピカに輝いている。悪趣味の極みには違いないが、ここまで徹底するとむしろ清々《すがすが》しい。

悪趣味といえば、平木の服装もそうだ。

小柄な体軀《たいく》に纏った黒にグレーのチョークストライプのスーツ。目が醒《さ》めるような赤の地に、黄色の鎖模様がついた派手なネクタイ。太い指には金無垢《きんむく》の蒲鉾《かまぼこ》型の指輪を嵌《は》め、『カネ持ってんぞ』モード全開だ。

「いかがでしょう。ビジネスの見地から考えても丁半の控除率は図抜けていますし、日本のカジノの独自性を外国人にアピールするといった点からも、目玉になると考えますが」

説明を終えた柏木が、歯切れよくいう。

「狙いはおもろいな」

平木は頷いた。「カジノかて、ディーラーは黒服着なあかんいうわけやないしな。客の目を引くためには演出も必要や。着物着た別嬪《べっぴん》さんがツボを振りゃ、そらぎょうさん人が寄って来るやろな」

「まして、ルールは簡単。説明を受けずともすぐに参加できますし、勝つか負けるかはまさに運次第。初心者へのハードルも低くなると思うのです」

「ルールは簡単か――」

平木は呟《つぶや》くと、「そやけどな、そら長所でもあるが、短所でもあるで」

柏木の顔を見詰めた。

「といいますと？」

訊ね返す柏木に向かって、

「勝負が早過ぎんのとちゃうか思うてな」

平木はこたえた。

「勝負が早いのもメリットのひとつではありませんか？」

「そら、経営サイドからすればの話やで」

平木はいう。「ゲームにタメがないねん」

「タメ？」

「わしらの業界でも、ただのパチンコなんてとうの昔に無くなってもうてるやろ。そら、どんだけ多くの玉を稼ぐかっちゅう基本のとこは変わってへんけど、客がなんでいまのパチンコに夢中になるかいうとやな、ルーレットの目が揃《そろ》えば一攫《いっかく》千金。それがいつ来るか。ぐるぐる回るルーレットを見詰める間。そこに興奮があんねん。その点丁半は、ツボを開けた瞬間に勝負は終《しま》いや。しかも、勝っても賭《か》け金が倍になるだけや。親との駆け引きもないしな。なあんか、あっさりし過ぎてんのとちゃうか」

「それは、バカラも同じではないでしょうか」

杉田ははじめて口を開いた。「バンカーが勝つか、プレーヤーが勝つか。どちらに賭けるか、ただそれだけ。勝負だって早い。なのに、客は勝負にのめり込み、大金が動くわけです。実際、カジノで一番大金が動くのはバカラではありませんか」

「バカラには、タメがありまっせ」

平木は相好を崩した。「最初の二枚で勝負が決まりゃ話は別やが、そうでなけりゃ、もう一枚カードが配られんねん。さて、何がきたかとシボる時の興奮。あれがあるから、バカラはおもろうて堪《たま》らんねん」

「シボる……と申しますと？」

「こうやって、カードを捲《めく》ること。それをシボリいうのや」

平木は両手を突き出すと、親指と人差し指を併せて摘《つま》み上げるような仕草をする。

「ぴた〜っと張りついたカードをやな、端を折り曲げながら、隙間《すきま》から覗き込むねん。足があるか、真っ白か。ワクが出んのか。そら、どきどきすんで」

どうやら、相当なバカラ好きであるらしい。もう顔はくしゃくしゃだ。眉が八の字に開き、顔がだらしなく弛緩《しかん》する。

「足って？」

杉田は再び訊ねた。

「模様のこっちゃ。ワクは絵札。四以上のカードなら、ちょいと捲りゃ両隅に二つの模様が並んどるやろ。足が見えれば、次に気になんのはそれがなんぼあるかや。そこでカードの向き変えて、今度は横にシボる。足が二つなら四か五。三つなら六か七か八。カードを折る指先にも力が入りまんがな」

「そんなことやったら、カード駄目になっちゃうじゃないすか」

「しょうもな……。バカラのカードは使い捨てや。いったいなんぼのカネが動く思うてんねん」

平木は呆れたようにいい、「それに、ギャンブルは勝つか負けるか二つに一ついうてもやな、ルーレットなら一点張りした目が出りゃ三十六倍。さらに、赤黒二倍、二点張り十八倍、四点張りなら九倍いうように張り方を考えることができるわな。ブラックジャックかて、相手がドボンするのを待つか、もう一枚カードもろうて勝負に出るか、客の判断次第や。その点も丁半に決定的に欠けてる要素やな」

と続けた。

「だったら、役をつくりましょうか」

柏木が即座にこたえた。

「どないすんねん」

「丁か半か以外に、特定の目が出た場合の倍率を変えるんです。たとえば、一が絡《から》む半。つまり一と二、一と四、一と六といったように――」

平木はふむと考え込むように腕組みをする。

柏木はいう。

「元々丁半は、九半十二丁。偶数の目が出る確率が高いゲームです。それを是正する意味でもこの方法は理に適《かな》うのではないでしょうか。イチニ、ヨイチ、イチロクなら三倍。もちろん、半の目に賭けていれば、同時に等倍の払い戻しが受けられますから、全部で四倍になる――」

「なるほど。シックボーもどきになるが、ルールはより簡単や。それに、丁半の偏《かたよ》りを無くす効果も期待でけるか――」

「それに、客の側からすれば、当たり目が出た時の倍率が高くなるだけじゃなく、保険とも映ると思うんです。丁に三枚張っていても、一が絡む半に一枚札を置いて当たりが来れば、イーブンに持ち込める可能性が出てくるわけです。もちろん、カジノにとっても悪い話ではありません。外れれば、すべてドボン。より効率良く札を巻き上げられることになるわけですから」

本当に良く頭が回る。

杉田は、感心しながら柏木の顔を見た。

「あんた、おもろいこと考えはるなあ」

平木は満面に笑みを湛《たた》えた。

唇の間から、手入れの行き届いた白い歯が覗《のぞ》く。

しかし、それも一瞬のことで、

「で、なんでまたこないな話をわしに持ちかけてくんねん」

油断ならない光を目に宿しながら訊ねてきた。

「丁半の導入に、ご助力いただきたいのです」

いかにも柏木らしく直截《ちょくせつ》にいった。

「助力？　丁半やりたいいうんなら、やったらよろしいやん」

「つまり、こういうことです」

杉田は口を挟んだ。

まずは前置きからだ。

「御社はお台場カジノに出資なさっていらっしゃる。運営を任されているカイザーとは、利害が一致する関係にあります。収益が想定を下回れば、カイザーにとっては一大事。それは、御社にしても同じこと。投資を行った意味がないということになります」

「はっきり申し上げます」

ところが柏木は、まどろっこしい言葉は抜きだとばかりに、「最大の問題は、ゲームの許認可権は事業室にあるということです。いくらカイザーが案を出しても、事業室が首を縦に振らなければ――」

いきなり核心を口にする。

「ちょっと待ってくれ」

平木は柏木の言葉を途中で遮った。「あんた、わしに丁半導入に向けて動けいうのんか」

「その通りです」

柏木は平然とこたえる。

「その通りって……」

平木は広くなった額をてろりと撫《な》でると、「こらまた、えらい正直に――。そやけど、あんた、そら無茶な相談いうもんやで。確かにわしとこは、カジノに出資はしとるけど、あこで何をやるかは、カイザーと事業室の間で決めるこっちゃ。何でわしが事業室に物いえんねん」

目を丸くする。

「だって、お台場カジノが成功するか否かは、御社にとっても社運に関わる重大事。それは間違いないんでしょ？」

「そら、大金を注ぎ込んどんねん。失敗されたら困るがな」

「でも、社長。従来型のカジノをそのまま持ち込んだのでは、想定通りの収益なんて上がりませんよ」

「それを、カイザーがいうか」

平木はあからさまに不愉快な顔をする。「どの口がいうとんねん。成功する自信がある。そやし、カイザーかて運営権を握ろうと必死になったんやろが」

「それは少し違うと思います。どこの国のカジノだって、収益は良くて頭打ち。売上だって落ちこそすれ、伸びてるところなんてありゃしないんです。事業を維持するためには数で稼ぐしかない。まして日本は、全くの未開の市場。プラスになってもマイナスになることはない。だから手を挙げたんですよ」

柏木に臆《おく》する気配は微塵もない。

それどころか、

「社長だって、お気づきでしょう。ＩＲなんて、世界中にごまんとある手垢《てあか》のついたビジネスモデルだってことを。カジノだって同じです。どこにでもあるゲームをやって客が入ると思います？　第一、御社がカジノに出資したのは、本業のパチンコ産業には先がないからじゃありませんか。確かにパチンコ産業は十九兆円もの市場規模がある。だけど、かつて三十兆円もあった時代を知ってる社長にとっては、十九兆円しかなくなった。そう思われてるんじゃありません？　だから、新しい事業を求めてカジノに出資なさったんでしょ？」

と一気にたたみかける。

おいおい、いくら何でもそりゃまずいだろう。

柏木の言葉が的を射ていることに違いはないが、ものにはいいようってもんがある。平木をその気にさせるどころか、まるで喧嘩《けんか》を吹っかけているようなもんだ。

杉田は、慌《あわ》ててその場をとりなそうとしたが、平木の視線は柏木に釘付《くぎづ》けだ。とても口を出せるような雰囲気ではない。

「十九兆円しかなくなってもうたか――」

平木は呟いた。「最盛期を知るもんからしたら、確かにそない思いに駆られるわな。パチンコ業界の将来は明るうない。なんせ、こっから先日本の人口は減る一方やしな。まして、働き盛りの若い世代はパチンコなんかせえへんようになってもうてるし

……」

意外にも、平木は苦虫を嚙《か》みつぶしたような顔をしながら、柏木の言葉を肯定する。

「パチンコだけじゃありません。人が減るってことは市場そのものが小さくなることを意味するんですからね。公営ギャンブルだって同じですよ。いや、内需依存型の産

業はことごとく駄目になる。だから何とかして外国人を日本に呼び込まなければならない。国が観光立国なんていい出したのも、カジノを解禁した理由も、そこにあるんじゃありませんか」

「その通りや……」

平木は頷いた。

「店舗数は減る一方で、延べ床面積は然程《さほど》変わってはいない。これは、店舗を大型化し、一店舗当たりの商圏を広くすることで、経営の合理化を図る狙いもあるでしょうけど、もはや地方には人そのものがいない。小規模店舗では経営が成り立たないからじゃありません？」

「何もかもお見通しってわけか──」

「そりゃあ、パチンコ業界だけじゃありませんもの。スーパーや書店にしたって店舗の大型化が進む一方で、店舗数そのものは減ってるって業界は、他にたくさんありますからね。しかもいずれの業界も、売上は減少傾向──」

「かといって、外人がパチンコするわけないしな」

平木は溜《た》め息をつく。「あんたがいうように、わしらが生き残るためには、新しいビジネスをものにする以外に方法がないねん。そのひとつがカジノや。外人さんにぎょうさん来てもろうて、カネを使うて貰《もら》わなならん。それが会社存続の唯一《ゆいいつ》の道なんや」

「そこに、気がつかれている社長はさすがです」

何という上から目線……。

しかし、柏木の弁舌には、ますます拍車がかかる。

「でも、国民の多くがその現実に気がついてしかるべきなのに、この問題を案じ、真っ向から論じる人はほとんどいません。特に解決策を考えなければならない政治家、官僚はその典型です」

ふうっと平木は溜め息をつくと、胸の前で腕を組んだ。

柏木は続けた。

「誰も彼も、考えるのは目先のことだけ。カジノだって外国人が来なけりゃ繁盛しないのは分かっているのに、むしろ、いかにしてカジノを繁盛させないか。生かさず殺さずの道を模索しているんです」

柏木はそこで言葉を区切ると、「そうでしょう？　杉田さん」

いきなり話を振ってきた。

「そ、その通りです」

杉田は慌ててこたえた。「宝くじも含めて、公営ギャンブルの監督機関は、官僚の天下り先ですからね。しかも控除率は、カジノのゲームの比じゃありません。物凄《ものすご》く儲《もう》かるんです。この既得権益をいかに守るか。そこに知恵を絞っているんです」

「人がおらんようになってもうたら、監督機関かていらんようになってまうやろに——」

平木が呟く。

「先のことなんか、知ったこっちゃないんですよ。自分さえつつがなく人生終えられりゃ、それでいいって考えてるに決まってんですから」

柏木は語気を荒げる。

その官僚を婿に迎えたばかりの平木に向かってよくいうよ。

「IRといっても、お台場はシンガポールのような常夏《とこなつ》の国とは違います」

杉田は慌てて論点をずらした。「日差しを浴びながら、プールサイドでくつろげるのは、夏の間だけじゃないですか。当然、インドアのエンターテイメントをいかに充実させるか。そこに成否がかかってくるわけです。そして、その最大の目玉は間違いなくカジノ。外国人の興味を惹《ひ》かない限り、成功は覚束《おぼつか》ない。ですから、日本ならではのゲームの導入が絶対不可欠なのです」

あれ？　とでもいいたげに、柏木が視線を向けてくる。

お前のためにいったんじゃねえ。平木がその気になれば、官僚連中との交渉が楽になるからいってんだ。

杉田は、ぷいと視線を逸《そ》らした。

「話はよう分かった」

平木は、高く組んだ足を解いた。「そやけどな、わしが丁半の導入のいい出しっぺになるわけにはいかへんで」

「なぜです」

柏木が訊ねた。

「そら、わしとこはお台場カジノに出資しとる。そやけどな、さっきもいったように、中で何をするんかはカイザーと事業室の間で決めるこっちゃ。そのルールを無視して、わしが動いてみい。世間じゃただでさえ、パチンコメーカーがカジノに関与することに批判的な声が上がっとんねん。それが、丁半なんていい出そうもんならえらいことになんのは目に見えとるやないか」

「別に社長に旗振り役をお願いするつもりはありません」

「そしたら何をやれっちゅうんじゃ」

「事業室が丁半の導入を前向きに検討するよう、働き掛けて欲しいのです」

「同じことやがな」

平木は柏木の言葉を鰾膠《にべ》もなく撥《は》ねつける。「あんたら、さっきいうたよな。官僚連中は、既得権益を守るのに必死やって。そんな連中に働きかけてみい。わしが動いているなんて、マスコミに漏らされでもしてもうたら――」

「社長の人脈に期待しているのです」

「人脈？」

「つまり、政治力です」

柏木は冷静な口調で返した。「官僚だって所詮《しょせん》はサラリーマンですからね。出身省庁の上役の顔色を常に窺《うかが》っているのに変わりはないんです。本省にいる幹部だって、日本を動かしているのは俺たちだなんて威勢のいいことをいってますが、有力議員の意向には逆らえない。そうじゃありませんか？」

「そういうことか――」

平木は、ようやく合点がいったふうで、背凭《せもた》れに身を委《ゆだ》ね、再び足を高く組んだ。

「お台場カジノが成功するか否か。それは社長だけでなく、政治家にとっても今後に関わる重大事のはずです。カジノ解禁には国民の間に反対意見が根強くある中で、敢《あ》えて実施に踏み込んだのに、想定通りの利益が出なかったでは、それこそ世論が黙っちゃいませんよ」

もちろん柏木の本音は別にある。

政治家が、お台場カジノの利権を手にできるかどうかは、カジノの成り行き如何《いかん》だ。そして、そのカネを分配する窓口はギャラクシー。つまり平木にはカネに物をいわせて政治家を動かす力があるからだ。

もちろん、平木だって柏木がいわんとしていることは百も承知だ。

「そやけど、それも難しいやろな」

平木は、苦笑いを浮かべた。「センセ方かて、カジノに丁半をとはよういわんで。なんぼ、カジノは賭場《とば》には違いないいうてもやね、官僚が前例主義やいうなら、代議士かて同じじゃや。旗振り役になったセンセは、世のバッシングを一身に受けることになるやろからな」

柏木が、すかさず言葉を返そうとする気配があった。

しかし、それよりも早く、平木は続けて口を開いた。

「かというて、ただのカジノでは外国人を呼べん。それはあんたのいう通りや」

そこで、平木はぐいと身を乗り出すと、「となればや。丁半をお台場で実現しよう思うなら、手段はひとつしかないな」

「それは、なんでしょう?」

柏木が訊ねた。

「事業室に検討しますといわせるこっちゃ」

平木は目を細めた。「とにかく、俎上《そじょう》に載せさせせんのや。事業室の検討事案になれば、認可するもせえへんも事業室の判断ちゅうことになるわな。内部の話になれば、誰がどないな判断を以《もっ》て許可したか、理屈はなんぼでもつけられる。それこそ代議士センセの出番ちゅうもんや」

「では、検討するといわせさえすれば――」

「その後は、わしがあんじょうしたるわ」

念を押した柏木に向かって、平木は大きく頷いた。

5

「ったく、口のききかたってもんがあんだろよ。相手は社長だぞ。少しは考えろよ」

ギャラクシー本社を出たところで、杉田は溜め息を漏らした。「社長がいつぶち切れんじゃねえかって、冷や冷やしたぜ」

「あの手の人間には、余計な駆け引きなんていらないのよ。おべんちゃらいわれんのは慣れてんだから。まどろっこしい口きいてたら、それこそ何をいいたいんだって、どやされるわよ」

柏木は涼しい顔でこたえる。

「上司が外国人で良かったな。日本人だったら、無礼なやつを寄越しやがってって、クレームの電話が来てもおかしくねえとこだ」

「仕方ないじゃない。江戸っ子だもん、べらんめえは生まれつき。言葉に気い使ってたら、頭回んなくなっちゃうのよ」

確かに、満額回答とはいかなかったが、俎上に載せさえすれば後押しをしてやるという約束を取りつけたのは柏木の功績だ。しかし、その交渉役を担《にな》う立場からしてみれば、乗り越えなければならないハードルがはっきりした分だけ、逆に難易度の高さを突きつけられた気分になる。

どうすんだいったい——。

「喉《のど》が渇いちまったな。ちょっと冷たいもんでも飲まねえか」

目の前のコーヒーショップを杉田は目で指した。

九月も半ばを過ぎたというのに、相変わらず連日の酷暑だ。

エアコンの効いた部屋から外に出ると、汗が噴き出してくる。

柏木は腕時計に目を遣《や》ると、

「いいわ。少し休んでいきましょうか」

珍しく素直に同意した。

アイスコーヒーを手に、向かいあう形で椅子《いす》に腰を下ろしたところで、

「平木さんの提案、どう思うよ」

杉田はストローで、氷を突《つつ》きながら訊ねた。

「どう思うって？」

「官僚連中が検討するならっていうけどさ、あの連中のこった、丁半なんていおうもんなら、その場で撥ね付けられるのは目に見えてんぞ。あの人、それを見越してあんな条件を提示してきたんじゃねえのか」

「駄目なら駄目ってはっきりいうわよ」

「そうかなあ……。アポを取ったのは、テーラーだ。カイザーの上席副社長が一枚嚙んでるとなりゃ、いきなりノーとはいえねえだろう。ああでもいわなきゃ、面子《メンツ》を潰《つぶ》すことになる。そう思ったんじゃねえのか」

柏木は、ストローでアイスコーヒーを吸い上げると、

「カイザーの面子になんか、拘《こだわ》る人とは思えないけど」

グラスの中の氷を突きはじめる。

「じゃあ、何か？　本気で丁半が面白いと思ったってのか」

「それは間違いないでしょうね」

柏木はストローについた口紅を指先で拭《ぬぐ》った。

その仕草が艶《なま》めかしい。

背筋がぞくりとするのを覚えながら、

「なんで、そうだっていい切れる？」

杉田は訊ねた。

「あんたは、あの人のことパチンコ屋のオヤジ程度としか考えてないでしょうけど、パチンコだって立派なギャンブル。賭場を仕切りながら、どうやって客を呼び込むか、溺《おぼ》れさせるかをとことん追求してきた人なのよ」

「だから？」

「馬鹿じゃ務まらない。客が何を求めるか。どうしたら、店が繁盛《はんじょう》するか。ビジネスの嗅覚《きゅうかく》には人一倍長《た》けているってこと」

「だったら、さっさと政治力とやらを使えばいいじゃねえか」

「その点は、平木さんのいうことに嘘《うそ》はないと思うの」

柏木はいった。「第一、そんなことされたらあんた困るでしょ？」

「何で、俺が困るんだよ」

「本当に先が見えてない人ね」

柏木は呆《あき》れたように片眉《かたまゆ》を吊《つ》り上げた。「事業室との交渉は、あんたの仕事でしょ？　トップダウンで決められたら、出番なくなっちゃうじゃない。それこそ、早々に会社を放り出されるわよ。入社以来、これぞって働きをしてないんだから」

グサッときた――。

杉田は黙った。

柏木は続ける。

「あんた、いまに至っても丁半の導入には否定的なようだけど、会社だって乗り気になってんだし、いい加減考えを改めて、もっと前向きにならないと――」

「どう考えたって、門前払いを食らうに決まってっから途方に暮れてんだよ」

あの連中に一度会って見ろ――。

そういいかけたのを、杉田は堪《こら》えた。

今回の件は話の成り行き上しかたがないが、定期会議の場に柏木を同席させたのでは、それこそ自分の仕事が無くなってしまいかねないことに気がついたからだ。

そこで、杉田はアイスコーヒーを口に含むと、

「しっかし、何だってそんなに丁半に拘んだ、君は……」

予《かね》てより抱いていた疑問を口にした。

「別に、拘ってるつもりはないけど」

柏木は、薄く笑った。

「拘ってんだろが。いきなり日本ならではのギャンブルといやあ丁半だっていい出すわ、賭場を開帳してみせるわ――」

それも場を設けたのはヤクザだろ、と続けたくなったが、片倉は彼女の伯父だ。さすがにそれをいうのは憚《はばか》られる。

「手際《てぎわ》、良過ぎんだろ」

杉田は苦し紛れにいった。

「あら、会社の役に立つことが悪いことなのかしら」

「立ち過ぎてっからいってんだ」

いいがかり以外の何物でもないのは百も承知だ。「カジノ経営の会社に、賭場に縁

がある社員がいるなんてでき過ぎだろ」

「だからカイザーに興味を抱いたんですけど？」

柏木はすかさず返す。

「どういうことだ？」

「ヤクザがやれば違法行為。国のお墨付きを貰えば、立派なビジネス。これっておかしいと思わない？」

「税金払わねえからだろ。ヤクザはテラ銭の申告なんかしねえからな」

杉田はいった。「それに、賭場で借金こさえれば、腕にものをいわせて巻き上げる。さもなくば、家屋敷を毟《むし》り取る。娘を売り飛ばしてでも、カネに変える。それがヤクザの手法じゃないか」

「そんなの国だって同じじゃない。税金滞納すれば差し押さえ。それでも足りなきゃ、払うまで追い回す。しかも法外な金利まで課してよ。銀行だってそうじゃない。ローンが滞れば、家だって売りに出されもすれば、会社だって危ないと見りゃ貸し剝《は》がす。その結果、経営者、従業員が路頭に迷ったって知らん顔。ヤクザのやってることと何が違うの？」

柏木は珍しく感情を露《あらわ》にする。「第一、娘を売り飛ばすっておっしゃいますけど、そういう境遇に置かれた女性がお相手するかも知れないのに、吉原出かけてんのはどこのどなたかしら。よくいうわよ」

本当に痛いところを突きやがる。

杉田はまたしても言葉に詰まった。

柏木は続ける。

「ヤクザ、ヤクザって、さも害虫のようにいうけどさ。何も素人衆《しろうとしゅう》に迷惑かけてシノいでるのだけが、ヤクザとは限らないわよ。様々な理由で、グレたり半端者《はんぱもの》になった人間だって、世の中にはごまんといるの。そうした人間を拾い上げて、厳しい秩序の中で、飯を食わせ、仕事を与えて面倒を見てきたヤクザだっているの。それを十把一からげにして、ヤクザってカテゴライズするのがそもそもおかしな話なのよ」

元がつくかどうかは知らないが、身内にヤクザがいるのだ。彼らの肩を持つのは不思議ではないが、柏木が素の部分を覗かせるのは、はじめてのことだ。

俄然《がぜん》興味を惹かれた杉田は、

「反社会的行為。つまり、違法行為を以てシノギにしてんのがヤクザだろ。日本が法治国家である限り、排除されんのは当たり前だろうが」

敢えて挑発に出た。

「後づけで、ヤクザにされかかった人たちだっているわよ。片倉の伯父さんのようにね――」

柏木は揺るぎない視線を杉田に向けた。

「伯父さん、シノギは何だったんだ」

「テキ屋をやってたの。現役当時は関東一円を取り仕切る俵組の頭でね。だけど、暴対法の施行でテキ屋もヤクザに入れられるってんで早々に廃業しちゃったわけ」

「その一方で、賭場もやってたんだろ」

「手慰み程度にね。それも大昔――」

柏木は鼻で笑った。「テキ屋と博徒はびみょーに違うけど、祭を渡り歩く巡業仕事だからね。それに祭といえば酒。酒が入れば余興が欲しくもなれば、気も大きくなる。旦那衆《だんなしゅう》に求められるままに、賭場を開いたこともあったわけ。もっとも、わたしが生まれる遥《はる》か前の話だけどね」

「じゃあ、いまの稼業《かぎょう》は？」

「昔の言葉でいうなら口入れ屋。いま風にいうなら人材派遣業」

それも、昔からのヤクザのシノギじゃねえか。

「手配師？」

杉田は思わずいった。

「失礼なこといわないでよ」

「口入れ屋なんていうからだ」

「れっきとした株式会社。経営者は伯父の息子。全国の工事、建設現場に労働者を派遣してんの。たとえば、オリンピックの競技場建設現場とか原発の廃炉作業や除染とかさ」

「原発う？」

「はっきりいって、作業員の中には堅気じゃない、ヤクザ稼業から足を洗った人、まだ半分その世界に足を突っ込んだままって人もいるわ。だけど、身の危険を冒してでもきつい現場にいかざるを得ない。足を洗った、洗っていないにかかわらず、生きていくためには四の五のいっていられない。世の中にはそうした人たちがごまんといるの」

柏木は、重い溜め息を吐《つ》き、「なぜだか分かる？」

と訊《たず》ねてきた。

杉田は首を振った。

「真っ当な職に就きたくとも就けないからよ」

柏木はいった。「若気の至りで墨背負っちゃった人だっているし、暴力団排除条例が施行されてからは、ヤクザとのあらゆる商取引が禁止されたでしょ？　足を洗っても、警察は証明してくれるどころか、問い合わせがあれば、関わりがあったって過去をことごとく明かしちゃうんだもの。しかも、銀行口座は開けない。クレジットカードも持てない。外食もできない。ゴルフもできない。生命保険にも入れない。家も借りられない。まさにないないづくし。それで、どうやって生きていけっての？」

「それでも暴力団は健在じゃねえか」

「真っ当な道を閉ざしてるから、その世界から抜け出せない人だっているってこと」

「なんか、卵が先かニワトリが先かみたいな話だな」

「暴力団排除条例なんて、みせしめのために作った条例よ。ヤクザ社会に足を踏み入れたら最後、改心したところで堅気の社会は受け入れない。真っ当な暮らしなんかできなくなるぞ。だから、前途ある若者は道を踏み外すんじゃないってね。そんなの更生する気になるヤクザだっているってことを、端から信じらゃいないっていってるのも同然じゃない。人権、生存権。それこそ憲法に関わる大問題よ」

柏木は苛立《いらだ》たしげにいうと、「結局、社会からスポイルされた人たちが就ける職っていえば、人がやりたがらない仕事だけ。原発の廃炉作業なんてその典型よ。真っ当な人だけじゃ頭数が確保できない。国の不始末を処理するためには、本来排除してしかるべき人間の就労にも目を瞑《つむ》る。ご都合主義もいいとこだわ」

語気を荒げた。

ご都合主義——。

その言葉を聞いた瞬間、柏木がカイザーに興味を抱いた理由が見えてきた。

「カジノもご都合主義だっていいたいわけ？」

杉田は訊ねた。

「そうじゃなかったら何だっての？」

果たして柏木はこたえた。「自分たちの都合で非合法だったものを、合法化したのよ。しかもヤクザのシノギだったもんをやろうってんだもの」

「だったら、失敗したらざまあ見ろってもんだろ。なんでまた、成功させるような動きをすんだ」

そこが分からない。

「連中の実態に改めて愛想が尽きたからよ」

「連中？　連中って誰のことだ」

「決まってんじゃない。官僚のことよ」

柏木はすかさず返してきた。「覚えてる？　デニーが日本の官僚はマフィアだっていったこと」

あの歓迎会の席上で、オリバーは確かにそういった。

頷《うなず》いた杉田に向かって、

「ホントその通りよ」

柏木は鼻を鳴らす。「もっとも、官僚だけじゃないけどね。政治家だって同じ。行動原理の根底にあるのは、自分たちの利益だけ。エリート面《づら》して、やってることはヤクザと同じ。いや、それ以下だわ。そんな生態を見せつけられてりゃ、身の程を知らしめてやろうって気にもなるじゃない」

「だけど、カジノが成功しちまったら――」

「成功したら、少なくとも関東近辺の公営ギャンブルは甚大《じんだい》な打撃を被《こうむ》ることになるでしょうね。それは、連中の既得権益の価値が毀損《きそん》されるってこと。そうなれば、今度は目の色変えてカジノ利権をいかにして手中に収めるか。必死になるに決まってんじゃない」

柏木の目に怪しい光が宿る。

「新しい利権ができるだけだ。結果は同じだろ」

「さぞや、壮絶な争いになるでしょうね。まるで、ヤクザの縄張り争い。それも、ヤクザのシノギだったものを巡ってよ。こんな愉快な話はそう滅多にあるもんじゃないわ」

柏木は、唇に手を当てると、くっ、くっ、くっと忍び笑いを漏らした。

そういうことか——。

もちろん、連中はヤクザのシノギで新たな利権を手にしても決して恥じたりはしまい。いや、そもそも、そんな自覚すら持たないだろう。それは柏木とて百も承知のはずだ。彼女はそれを高みから眺め、ピカピカのエリートがヤクザそのものに身を落とす様をあざ笑いたいのだ。

「政治家、官僚が博徒になるってわけか。皮肉っちゃ皮肉な話だよな——」

「どう？　面白いと思わない？」

悪くないかも——。

杉田はふと思った。

しかも、日本の博徒が開いていた典型的な賭場、丁半が人気を呼ぶということになれば尚更《なおさら》のことだ。

「いつだったか、現役のヤクザの人がこういったことがあるわ」

柏木はいった。「ヤクザになったことは後悔してる。子供はどんな職業に就いてもかまわないけど、ヤクザと警察だけは断じて認めないって。これって、的を射た言葉だと思わない？　利権争いには、ヤクザを取り締まる警察だって加わるのよ」

なんだか、俄然やる気が込み上げてきた。

「ヤクザと警察だけは、断じて認めないか。すげえ実感こもってんな」

杉田は呵々《かか》と笑うと、「こうなりゃ、まずは石を投げてみっか。やつらがどんな反応を示すか。策を練るのは、それからでも遅くはない」

柏木の目を見詰めた。

6

スマホが鳴った。

杉田は事業室に提出する提案書を書く手を止め、スマホを手に取った。

「ハロー」

ヤンだ。「この間はどうも。楽しい夜を過ごさせて貰った」

「どういたしまして——」

そうこたえたものの、ヤンが直々に電話をしてくるからには、特別な用があるに決まっている。

「実はな――」

ヤンは切り出した。「チョーハンのことを、俺の顧客に話してみたら、物凄い興味を示してさ。是非やってみたいっていうんだよ」

「カジノの開業は、まだ先じゃないか。それに、丁半の導入交渉はこれからだ。ちょうどいまその準備を進めているところで、実現の目処《めど》すら立ってねえんだぞ」

「そんなことは分かってる。だから電話してんじゃねえか」

共に『風呂《ふろ》』に行ってからというもの、お互いの口調はまるで旧知の仲であったかのようにがらりと変わった。「賭場を開いて貰いてえんだよ」

「それ、デモをやれってこと？」

「ＶＩＰだぞ。それも飛びっ切りの」

ヤンが鼻を鳴らす気配が伝わってくる。「現物賭《か》けねえゲームをやるわきゃねえだろ」

「カネはどうすんだ」

「無理は承知だ。場を開いて貰うからには、経費はもちろん、それなりの礼もする。

テラ銭も全部胴元が取ってくれていい」

「そうじゃないんだよ。実はあの翌日、賭場へ行ったメンバーで会議を開いてな——」

杉田は、丁半コマが揃《そろ》わなくても、胴元のリスクで勝負を受けること、さらに、平木の指摘を受けて、役を設ける方針で動いていることを話して聞かせた。

「ふ～ん。ますます面白くなりそうじゃねえか」

ヤンはすっかり乗り気の口調でこたえた。

「単にデモをしろってんならいいさ。だけど、このルールを適用して、現物を賭けるとなると、胴元が負けた場合、誰がそのカネを負担すんだよ。片倉さんにリスクを負わせるわけにはいかないし、かといってカイザーだっていまの時点でそんなカネは出せねえぞ」

「カネはおれが準備する」

ヤンは躊躇《ちゅうちょ》することなく返してきた。

「本気でいってんのか？」

声が裏返る。「ＶＩＰとなりゃ、動くカネの桁《けた》が違うんだろ？　ボロ負けしたら——」

「そりゃあ、客が全員同じ目に張って、勝ち続けりゃ大変なことになんだろうが、現実にはそんなことは起こり得ない。客は十人。チョーかハンか、どちらに賭けるか必ず分かれる。仮に全員が同じ目に賭け続けても、それこそ、チョーハンどっちに転ぶか分からない。それどころか、客が負けりゃ賭けガネがそっくりそのままこっちの懐《ふところ》に入るんだ。おれが負けたとしたって、それほど酷《ひど》いことになるとは思えないね」

確かに、ヤンのいうことには一理ある。

一瞬間を置いた杉田に向かって、ヤンは続けた。

「それに、こいつは本当にチョーハンがＶＩＰを日本に呼び込むことができるかどうかの絶好のテストになると思うんだ。あの場では、確かに全員がポジティブな反応を示しはしたが、開業後のメインの客は、やっぱり中国人になるだろうからな。飛びっ切りのギャンブラーが実際にどんな反応を示すか、興味あんだろ?」

これもまたしかりだ。

お台場カジノの成否は、偏《ひとえ》にＶＩＰをどれだけ集められるかにかかっている。その鍵《かぎ》を握るのが日本にわんさか押し寄せて来る中国人だ。富裕層はしこたまカネを持っている上に、博打《ばくち》が三度の飯より好きという国民性を持つ。彼らの反応次第では、お台場で丁半をやる意味がないという結論が出る可能性もある。

「分かった――」

杉田は同意すると、「さっそく、彼女にあんたの意向は伝えてみるよ。でも、道具、つうか舞台装置はどうすんだ。日本情緒も大事な要素だ。そっちで全部準備できんのか」

「なんで、そんな必要があんだ？」

ヤンは怪訝《けげん》な声でこたえた。

「なんでって……賭場はそっちで開くんだろ？」

てっきり『出張』の依頼だと思い込んでいた杉田は、訊ね返した。

「あのな、テストやるっていってんだぞ。お台場カジノがオープンした後、日本にどんな楽しいことが待ち受けているか。フルコースを満喫して貰わないでどうすんだ」

「フルコースって……」

「決まってんだろが。飲む、打つ、買うの三点セット。勝負と一緒に美味《うま》い物をたらふく食べて、そして女だ。吉原にご案内すんだよ」

なるほど、そういうことか。

魂胆がようやく分かった。

果たしてヤンはいう。

「なんせ、中国じゃ日本のＡＶが凄《すさ》まじい人気でな。反日とか何とか喚《わめ》いちゃいるが、日本の女性は別だ。憧《あこが》れの的なんだよ。いまでも吉原をコースの中に組み込んでるツアーもあるにはあるが、外国人を受け入れてる店は限られてっからな。飛びっ切りの女性を取り揃えた店に案内するって店のホームページ見せたら、客がすっかりその気になっちまってさ」

「それで、デニーじゃなくて、俺に電話してきたってわけか」

「こんな話ができるのは、あんた以外にいねえだろ」

ヤンは、さも当然のようにこたえる。

畜生……またぽん引き扱いしやがって——。

だが、そんなことより、いまはＶＩＰが丁半に対してどんな反応を見せるのか。日本ならではの飲む、打つ、買うの三拍子が、どれほどの効力を発揮するのか。そちらの方に興味が湧《わ》く。

「杉田さん——」

こたえるよりも先に、ヤンが口を開いた。「お台場、いや日本は、我々ジャンケットにとっても、ラストフロンティアなんだ。シンガポール、マカオ、いや世界中のどこを見渡しても、これほどのハイ・クオリティーが三拍子揃ってる国は日本以外にはない。この市場をものにできるかどうかに、おれたちのビジネスの将来がかかってんだ」

「分かった……。賭場を開いてもらえるかどうか、確約はできないが彼女に打診してみよう」

杉田はこたえた。「ただ、現金はやめといた方がいいな。バレはしないと思うが、万一ってことがある。現ナマが飛び交う中に、警察が踏み込んで来ようものならいい訳できねえからな」

「心配するな。全部ツケで遊ばせる。それに、目立たないように自家用ジェットは使わない。今回はファーストクラスで我慢して貰うよう客にはいってある」

ファーストクラスで我慢ね……。

杉田は苦笑いを浮かべると、

「とにかく、意向は先方に伝えてみるよ。結果が出次第、連絡する」

回線を切り立ち上がった。

向かったのは、パーテーションで区切られた柏木の執務席だ。

「ちょっといいかな」

声を掛けると柏木が顔を上げた。

「実は、たったいまヤンから連絡が入ってさ――」

杉田は事情を話した。

もちろん、三点セットのことは口が裂けてもいえやしない。

「ふ〜ん。今度はVIPを相手に、ガチンコの勝負をさせようってわけか……」

「どうする？」

「決まってんじゃない。やるわよ」

柏木はあっさりこたえた。

「大丈夫なのか、伯父さんのとこ」

「この間、賭場を開いたばっかりだからね。道具は揃ってるし、たった一回の話じゃない。いまどき丁半の賭場が開くなんて、警察も夢にも思っちゃいないだろうし、ガサ入れするにしたって内偵を重ねて、確証を得ないことには令状は降りないからね。それに――」

「それに？」

「VIPがひと晩遊んで、幾らのテラ銭が稼げんのか、ノーリスクで検証できる絶好のチャンスじゃない。伯父さんのとこも、人材派遣業ったって大手と違って法外な利益を挙げてるわけじゃなし、大きな臨時収入になんだもの。まして無税じゃない、そのおカネ」

柏木はニヤリと笑った。

「で、賭場はいつ開ける？」

「エニー・タイム」

柏木は、歌うようにいった。「でも、土曜日がいいわね。熱くなれば、時間がかかる。それこそ、夜を徹しての勝負になるでしょうからね」

「じゃあ、四日後。この週末でどうだ」

「ノー・プロブレム」

柏木は頷くと、「最高のお・も・て・な・しをして差し上げるわ。これぞ日本ってやつをね」

最高のお・も・て・な・しか――。

異存はない。

杉田は手にしていたスマホを操作した。

呼び出し音が鳴る。

「ハロー……」

ヤンの声がこたえた。

「杉田だ。さっきの話、受けてくれるとさ。今週の土曜日。ホテルが決まったら教えてくれ。最高のオ・モ・テ・ナ・シができるよう、しっかり準備を整えておく」

杉田は告げた。

第四章

1

デスクの上に置いたスマホが鳴ったのは、ＶＩＰ御一行様を迎えた賭場《とば》を終えた翌日、月曜の昼のことだった。

「昨日はどうも」

ヤンのご機嫌な声が聞こえる。

「満足してもらえたかな」

杉田は訊《たず》ねた。

「もちろんさ」

ヤンの声に重なって、空港のアナウンスが聞こえる。「ゲームは面白かったし、飲む、買うに至っては、これほど高い質が揃《そろ》った場所は世界のどこにもないって、みんな大絶賛だ。すぐにでも、ツアー第二弾を企画してくれってせっつかれちまってさ」

あたりまえだ。

土曜日の午後一番で吉原にご案内。予《あらかじ》めホームページで好みの女性を選ばせていた上に、十名の団体客だから店は貸し切り。それも、二コマである。

汗を流していただいたところで、銀座の鉄板焼き屋にご案内。最上級の和牛のステーキを平らげ、ワインを飲み、その場から賭場へご案内という大名旅行だ。

「まっ、次のご開帳は、カジノの開業を待ってもらうしかねえな。しかし、あれにはまいったよ。ほんと、肝を潰《つぶ》したぜ。心臓止まるかと思った……」

杉田は、溜《た》め息を漏らした。

丁半は確かにウケた。いや、ウケ過ぎたのだ。

最初の頃こそ、黙々とゲームに興じていた御一行だが、慣れるにしたがって一回の勝負に注ぎ込むカネの額が跳ね上がる。当然、勝負に熱が入る。

まして、酒が入ってもいれば、客は中国人だ。勝負の度に一喜一憂。喇叭《ラッパ》を吹き鳴らすような甲高い声で喚《わめ》き、騒ぐ。深夜の街のど真ん中で、演奏会をやってるような大騒ぎになった。

予期せぬハプニングが起きたのは、深夜二時を回った頃のことだった。

突然、インターフォンが鳴り、誰かと思えば警察だ。

「周辺の住人の方から、煩《うるさ》いと通報がありまして」

さすがに家の中に入ってはこなかったから良かったものの、こんな大騒ぎが度重なれば、周囲の住人たちも不審を抱く。幸運が何度も続かないのは博打《ばくち》と同じだ。調子に乗ると痛い目に遭うのは世の道理というものだ。それを機に、場はお開きとなった。

「で、いったいどれくらいのカネが動いたんだ」

杉田は訊ねた。

「ざっと、八千万円ってとこかな」

ヤンはすかさずこたえた。

「それ、多いの？　少ないの？」

「はじめてのゲームにしちゃ悪くない。それに、このゲームはやはり儲《もう》かる。ひと勝負毎《ごと》に賭《か》け金から五％のテラ銭が抜けるってことがいかに大きいか、改めて思い知らされたね」

「片倉さんのところへは、幾ら落ちたんだ」

「六百万だ」

「そんなに？」

「本来なら、これすなわちカジノの利益。しかも、ノーリスク。まさに泡銭《あぶくぜに》だ。胴元からすりゃ、実においしいゲームだ」

「そりゃ、丁半のコマが揃えばの話だろ。それを偏《かたよ》ってても構わないってことにしたんだ。勝つ客が多けりゃ、胴元が損を出すことになるじゃないか」

「負けるやつが多けりゃ、胴元の儲けが膨らむだろ」

ヤンは軽くいった。「実際、今回にしたって、極端に札が偏ったことが何度もあったさ。ついてるやつに乗っかるのは、ギャンブルの鉄則のひとつだからな。だがな、連戦連勝なんてあり得ない。つかねえやつに乗っかられた途端に、流れががらっと変わることもある。結局、頼るのは己の勘だ。バランスは極端に偏ることはない。それも、今回のテストで分かったことだ」

「じゃあ、あんたは損をしなかったんだな」

「損どころか、儲けさせて貰《もら》ったよ」

ヤンが含み笑いをする気配が伝わってくる。「まっ、彼らを日本まで連れてきた経費を考えりゃ赤字だが、そんなものは、カジノが開業すりゃすぐに取り戻せる。先行投資と考えりゃ大した額じゃない。本番になれば、動くカネの桁《けた》が違うからな」

「そうなるかどうかは、丁半導入が実現するかどうかだが——」

「できなきゃ、日本のカジノの魅力は半減するね」

ヤンの声が低くなった。「そりゃあ、飲む、買うのふたつだけでも誘い文句にはなるが、前にもいったろ。どこにでもあるゲームじゃリピーターは見込めない。VIP連中は、既存のゲームに飽きてるんだ。日本ならではのゲームが必要なんだ」

「その提案を、これからしに行くところだ」

杉田は、デスクの上に置いたファイルに目をやった。

「頼むぜ」

ヤンはいった。「カイザーの成功は、俺たちジャンケットのビジネスの成功でもある。命運は君の双肩にかかってるんだ」

なあにが、ビジネスの成功だ。交渉に失敗すりゃあ、開業の日を待たずして首だ。俺にしてみりゃそれ以前の問題だ。

そう返したくなるのを堪《こら》えて、

「分かってる――」

素っ気なくこたえると、杉田は回線を切った。

さて、時間だ。

杉田は、ファイルを鞄《かばん》に入れると、オフィスを出た。

相変わらずの酷暑の中を歩き、事業室に向かった。

事の成否に、自分の首がかかっている。

そうは思うものの、杉田は緊張感を覚えなかった。

検討するとさえいわせれば、

「その後は、わしがあんじょうしたるわ」

平木の言葉があったからだ。

イエスといわせることは困難を極めるが、実際に運営を担《にな》うカイザーからの正式な申し入れである。無理筋だとは分かっていても、いきなり結論は出さない。必ずや提案を持ち帰る。それが形式と前例主義に凝り固まった官僚の仕事のやり方だ。

しかるべき時間を置いて却下すりゃあいい——。

おそらく連中はそう考える。だが、この案件に限って、そうは行かない。あいつらが慌《あわ》てるのはそれからだ。天のひと声で、否応《いやおう》なしに、丁半導入の許可を下さなければならなくなるのだ。

その時、あいつらがどんな承認理由を唱えるのか。官僚の作文能力がいかほどのものか、とくと拝見しようじゃないか。

困惑する官僚たちの姿を脳裏に思い浮かべながら、杉田は意気揚々と事業室のあるビルに入った。

いつもの部屋に通されると、ほどなくして官僚たちが姿を現した。

「じゃあ、はじめようか」

場を仕切るのは、やはり河本だ。「まずは、カイザー側からだ。何か、報告することはあんの？」

昼飯時を過ぎたばかりである。河本は背凭《せもた》れに身を預けながら、迫《せ》り出した腹に両手をあてがい、あるならいってみろといわんばかりの横柄《おうへい》な口調でいった。

「特には……」とこたえれば、待ってましたとばかりに、ねちねちと嫌みをいわれるのが常だ。監督機関といっても、カイザーが検討事案を提示しないことには、新たな仕事は生じない。ルーティーンワークなど知れたもの。要は絶好の暇つぶし。ストレス解消の時間というわけだが、今日は違う。

「ございます」

杉田はすかさず返した。

河本は、ほうというように僅《わず》かに目を見開くと、

「あんの？」

意外とばかりの表情を浮かべ、聞き返してきた。

「予《かね》てより社内で検討してまいりました、新ゲームの導入プランができ上がりまして

杉田は鞄の中から取り出したファイルを全員の前に置き、切り出した。「カイザーはお台場カジノに丁半を導入することをご提案申し上げます」

「本気でいってんのか？」

杉田が説明をひとしきりしたところで、河本はあからさまに不愉快な顔をした。

官僚たちの見解は、場の雰囲気から明らかだ。

資料の一枚目を見た途端、全《すべ》てに目を通すまでもないとばかりに、早々にファイルを閉じ、杉田の説明は上の空だ。

「馬鹿馬鹿《ばかばか》しい――」

蒲池が一刀両断に切り捨てる。「そんなもん、ダメだ」

「ダメとおっしゃるなら、その理由をお聞かせ下さい」

杉田は冷静な声で訊ねた。

「決まってんだろうが。丁半なんて、博徒がやるもんだ。それをカジノに復活させるって、世界に日本の恥部、ギャンブルの暗黒史を晒《さら》すようなもんじゃねえか」

蒲池は早くも激高する。

「カジノで行われるゲームは、漏れなく非合法とされてきたものじゃないですか。そ

――」

れを合法化するってことは既に認められてんですよ。他のゲームが良くて、丁半がダメって理屈は通らないと思いますが？」

「へ理屈こねんな」

蒲池の顔が真っ赤になった。「だいたい話聞いてりゃなんだよ。盆ゴザに金屏風《きんびょうぶ》。ツボ振りは着物、中盆《なかぼん》はだぼシャツって、ヤクザ映画の賭場そのものじゃねえか。カジノは映画村じゃねえんだぞ。ふざけんのもいい加減にしろ」

「日本色を出すことが悪いことですかね。お台場カジノの成否は、いかに多くの外国人を呼び込むかにかかってるんです。ゲームも同じ、ディーラーも黒服ばっかりじゃ、他国のカジノと変わりないじゃないですか。それとも、ツボ振り、中盆に黒服着せりゃ話は別だとでも？」

「まるで、丁半を導入すりゃ、お台場が成功するって口ぶりだが、その自信はいったいどっからくんだ」

河本が呆《あき》れた口調でいった。

実際に、カイザーの面々が体験し、さらには中国からＶＩＰを招いて検証したと返したいところだが、そんなことは口が裂けてもいえやしない。

「カイザーはカジノ運営のプロですよ。丁半をあらゆる角度から分析した上でイケると踏んだんです」

もどかしさを覚えながら杉田はこたえた。

「分析ってなんだ？ カイザーは、丁半やったことあんのかよ」

「カジノに適したゲームかどうかは、胴元が損を出す恐れが少ないゲームであることが大前提です。その点、丁半はルールを多少変更しても既存のゲームに比べて胴元のリスクが極めて低い。これは、確率の計算、類似のゲーム、たとえばバカラを行っている経験からも明らかです。それに、何といっても控除率《こうじょ》が他のゲームに比べて図抜けていい」

「控除率が高い、ね——」

蒲池が鼻を鳴らした。「勝負が早くつく分だけ、胴元は効率良く稼げるってか。外資の考えそうなこったな」

それをいうなら、日本の公営ギャンブルは、宝くじはどうなんだ。国民の無知につけこんで、したたま甘い汁を吸ってるくせに。

そう返したくなるのを堪えて、

「ビジネスですから……。それに、カジノの収益が上がるってことは、税収が増えるってことです。国にとっても、願ったり叶《かな》ったりじゃないですか」

杉田は返した。

「勝負が早いってのは、考えもんですねえ。それ、後々問題になる可能性ありますよ」

それまで黙っていた西崎が口を挟んだ。

「なぜです」

「射幸心を必要以上に煽《あお》ることにつながりかねないからです」

財務官僚らしく、相変わらず冷静な口ぶりで西崎は続けた。「ハイローラーはともかく、一般客のミニマムレートを韓国のブラックジャックに倣《なら》ってひと勝負千円ほどとして考えるとですね、丁半一回の勝負は張った張ったからはじまって、ツボが開き配当が終わるまで、長く見積もっても三分やそこら。とすればですよ、一万円が三十分でなくなってしまうわけです。確かに、胴元は稼げるかも知れません。ですが、勝っても負けても熱くなるのがギャンブラーです。しかも、ゲームは延々と続くんですからねえ。依存症といわれる国民が激増するんじゃないでしょうか」

その依存症をいかに増やすかがビジネスの成否を分けるのだが、これもまたいえるわけがない。

「そんなこといいはじめたら、パチンコだって同じじゃないですか。パチンコの打ち出しは、一分間に百発程度。四円パチンコなら千円で二分半。一円パチンコだって十分しか遊べませんが？」

「一発も入らないってことは、まずありませんよ。取って取られてを繰り返すわけで――」

「それをいうなら、丁半だって同じじゃありませんか」

杉田は西崎の言葉が終わらぬうちにいった。「勝敗確率は二分の一。それも、機械の当たり外れに勝敗が左右されるわけでもありません。第一、パチンコの控除率は、十から十五％といわれてるんです。その点からいえば、丁半の方が客に優しいギャンブルってことになりますが？」

杉田の指摘に、西崎は口をへの字に結んで押し黙る。

今日のところは、結論を得る必要はない。

「検討する」のひと言を貰うのが目的だ。いまの西崎とのやり取りで、議論はこちらに有利になった。

いまがチャンスだ。

「どうでしょう。ご検討願えないでしょうか」

杉田は頭を下げると、「これ、正式なカイザーからの提案なんです」

議論を終わらせにかかった。

「しかし、現ナマを取った取られたをするわけだからなあ」

ところが、蒲池は新たな懸念《けねん》を口にする。「客の熱の入りようも違ってくるぜ。パチンコの場合、いきなり一万円分の玉を買うやつぁまずいないが、丁半となれば話は別だ。ちまちま勝負を繰り返していたつもりが、気がつけば熱くなって、ひと勝負に五千円、一万円って賭けるやつも出てくんだろうさ。しかも一瞬で、倍にもなれば溶けて消えちまうんだからなあ」

「それは、カジノで行われるゲームの全てにいえることです。第一、現ナマとおっしゃいますが、パチンコだってみんな現金目当てでやってんじゃないすか」

「パチンコは現金のやり取りなんかしてねえだろ」

「店内ではね。だけど、コインとかライター石だとか、景品と称するものを換金所に持ち込めば、現金に換えられる。だからみんな夢中になるんじゃないすか」

「えっ、そうなの？」

蒲池は、芝居がかった反応を見せる。

とぼけんじゃねえよ。

パチンコ屋の近辺に漏れなく換金所が設けられているのは、子供だって知っている。

所轄《しょかつ》官庁たる警察庁の官僚が、パチンコ産業の実態を把握していないことなどあり得ない。

蒲池は続ける。

「仮にそんなことが行われているとしても、買い取る側が古物商の許可を取ってんなら違法とはいえんわな。通常の商取引だろ、それは」

シラこいこというんじゃねえよ。

「じゃあ、買い取った景品が店頭に並べられて再販売されるんですか。それとも、古物商の流通に乗るんですか。そんなことはないでしょう。景品は再度、パチンコ屋に納品され、再び換金用の景品に利用される。パチンコ屋と換金所の間を行き来してるだけじゃないですか。要は、カジノのチップみたいなもんです。パチンコは紛れもない賭博ですよ。それを当局が黙認しているだけでしょう」

杉田は思わずいい返した。

「なにい」

蒲池の蟀谷《こめかみ》に青筋が浮かぶ。

反論は避けるべきなのは分かっている。官僚を怒らせても何の得にもならないことも——。

しかし、まがりなりにも警察官僚たる者が、躊躇《ためら》うことなく黒い物を白と断じる。その姿勢が許せない。

こうなったら、作戦変更だ。

蒲池は「おい、こら、そこの男」。権力を楯《たて》に威勢を張る、昔の巡査のような傲慢《ごうまん》な男だ。挑発すれば、うっかり本音を漏らす可能性が一番高い。こいつを徹底的に論破して、議論中断。提案書を持ち帰らざるを得ないようにしてやる。

杉田は腹を括《くく》って、

「非合法だったものが合法化されようってんです。だったらこの際です。パチンコも換金可能。立派なギャンブルのひとつだって認めたらいいじゃありませんか」

平然とした顔を装《よそお》って言葉を返した。

「換金行為がなされてるなんて把握してねえものを、なんでそんなことしなきゃなんねえんだよ」

「把握してないってんなら、わたし、ここで告発しますよ。換金行為は行われてます。これ、明らかに刑法に違反してます。取り締まって下さい」

「なんだ、そのいい草は。ガキじゃあるまいし……」

憮然《ぶぜん》としてそっぽを向く蒲池に向かって、

「それとも、摘発に踏み出せない理由でもあるんですか？」

杉田はたたみかけた。

「そんなもんねえよ！」

「おかしいですねえ」

杉田は小首を傾《かし》げた。「違法行為を取り締まるのは警察の務め、いや、義務でしょ？　違法カジノなんて、探し出してでも摘発すんでしょ？　それがどうして、パチンコだと知らぬ存ぜぬを決め込むんです？」

「違法カジノは、ほとんどヤクザ絡《がら》みだ。公営化して、ヤクザの資金源を絶つ。それがカジノ導入の理由のひとつだってこたあ知ってんだろ。パチンコは立派な産業だ。ヤクザのシノギと一緒にすんじゃねえ」

「世界に冠たる一流会社だって、違法行為を行ってれば、警察は摘発すんじゃないすか」

蒲池は、一瞬言葉に詰まると、

「パチンコ業界の中にも、カジノ解禁を機に換金可能にすべきだって声はあるさ。もっとも、大手に限ってだがな」

微妙に論点をずらしにかかる。「だがな、パチンコは大衆の娯楽っていわれるが、依存症をはじめとする様々な問題を抱えている日陰の業界だ。それがカジノ同様、換金が合法になってみろ。表の産業として大手を振ってまかり通ることになんだぞ。これが、どんなことに繋《つな》がるか、お前分かってんのか？」

今度は杉田が押し黙る番だ。

蒲池は続けた。

「まず、株式を上場すんだろさ。もちろん、そんなことができるのは、大手の中でもごく一部だ。豊富な資金を得れば、店舗の大型化を図り、広告をばんばん打ちはじめる。中小のパチンコ屋はひとたまりもねえぞ。客は大型店に集中し、パチンコ離れの傾向にも歯止めがかかって業界は息を吹き返す。それも現ナマ目当ての客が押し寄せるってことになりゃ、依存症の人間が増加するってことになりかねん」

「それ、おかしくないですか」

杉田はすかさず異を唱えた。「日本は人口減少社会に突入するんですよ。パチンコは内需依存型産業の最たるものです。幾ら資金を得たって、肝心の人が減るんですから黙ってたって衰退していくに決まってるでしょう」

「店舗数が減っても集客力が上がれば、経営効率が良くなんだろ。出玉率なんて、機械の操作ひとつでどうにでも変えられんだぞ。まして、カジノの数には限りがあるが、パチンコ屋は日本全国至るところにある。それこそ、日本中賭場だらけになっちまうじゃねえか」

よくいうよ。現実は、とっくの昔から日本中賭場だらけだ。

杉田は思わず失笑しながら、

「蒲池さん。ここは国会答弁の場じゃないんです。本音で語り合いましょうよ」

冷ややかにいった。「パチンコ屋が換金してるなんて、ウチの外国人だって知ってますよ。警察が、白を切る理由もね」

「理由？　そんなもんねえよ」

蒲池は鼻から荒い息を吐くと、再びそっぽを向いた。

「そりゃ、承知してるなんていえば、警察は違法行為を見逃してたってことになりますもの。そんなことになろうものなら、警察の不作為責任が問われる、いや存在そのものに関わる大問題に発展しますもんね」

「おまえ〜……」

蒲池は再び顔を真っ赤にしながら嚙《か》みつかんばかりの形相になる。

杉田は構わず続けた。

「それに、パチンコ産業は、警察の巨大利権でもあるわけでしょう？　型式試験、プリペイドカード。これ全部警察庁が仕切ってて、数多《あまた》の官僚の皆さんが天下ってんですもんね。後ろ暗い部分に目を瞑《つむ》ってやる代りに、それなりの対価を受け取ってる。こういっちゃなんですが、実態はヤクザのみかじめ料そのものじゃないすか」

「お、おまえ、本気でいってんのか！　いうに事欠いて、警察をヤクザ呼ばわりすんのか！」

蒲池の顔色が蒼白《そうはく》に変わる。

「だってそうじゃありませんか。パチンコが換金可能な賭場と認められれば、少なくとも業界は警察の顔色を窺《うかが》う必要なんかなくなりますもんね。それじゃあ、みかじめ料が取れなくなる。警察が巨大利権を失ってしまいますもんね」

「それが、丁半とどんな関係があんだ！」

核心を衝《つ》かれた蒲池は、話題を変えにかかる。

「ヤクザのシノギだったもんだから駄目だって理屈は通らないってことです」

杉田は蒲池から視線を逸《そ》らすと、会議テーブルを囲む面々を見渡しながら、「どうせ、この事業室だって名前を変えて開業後も存続して、皆さんの新たな天下り先になるんでしょ？　お台場が成功すれば、全国の自治体が我も我もと誘致にやっきになるのは目に見えてますもんね。既存の公営ギャンブルに優《まさ》る一大利権の誕生だ。もっとも、その時管轄官庁が警察になるとは限らないでしょうけどね」

止《とど》めの言葉を口にした。

各官庁から出向している官僚連中は、それぞれ出身省庁の思惑の下で動いている。その最たる目的は、既得権益を守るため、カジノを活《い》かさず殺さず、外国人はともかく、国民の間にいかに浸透させないかということにある。しかし、競馬、競輪、競艇、オートレースと、公営ギャンブルは漏れなく左前。年を追うごとに、売上が激減し続けているのは紛れもない事実だ。

もちろん、だからといって彼らの利権がただちに棄損されるわけではない。なぜなら、べらぼうな控除率のお陰で上がった収益の中から、真っ先にさっ引かれるのはコスト。すなわち、管理団体の維持費である。自治体に分配されるカネはその残り。つまり、管理団体が甘い汁を吸い尽くした残り滓《かす》だからだ。

そうはいっても、高齢化を伴う人口減少は確実に収益を圧迫する。

その現実を踏まえれば、カジノ利権をどの省庁が手に入れるかは、まさに省益がかかった大問題のはずだ。中でも、反社会的団体の排除、治安、風紀の維持を担当し、さらには型式試験とパチンコ機やパチスロ機が既定の条件を満たしているかどうかを審査する、保安通信協会という外郭団体を持つ警察庁は、カジノ管轄官庁として最有力と自負しているに違いない。

そこで、パチンコ業界に対する長年の不作為を指摘すればどうなるか――。

他の官僚連中からすれば、警察庁追い落としの絶好のチャンスと映るだろう。

敵の敵は味方。事業室内部の争いを利用して、まずは提案を持ち帰らせる。

それが、杉田の考えた作戦だった。

「おい、こら」

でた――。

いきり立つ蒲池が身を乗り出した瞬間、

「まあ、まあ、ふたりともそう熱くならずに」

河本が割って入った。

「しかし――」

「いいから、私の話をお聞きなさいよ」

河本は蒲池を諫《いさ》めると、「杉田さん。あんたもいい過ぎだ。まるで、我々が自分たちの利益だけを考えて、仕事をしてるようないい草は、実に不愉快だ。お台場カジノは、日本の国益がかかった事業だよ。運営会社であるカイザーと、我々はいわばパートナーだ。利害が一致する仲だ。喧嘩《けんか》を売ってどうすんだ。そんな口きいてたら、うまく行くものも行かなくなってしまうじゃないか」

　それまでとは、打って変わって穏やかな口調でいった。

　なあにが実に不愉快だ、だ。ほんとのことといってるだけじゃねえか。

　内心で毒づきながら、

「申し訳ありません。口が過ぎました――」

　杉田は頭を下げた。

「君の論にも理解できる点がないわけじゃない。もっとも、カジノの成否は外人を呼び込めるかどうかにかかっているという一点に限ってのことだがね」

「そのためには、日本の独自色を出すことがどうしても必要なのです。ですから――」

「丁半ひとつで独自色を出せんのかね。丁半やれば、外人がそれを目当てに、こぞって押し寄せて来るとでも？」

「一般客が落とす金額にはそう期待できないでしょうが、そもそもカジノの利益の八割は、ＶＩＰによるものです」

「丁半やれば、ＶＩＰが来んの？」

「ＶＩＰを呼び込むのはジャンケットです。彼らが、これなら呼べると申しておりまして。それに、日本には他の国にない魅力もあると——」

「それは何？」

杉田は一瞬言葉に詰まりながら、

「食です……」

苦しまぎれにいった。

「食って、食い物か？」

本当は、それに加えて女だといいたいところだが、さすがにそれもまた口にできない。

そんな杉田の内心を見透かしたように、

「日本食は既に世界で高い評価を受けてます。観光立国を目指す政府だって、食は外国人誘致のキラーコンテンツのひとつだってことは、端《はな》から謳《うた》ってますよね。ってことはですよ。丁半やりさえすれば、外国人呼べるっていってるようなもんじゃないですか。それとも、他にまだ外国人を呼べる何かあるんですか」

先ほどやり込められた西崎が、ここぞとばかりにたたみかけてくる。

「杉田さんねえ」

河本がいった。「あなた、我々官僚を寄生虫のようにおっしゃいますけどね。日本に来た外人が驚くのは、治安の良さ、秩序を守る国民性、街の清潔さと実に様々です。総合的に日本という国を見て、多くの外人が高い評価を下さってるんです。そんな国ができ上がったのも、法、治安、教育をはじめとする全ての行政機構がしっかりと機能しているからでしょ？　あなたがいう食なんて、日本の魅力のひとつに過ぎませんよ。まして、丁半が外人を呼び込む起爆剤になるなんて、あり得ないでしょう」

「一般観光客はそうでしょう。ですが、VIPはギャンブルに興ずることが目的でやって来るんです。だからこそ、ジャンケットも飛行機代やホテル代といった経費を負担してでも連れて来るんです」

「でも、この提案書には丁半を導入すれば、どれほどのカネが動くのか、一切書いてありませんよね。これじゃあ、説得力に欠けますよ。カイザーは海外で幾つものカジノを経営してるんでしょ？　一度、どこぞのカジノでテストやって、データを取ってみるくらいのことはやってしかるべきなんじゃないですか」

西崎の言葉に、

「その通りだ」

蒲池が大きく頷《うなず》く。「我々としてもだな、いきなり丁半をお台場でなんて上申しようもんなら、頭おかしくなったんじゃねえのかっていわれんのがオチってもんだ。でもな、他国の公営カジノで実績があるってんなら話は違ってくる。ヤクザのシノギだってイメージも、大分和らぐ」

「それじゃ、日本の独自性を打ち出すって戦略が――」

「杉田さん」

いい終わらぬうちに、河本が遮った。「この提案は、検討にも値しない。それ以前のものだね。いや、そもそも話が違う」

「話が違う？」

「カイザーに運営権を任せたのは、カジノ経営のノウハウがあるからです。なるほど、丁半は博打だ。他のゲームと本質的に同じじゃないかって論には一理ある。だがね、カイザーが自身もやったことのないゲームをお台場に持ち込むってことになれば、カイザーに運営権を任せる必要なんかなかったってことになるじゃないですか。控除率がどうだとか、小難しいことをいったって、とどのつまりは、サイコロをツボに入れて丁か半かに賭けさせるだけのゲームだ。そんなものに、どんなノウハウがあるっていうんですか」

それをいうなら、他のゲームだって同じじゃねえか。

しかし、河本は杉田が口を挟む暇も与えない。

「とにかく、丁半は駄目です。どうしてもやりたいっていうなら、まずは他国で前例を作るんですね。話はそれからです」

そう断じると、議論を終わらせた。

2

「デニーがお待ちかねよ。帰ってきたら、一緒に来るようにって——」

オフィスに戻った途端、柏木がいった。

「来いっていわれなくとも、こっちも報告しなけりゃならないことがある」

杉田は、手にしていた上着をデスクの上に放り投げた。

「うまく行かなかったようね」

柏木が硬い声で訊ねてきた。

「白蟻《しろあり》め……」

堪えていた苛立《いらだ》ちを、杉田ははじめて口にした。

「何があったのかは知らないけどさ。なあんか雰囲気おかしいわよ」

「だから、何があったかはこれから伝えるよ」

「あんたじゃなくって、デニーの様子がってこと」

柏木は眉《まゆ》を吊《つ》り上げると、「とにかく、行きましょ」

オリバーのオフィスを目で指した。

「失礼——」

パーテーションの壁を軽く叩《たた》くと、オリバーは顔を上げた。

彼のデスクの前には、ふたつの椅子《いす》が置かれている。

「ふたりとも、そこへ掛けたまえ」

いつになく硬い表情でオリバーはいうと、「で、どうだった、今日の定期会議は」

手にしていたペンを置いた。

もちろん、事業室の面々に提出した提案書は、事前にオリバーも目を通している。

杉田は、官僚たちの見解を手短に話すと、

「要は、前例のないゲームは検討の対象にはならない。彼らの主張はその一点でして
……」

肩を竦《すく》めた。

「どうして、そんなことになったんだ」

オリバーは浅い皺《しわ》を眉間《みけん》に刻んだ。「君の話では、カイザーの正式な提案書だ。そ

の場で拒絶されることはない。断るにしても、取りあえずは持ち帰るはずだ。そういったじゃないか」

「それが——」

杉田は会議の経緯を順を追って話して聞かせると、「議論が思わぬ方向に進展しまして、そこで作戦を変えたわけです」

話を転じた。

「どう変えたんだ？」

オリバーは背凭れに体を預けると、右手を肘掛《ひじか》けに置き、人差し指を蟀谷に当てた。

「彼らの欲を掻《か》き立てたんです」

杉田はこたえた。「ざっくりいえば、既存の公営ギャンブルは廃《すた》れる一方。それは、公営ギャンブルを監督する管轄官庁にとっても、深刻な問題のはず。ならば、いかにカジノを繁盛《はんじょう》させるか。そこに知恵を絞るべきだとね」

「なるほど。沈みはじめた船にしがみついてりゃ一緒に沈没だ。ぴかぴかの新造船が目の前にある。さっさと乗り換えた方が得と促したわけだな」

「その通りです」

「しかし、彼らは君の奨《すす》めを拒絶した。利に敏《さと》い官僚連中が、なぜそこに気がつかないんだ」

「さあ……」

杉田は首を傾げた。

「アプローチに問題があったんじゃないのか」

「といいますと？」

「河本サンから、連絡があってね」

オリバーは蜂谷に当てていた指をデスクの上に置くと、とんとんとリズムを刻みはじめる。「君、パチンコの換金制度を持ち出して、警察をヤクザ呼ばわりしたんだってな」

「えっ……」

そういうわけか。

河本の口調が急に変わった理由がいま分かった。

許認可権を握る官僚相手に生意気な口を利《き》けば、どんなことになるか。ヤクザの言葉でいえば、『けじめ』を取らせる腹積もりであったのだ。

「抗議の電話だ。いうに事欠いて、警察をヤクザと一緒にするとは許しがたい。カイザーは国家機関に喧嘩を売るつもりかと、そりゃあえらい剣幕……というか、ねちねちと嫌みをいわれてね」

オリバーは溜《た》め息をついた。「あいつらを怒らせてどうすんだ。許認可権を握られている以上、臍《へそ》を曲げられたら、我々はどうすることもできないんだぞ。徹底的に下手に出て、検討するとなぜいわせなかった。そういわせさえすれば、後はそれこそ天の一声で決まったことじゃないか」

「それは議論の流れというもので――」

杉田は、蒲池との間でどんなやりとりがあったかを話すと、「パチンコで換金行為が行われていることなんか承知してない。子供だって知ってることをしらばっくれられれば、誰だってそんな馬鹿なと思うでしょう。第一、違法行為を黙認するのと引き換えに、天下り先を確保して甘い汁を吸い続けてんですよ、連中は。まさに、ヤクザがみかじめ料を取ってんのと同じじゃないですか」

改めて湧《わ》き上がってくる怒りのままに吐き捨てた。

「大した正義漢だな、君は」

オリバーは、頰を引きつらせながら鼻を鳴らした。「だが、ビジネスマンとしては失格だ。ビジネスに要求されるのは結果だ。第一、みかじめ料云々《うんぬん》というが、どこの国のカジノだって合法化される前は、それこそ反社会的組織のシノギだったんだ。それを国が横取りし、我々カジノ運営会社が彼らに代わって賭場《とば》を開き、税金というみかじめ料を払い続けてるだけなんだ。君がいってることは、カジノそのものを否定してるのと同じ。延《ひ》いてはカイザーのビジネスをも否定することでもあるんだぞ」

「そうはおっしゃいますけど、社会の治安を守り、法を以《もっ》て取り締まる警察がですよ、組織の利益のために法を無視するなんて、途上国ならいざ知らず、先進国じゃあり得ませんよ」

「もういい。そんな青臭い話は聞きたくない」

オリバーの目が鋭くなった。「失望したよ。君は——」

来ると思った。

杉田は覚悟を決めた。

「待って下さい」

その時、隣に座った柏木が口を挟んだ。「いま、杉田さんに抜けられたら、開業後の運営、特にＶＩＰの招聘《しょうへい》に大きな支障をきたすことになります」

「許認可権を握ってる連中に喧嘩売ってくる阿呆《あほう》になにができるってんだ。代役なら君で十分務まるよ」

「女性のお世話は、してさしあげられませんわ」

「女性？」

オリバーは怪訝《けげん》な顔をして、眉を顰《ひそ》めた。

「実はこの週末、中国からＶＩＰを呼んで、賭場を開いたんです」

「何だって？」

「丁半がＶＩＰにうけるかどうか検証したいとヤンがいいましてね。それで、中国人のＶＩＰを日本に呼んで賭場を開いたんです」

「わたしは、何も聞かされてないぞ」

「万が一のことを考えてのことです」

柏木は落ち着いた声でこたえる。「カイザーのプロジェクトマネージャーが、違法賭博に関わったなんて知れたら、大変なことになりますからね。それで、ヤン、杉田さん、わたしの三人で——」

オリバーは、ふう〜っと肩で息をすると、再び背凭れに身を預け、

「で？」

先を促した。

「反応は上々でした。ＶＩＰの皆さんは、すっかり丁半がお気に召したみたいで、また日本にやって来るのが楽しみだと口々におっしゃいまして」

「だったら、丁半の導入をぶち壊してくれた彼の責任はなおさら重大だ」

「ＶＩＰの皆さんが、また日本にとおっしゃったのは、丁半が気に入ったからだけではありません。賭場に先だって、ご案内した女性のいる場所がいたくお気に召したからです」

えっ……。何で知ってんの――。

驚いて視線をやった杉田に向かって、

「そうなんでしょ？」

柏木は、しれっとした顔でいった。

「まあ……確かに……」

こうなりゃヤケだ。首の宣告を受けたも同然だ。洗いざらい喋《しゃべ》ってやる。

杉田はいった。

「ヤンにいわれたんですよ。ＶＩＰったって、とどのつまりは博打《ばくち》に魅せられた飛び切りの屑《くず》だ。屑は飲む、打つ、買うの三拍子揃《そろ》って本物だ。実際、マカオにしたってシンガポールにしたって、その手の場所はちゃんとある。丁半に加えて他国に優る、飲むと買うが揃えば、お台場カジノの魅力は格段に増す。ＶＩＰがこぞって、押し寄せるって」

「しかし、日本じゃ売春は違法だろ？」

「ソープランドというところがありましてね」

杉田はスマホを取り出すと、ホームページを開いてオリバーにつきつけた。「一応、個室付き特殊浴場ってことになってますけど、中で行われてるのは売春そのものです」

「こんな、若くてかわいらしい子たちが？　第一、彼女たち、未成年じゃないのか？」

「欧米人には幼く見えるでしょうけど、一応二十歳以上です」

「信じられんな……」

そう呟《つぶや》くオリバーの目は、画面に釘付《くぎづ》けだ。

「こんなことが成り立っているのも、客が店に支払うのは入浴料だけ。個室に入った後、客とコンパニオンがどんな行為をしようと店は一切関知しない。お互いの合意の下、つまり自由恋愛でそうなった。建前上は、そういうことになっているからです」

「でも、対価が発生すんだろ。恋愛ってんなら、カネを払う必要はないじゃないか。どう考えたって立派な売春だ」

「パチンコの換金行為と同じですよ」

杉田はいった。「売春が行われてることは百も承知。だけど、人の欲望は抑えられませんからね。必要悪として、社会に認知されてるわけです」

「警察も黙認してるわけか」

「厳しく取り締まれば、性犯罪が激増するかもしれない。警察官だって生身の人間ですからね。まして、ただでさえ体が頑丈で、体力に優れた人間が集まってんですから、性欲のはけ口が必要になるでしょ？　不祥事起こされるくらいなら、カネで処理してもらった方がマシだって考えてんじゃないですか。たぶん……」

「で、ヤンの目論《もくろ》みは見事に当たったたってわけか」

オリバーはようやくスマホから視線を上げた。

「もちろん」

杉田は頷いた。「大絶賛ですよ。日本のソープはただの売春宿じゃありませんからね。ベテランの女性は、特別な技を持ってるし、お望みとあればふたり、三人と相手の女性の数を増やしてのプレイも可能。カネに苦労しないVIPは、それこそ、他国では味わえない快楽を体験できるんですから、そりゃあハマりますよ」

「カジノの成功もVIPが来てくれればのこと。そのためには、打つはもちろん、飲む、買うも日本の独自色を出さなければならないわけです。少なくとも、買うの部分を充実させるためには、杉田さんの力が必要なんです」

柏木がすかさずいった。

その、まるでぽん引き以外に取り柄がないようないい草はなんだ。

文句をいいたいのは山々だが、柏木が自分を救おうとしているのは事実である。

杉田は屈辱を嚙みしめながら、目を伏せた。

「それに丁半だって、まだ諦《あきら》めるのは早いと思います」

柏木は続ける。「ギャラクシーの平木社長は、検討事項にしさえすれば後押しするとおっしゃったんです。改めて作戦を練り直して、交渉にあたれば――」

「作戦？　作戦ってなんだ」

オリバーは、眉を顰めながら訊《たず》ねてくる。

「それは、これから考えます」

柏木は珍しく歯切れ悪く返すと、「とにかく、相手の理屈が分かっただけでも収穫と考えるべきです。一度の交渉の失敗で、担当を外すのは早計というものです。もう一度チャンスを与えたらいかがでしょう。仮に、駄目だったとしても、彼の使い道はあるんですから」

訴えるようにいった。

オリバーはふむといった顔で押し黙ると、次にじろりと杉田を上目遣いに見た。

「いい同僚を持ったな」

オリバーは、口の端を歪《ゆが》めた。「もう一度だけチャンスをやる。今度失敗したら君の仕事は、VIPのアテンド係だ。もちろんオファーレターは改めて出す。その条件が飲めなければ、君の居場所はカイザーにはない」

それは、入社時の条件が見直されるということだ。

仮にカイザーに残るとしても、到底承諾できない条件が突きつけられるということでもある。

しかし、あの官僚連中を怒らせてしまった以上、検討するなんて返事を取り付ける策なんてあるのか——。

薄皮一枚で首が繋がった安堵《あんど》感よりも、途方に暮れる思いを抱きながら、杉田はオリバーのオフィスを後にした。

「あんた、お礼のひとつもいいなさいよ」

背後から声をかけてきた柏木のひと言で我に返った。

「ああ……。どうもありがとう——」

杉田はぺこりと頭を下げた。

「ったく、どうしようもないわね。ギャラクシーに行った時には、口の利き方に気をつけろなんて人に説教したくせに、本当に口の利き方に気をつけなきゃなんない人たちを相手に喧嘩売っててどうすんのよ」

そういう柏木の口元には笑みが浮かんでいる。

どういうことだ――。

杉田は、改めて柏木の顔を見た。

「でも、よくいったわ。警察官僚に向かってヤクザって、あんたいいこというじゃない」

「もしかして、俺を救った理由はそれ？」

柏木はこたえる代りに、白い歯を覗《のぞ》かせると、

「何が身を助けるか、分かんないもんね。風俗通いが思わぬところで役に立つって、ほんとあんたらしいわ」

強烈なひとことを浴びせてきた。

「な、なんで、あの連中をソープに連れて行ったって分かったんだよ……」

きまり悪さを覚えながら、杉田は訊ねた。

「そりゃ分かるわよ。全員、石鹸《せっけん》の匂《にお》いをぷんぷんさせて、肌はつるっつる。お風呂《ふろ》

に入ってきたばっかしってのが見え見えよ」

そういうことか——。

ようやく合点がいった。

杉田は思わず頭に手をやった。

「そんなことより、あんた今度はヘマできないわよ。次の会議であの連中を説得できなきゃ、本当にポジション外されちゃうわよ」

「分かってる——」

「もっとも、アテンド係は、あんたには天職かもね。好きなことやれる仕事ってそうはないし、それも悪くないかも」

「冗談いうなよ。そうなりゃ、こっちから辞めてやる」

「試用期間で辞めちゃったら、転職は厳しいわよ」

柏木は、歌うようにいうと、くるりと背中を向けた。

おい。それで終わりかよ。作戦一緒に考えてくれんじゃねえのかよ。

そういいかけた杉田の内心を見透かしたように、柏木は足を止めた。そして振り向くと、

「今回は、あんたの意気に免じて、助け船を出しただけ。官僚との交渉は、あんたの

専任事項。どうやって説得するかは自分で考えなさい。わたしにも、二度目はないの、それを忘れないことね」

ぴしゃりといい放った。

3

「おう、杉田。来てたのか」

葛西眞一《かさいしんいち》が声をかけてきたのは、久しぶりに開かれた同期会の場でのことである。

四葉物産には、百五十人の同期がいる。うち五十名は海外駐在。三十名は国内支店勤務。国の内外を問わず出張も頻繁にあれば、時差に追われる仕事もある。全員が揃うことはあり得ないのだが、それでも六十名ほどの同期が集まった。

ホテルの小宴会場での立食式のパーティーは大いに盛り上がり、中締めの一本締めがはじまろうとしていた。

すでに四葉を去った人間だ。まして、辞めた経緯は誰もが知っている。

声をかけてくる同期がいないわけではなかったが、たまたま視線が合ってしまったからしかたなくといった態《てい》で、「元気かよ」、「いま、何やってんだ」と、ふた言、三言言葉を交すや、「まっ、元気でやれよ」とお決まりのセリフを残して去っていく。

入社研修が終わった日に開催された同期会では、「全員が揃うのはこれが最後だ」といい、時代錯誤も何のその、『同期の桜』を熱唱した連中にしてこの有り様だ。

予想していたこととはいえ、身の置き所がないとはこのことだ。

杉田は、出席したことを後悔していた。

もちろん、同期会に出かけたのには理由がある。

かろうじて首は免れたものの、事業室の官僚連中をどうしたら説得できるか。いくら思案しても、これといった策が思いつかなかったからだ。

次回の交渉で、「検討する」といわせなければ後はない。転職先を探そうにも、正式採用にも至らなかったとなれば、ヘッドハンターも相手にしまい。新聞の求人欄を頼りにするか、さもなくばハローワークだ。こうなったら、恥も外聞もあるもんか。四葉には、多くの関連会社や子会社がある。どんな仕事でもいい。どこか、人を欲している先はないか。それを探るためにやってきたのだ。

しかし、とてもそんなことを切り出せる雰囲気ではない。

まさに壁のシミ。かといって、途中で退席するのも惨《みじ》めな思いに拍車をかけるだけだ。中締めが終わったところで、早々に会場を後にしよう。そう諦めかけた矢先のことである。

「しばらくだな。どうしてんだ、お前。確か、外資に行ったって聞いたけど」

葛西は、歩み寄りながら訊ねてくる。

小太りにして短足。なのに、ブランドもののスーツにど派手なネクタイ。おまけに脂《あぶら》ぎった顔には金縁眼鏡。この歳《とし》にしてオヤジモード全開だ。

「外資っても、カジノ運営会社だ。ヤクザ稼業《かぎょう》さ」

杉田はこたえた。

「カジノって、例のお台場か？」

「ああ――」

「そりゃ面白そうじゃねえか。これから先の日本は、内需が増大するなんてあり得ねえからな。観光産業は重要な柱だ。でかいビジネスになんぞ。お前いいとこに転職したなあ」

よりによって葛西かよ――。

杉田は、胸の中で舌打ちをした。

使えねえくせに、口の減らないやつ。

それが葛西に対する同期の評価である。

『業務本部運輸部プラント支援課』

それがいまの葛西の所属部署だ。

入社当時こそ杉田と同じエネルギー部門に配属されたのだが、五年前にいまのセクションに転属になったのには理由がある。

エネルギーの調達先はほぼ百％海外。英語は必須《ひっす》の言語だ。ところが葛西は、読み書きはそこそこできるが、会話がからきし駄目。そこで、国内営業に専念することになったのだが、使い道が限定される社員は戦力とは成り得ない。いや、そもそもが、四葉に採用されるような人材ではなかったのだ。

そんな葛西が入社試験をパスし、花形であるエネルギー部門に配属されたのは、父親が四葉が扱うＬＮＧの最大の取引先である電力会社の役員をしていたからだ。つまり、縁故入社である。それを引け目に感じ殊勝に振る舞うならともかく、葛西の場合、さながら虎《とら》の威を借《か》る狐《きつね》。態度はでかくなるばかり。果ては、海外駐在に早く出せというに至って、ついに上司がぶち切れたというわけだ。

それでも、転属先が業務本部であったことには感謝しなければならない。基本的に部門間異動はないのが四葉の決まりだ。本来ならば、関連会社に出向、やがて転籍の片道切符。そうならなかったのも、彼の父親がいまだ現職であればこそだ。

俺も落ちたもんだ。落ちこぼれ同士。同類の臭《にお》いを嗅《か》ぎつけたっていうわけか——。

自虐《じぎゃく》的な笑いが浮かぶのを覚えながら、

「いや、やっぱ外資は厳しいぜ。四葉のように、人を育てるって社風とはほど遠いからな。役に立たねえと見なされりゃ、即これだ」

杉田は首を手で切る仕草をした。

「その分給料いいんだろ？　第一、外資なんて定年まで働くとこじゃねえだろが。ボロが出ねえうちに次の仕事探して、ステップアップしてく。日本の会社に比べりゃ、ずっと早くに出世できんだろ？」

ほんと、こいつは変わらねえ。

ボロが出ねえうちに次の仕事探して、ときた。

「そんな簡単な世界じゃねえんだよ」

杉田は、あからさまに不愉快な声でこたえた。「実際、俺の前任者なんて、役目が終わったところでいきなり首だぞ。それも出社初日の俺の目の前でだ。次の仕事なんか探してる暇ねえよ。いつ同じ目に遭うかって、胃が痛くなる毎日を送ってんだ。こっちは……」

「そうか、カジノ運営会社だもんな。取れるもん取ったら、客だって用済みだ。社員だって、同じってわけだ」

葛西は紙ナプキンで包んだ水割りに口をつけると、「で、お前、そこでどんな仕事してんの？」

思い切り、上から目線で訊ねてきた。

「アシスタントプロジェクトマネージャー。お台場に建設中のカジノに関することなら何でも——。っていっても、もっかのところは役所との交渉が主だ」

その時、「それでは一本締めで。お手を拝借。よ〜お」。幹事の掛け声と同時に中締めが終わった。

会場からは、二次会に繰り出すのだろう、何人かのグループになって、会場を出ていく同期の姿がある。

こんなやつと話し込むのも面倒だ。

「いいのか、みんな二次会に行くみたいだぞ」

杉田は葛西の背後を目で指した。

「いいんだよ」

葛西はちらりと視線の先に目をやると、「何かっていうと同期、同期ってつるんでっけど、んなもん、あと何年かの話だ。会社辞めたお前には、いつまで経《た》っても同期の桜だろうが、横一線で出世できんのも課長代理まで。そっから先は、皆ライバル。出世にも差がつきはじめる。そうなりゃ、出世の遅れた人間からひとり欠け、ふたり欠け。そのうち誰も同期会なんていわなくなるさ」

達観しているような口ぶりでいう。

どーせ、誰からも声かけられねえんだろ。

そういいたいのは山々だが、それは自分も同じだ。

黙った杉田に向かって、

「役所との交渉って、どことやってんだ。カジノの所轄《しょかつ》官庁といやあ——」

葛西が問いかけてきた。

「特定の官庁はねえんだ。事業室ってのがあってな。そこは各省庁の寄り合い所帯なんだよ、いまのところはな」

「ふ〜ん。なんだか面倒臭さそうだな」

葛西は水割りをまた口にすると、「俺もいまの部署に移ってからは、暫《しばら》く役所通いさせられてさ。散々嫌な思いしたからな」

苦い思い出を飲み下すように、口元を歪めた。

「官僚とやりあったことあんのか」

「官僚じゃねえよ。下っ端《ぱ》の木っ端役人とだ」

葛西は肩を竦めた。「プラントの建設、維持管理は、基本的にエンジニアリング会社がやんだけどさ、メンテナンス部品の調達を四葉が請け負うことがままあんだ。中にはワッセナー協定に該当するものも少なくなくてな。輸出に際しては、認可申請が必要になるんだが、その書類の作成、提出をやってたことがあんだよ」

「お前、そんなことやらされてたのか。それってアシスタントの仕事だろ？」

ワッセナー協定とは、かつて存在したココム（対共産圏輸出統制委員会）が冷戦終結と共に解散されたのに代って、兵器に利用可能な製品、材料の海外輸出を規制するために設けられた協定のことだ。特に紛争地向けの輸出に当たっては、鉄条網や螺子《ねじ》までもが規制の対象になる。

プラントが存在する国は紛争地域が多い。輸出物のほとんどが対象品目になるのは想像に難くないが、しかるべき書類を調えて経産省の窓口に提出すればいいだけのことだ。謂《い》わば『使い』みたいなものである。

「運輸部の洗礼儀式でな」

葛西はこたえた。「数多《あまた》ある輸出入書類を覚えるためには、自分で作成してみんのが一番早いし、どんな過程を経て輸出許可が下りるのかを知るのもまた同じ。日本の役所が、どんなとこかってことを思い知らされるってわけさ」

「で、何を思い知ったんだ」

木っ端役人とのやり取りに興味はないが、話には成り行きというものがある。

杉田は訊ねた。

「しょ〜もねえ連中の集まりだってこと」

葛西は一刀両断に吐き捨てた。「記載事項に誤りがねえか、漏れがねえか、ただそれだけのことを審査するのに、窓口じゃ散々待たされた揚げ句に、ハンコの位置、書類の順番、果てはホッチキスの位置がズレてるってだけで突っ返してきやがんだ」

「窓口には、貿易やってる会社の担当が集まってくんだろ。右綴《みぎと》じ、左綴じじゃ審査の効率も違えば公的書類だ、保管義務だってある。書式揃えておくのは当たり前だろ」

「態度が気に食わねえんだよ。認可権握ってると思ってさも偉そうに、まるで出入りの業者扱いだ。果てはクリップの位置にさえ文句つけて突っ返してくんだぞ。んなもん、てめえで直せってもんだ」

認可権を楯《たて》に、高飛車な態度に出る。その部分には同感するが、それにしたって窓口に通ううちに身につかない方がどうかしている。

自分で馬鹿《ばか》をさらけ出してるようなもんじゃねえか。

内心では、あざ笑いながらも、

「苦労したんだな、お前も」

杉田は、慰めるようにいった。

「実際、経産省の友達にいわせっと、木っ端役人の態度の悪さは重々承知。だけど、あの人たちは出世できないのを知ってんだ。キャリアに屈折した思いを抱いてるし、注意でもして臍曲げられたら業務が滞ってしまう。それじゃこっちが困る。なあんていいやがんだぜ。つまり、俺たち民間企業は、木っ端役人の不満解消のはけ口にされてるってわけだ」

「でもさ、それも過去の話だろ？　いまに至ってもそんな仕事をやらされてるわけじゃあるまいし。その点、こっちは現在進行形だぞ。それもキャリア相手だ」

「日本企業と外資、それもアメリカ企業とじゃ、役人の対応も全然違うだろうが」

「んなこたあねえよ」

杉田は首を振った。「カジノを日本でやんのははじめてだからな。まして、違法とされてきた賭博を合法化しようってんだ。前例主義で凝り固まった役人が、そう簡単に動くわきゃねえだろ」

「交渉はお前ひとりでやってんのか？」

「そうだけど」

「だからだよ」

「だからって、どういうことだ」

「アメリカ人相手と日本人相手とじゃ、対応が随分違うらしいぜ」

葛西は、片眉を吊り上げた。「日本人にならし、許認可権を振りかざして強気に出れんだろうが、アメリカ人にはそうはいかねえ。外圧には極端に弱い。それが官僚だかんな」

「馬鹿いえ。会議の状況は全部、ボスに報告してんだ。誰が行こうが、何が変わるってもんじゃねえよ」

「それが、そうでもないみたいなんだよなあ」

葛西は、意味あり気な笑みを浮かべる。

「なんか、知ってんのか」

杉田は先を促した。

「なんだ。興味あんのか？」

葛西はそれまでとは一転して、急にもったいをつける。

「あるから訊《き》いてんだろ」

「じゃあ、場所変えて話そうか」

同期の連中も、半分ほどが既に会場を後にしている。二次会への誘いがかからないのが応《こた》えているらしい。

「付き合うから。とにかく早く話せよ」

杉田は急《せ》かした。

「こんな話を聞いたことがある」

葛西は、そう前置くと話しはじめた。「いまは大分緩くなったけど、一昔前までは保税施設の設置場所は、もよりの税関支署から半径四キロ、もしくは十五分以内って制限があったんだ。だけど、何事にも例外措置ってもんがあってな。当時の関税法にも都道府県知事の要請があり、税関長がそれを認めた場合はその限りではないって一項があったのさ。なんで、こんな条文ができたかというとだな、大阪に生産拠点を持つ、大手家電メーカーの輸出を円滑に進めるためだったんだよ」

「税関なんて、港か空港の傍にあるもんだからな。そこから四キロ、十五分っていうなら、大抵は倉庫街か住宅地だ。そんなところに、家電メーカーの工場なんかあるわけねえもんな」

「関税法をそのまま適用すれば、家電メーカーは輸出用の製品を工場から海っ端《ぱた》の保税施設に搬入し、そこで輸出手続きをしなけりゃならない。つまり、でき上がった端から即出荷ってわけにはいかなくなる。二度手間になるし、当然その分のコストが跳ね上がる。時は、日本が経済成長真っ盛り。外貨を稼ぐ家電メーカーは輸出産業の花形だ。そこで、この条文を作って工場内に税関支署を設けたっていうんだな」

確かにあってもおかしくない話だが、それが外圧とどう関係すんだ。

「それで？」

杉田は、先を促した。

「お前、日米貿易摩擦って知ってっか？」

葛西はおもむろに訊ねてきた。

「そんな時代もあったんだよな。俺たちが会社に入る、随分前の話だけど――」

「日本経済絶好調。バブル真っ盛り。自動車、家電、あらゆる日本製品がアメリカ市場を席巻して、日米間の政治問題に発展したわけだが、アメリカ製の自動車や家電は日本製品には太刀打ちできねえ。そこでアメリカ政府が目をつけたのがフィルムだ。日本国内のシェアを奪回しろって、世界最大のフィルムメーカーに発破をかけたんだ」

口調に熱が籠《こも》ってくる。葛西は水割りで口を湿らすと、勢いのまま続けた。

「シェアを奪回するためには価格だ。コストダウンを図るために、東京近郊にどでかい物流センターを建設したんだが、お前がいうように、もより税関支署から半径四キロ、十五分なんて場所に物流センター用地が確保できるわけがない。関税法の通りにやってたんじゃ、沿岸部の保税上屋で荷卸しして通関。そこからまたトラックに製品積み込んでセンターに運ばなきゃならなくなる。それこそ二度手間。コスト削減どころの話じゃねえ。そこで、連中が目をつけたのが例外措置の一文だ」

「それを飲んだってのか？　あの官僚連中が？」

「結論からいえば、イエスだ」

葛西は頷《うなず》いた。「もっとも、日本人社員は絶対に不可能だっていったらしい。当たり前に考えりゃ、その通りさ。そもそもが、家電メーカーの輸出支援のためにできた条文だ。第一、税関にしたってセンターに保税地域を許可するためには、半径四キロ、十五分以内の場所に新たに支署を設けなきゃならなくなるんだ。なんぼ外資っていったって、一企業の意向を汲《く》んでそんなことやったら、我も我もと後に続く企業続出。日本中、税関支署だらけになっちまう」

「じゃあ、どうやって——」

「オチは、至って簡単なもんさ」

葛西は、また一口水割りを呑《の》む。「日本人が県庁と交渉した時には、けんもほろろ。全然話になんなかったそうだが、埒《らち》が明かないと見たアメリカ人上司が直談判《じかだんぱん》に乗り出して、殺し文句を吐いた途端に風向きががらっと変わったたってんだ」

「殺し文句？」

「これは、明らかな関税障壁だ。本国の通商代表部に訴えるって」

通商代表部――。

その言葉を聞いた瞬間、杉田の脳裏に閃《ひらめ》くものがあった。

「運が良かったのは、県庁で対応したのが商工労働部長。それも通産省から出向してたキャリア官僚だったってことさ。田舎役人なら、そんなことをいわれてもってとこだろうが、本省からの出向者にしたら関税障壁だ、通商代表部に訴えるなんていわれりゃ、日米貿易摩擦の実例として矢面に立たされる。そりゃあ震え上がるぜ。上を下への大騒ぎの揚げ句、センター開業時には、近くに税関支署ができたってんだ」

葛西は、白けた笑いを浮かべると、「まっ、官僚なんてそんなもんだ。日本人にはとことん上から目線で物をいうが、アメリカ人にちょっと脅されると、ころっと掌《てのひら》返しやがる。そういうやつらなんだよ、あいつらは」

「お前、そんな話、どうして知ってんだ。本当なんだろうな、それ」

ありえ得ない話ではないようにも思えるが、あまりにも話がうまく行き過ぎている。それに、あの傲慢《ごうまん》にして柔軟性のかけらもない連中が、アメリカ人のひと言で、がらりと態度を変えることなどあり得るのだろうか。

杉田は、思わず問うた。

「本当も何も、フィルムメーカーで交渉担当してたのは、俺の叔父貴だからな。直に聞いたんだ。間違いないよ」

葛西は自信満々だ。

やってみる価値があるかも知れない——。

杉田は思った。

どうせ手詰まりだったんだ。このまま、何の策も講じなければ、首になるのは目に見えている。こうなりゃ、駄目元でやってみっか——。

落ちこぼれの葛西の姿が、救世主のように見えてくる。

「葛西、ありがとう。なんだか、元気が湧いてきた。行こう。二次会行こうぜ。今夜はとことん呑もう」

杉田は、葛西の肩をポンと叩《たた》いた。

4

とんとん――。

パーテーションを叩く音にGGが顔を上げた。

「ハァーイ、スギタサン」

彼女のデスクの上には、レストランガイドが広げられている。

海外からやって来るVIPのアテンドがGGの仕事だが、カジノが建設途上にあるいま、賓客の来日などそう度々あるわけがない。日がな一日、豪勢なオフィスに座ってレストランガイドや観光ガイドの冊子に目を通し、あるいは夕刻から下調べと称してのグルメ三昧《ざんまい》だ。

持つべきものは偉い親だな。

そんな思いを抱きながら、

「どう？　日本には慣れた？」

杉田は訊ねた。

「すご〜く気にいってるわ。毎日が楽しくてしょうがないの」

ＧＧは満面の笑みを浮かべる。「東京に比べたら、ニューヨークなんて街そのものがスラムね。ゴミだらけで汚いったらありゃしないし、地下鉄も汚いし、時刻表すらないんだもの。その点東京は段違い。ゴミひとつ落ちてないし、電車はもちろんバスだって時刻表通り。安全だし、何よりも食べ物！　食べるもの全《すべ》てが、本当に美味《おい》しいの。しかも安いってきてんだもの、夢の国だわ」

「来日する外国人全員が、君のような感想を抱いてくれるんなら、観光立国日本も満更夢じゃないな」

「先週末は、京都に行ったの」

ＧＧは、ｉＰａｄを起動させると、デスクの前に置かれた椅子《いす》を勧める。「さすが、世界に名を馳《は》せる京都よね。来日した外国人が、必ず観光コースに入れるのも当然だわ」

夫妻での観光旅行の写真を次々に披露する。

そんなものに興味はないが、無邪気にはしゃぐＧＧの話に相槌《あいづち》を打ちながら応じていると、

「日本人って、異文化を融合させるのが、凄《すご》く上手なのね。伝統文化のよいところは残した上で、異文化の優れているところは素直に受け入れる。それも、さらに工夫し

て磨きをかけんだもの……。こんな国民は他にいないわ」

つくづく感心した様子でいった。

「確かに、そうした一面があるのは否定しないけど、日本人は基本的に保守的でね。前例がないことには、物凄く慎重になる一面があることも事実」

「それにしたってアメリカよりマシよ」

GGは、苦笑を浮かべる。「移民の国、人種の坩堝《るつぼ》っていってもさ、人種ごとにコミュニティを造って暮らしてて、それぞれの文化が融合するなんてことはありませんからね。坩堝どころか色違いのタイルを張り合わせただけ。それがアメリカの実態よ。つまり、調和とはほど遠い国ってこと」

「そりゃ、日本が島国で、他民族もいないわけじゃないけど、ネイティブ・ジャパニーズが圧倒的多数を占めるからだよ。それに、他国の文化を取り入れて融合させてきたのは民間人だ。国が積極的にやったわけじゃない。それは、いまに至っても同じでね。特に官僚連中の頭の硬さときたら、酷《ひど》いもんだぜ」

「それも変わりつつあんじゃないの」

GGは疑念を呈してきた。「TPPだって結局は妥結したし、カジノだって承認したじゃない。日本がいかに素晴らしい国であるかは、来日した外国人を通して確実に世界に広まってるのよ。ネットなんか称賛の嵐《あらし》。これで、カジノに丁半が導入されたら――」

「そう簡単にはいかないんだよ」

杉田は溜《た》め息をついてみせた。「官僚のみなさんは、日本のカジノに独自性を出すことを断固として拒んでいてね」

「独自性を出すのが駄目だって……。それじゃ――」

「つまり、丁半は駄目だってこと」

「そんな馬鹿な」

GGの顔から笑みが消えた。「あのゲームは面白いわよ。ギャンブル依存症だった私がいうんだから間違いないわ。第一、独自性を出さなかったら、どこにでもあるただのカジノじゃない」

「前例がないっていうんだな」

杉田は肩を竦《すく》めた。「いったろ、日本に異文化を取り入れて、独自に進化させてきたのは民間人だって。そりゃあ文化を取り入れることに規制はかけられないからね。だけど、許認可権が絡《から》む事柄については話は別なんだ。日本の官僚は、新しいことをやるのを極度に嫌う。後で問題になったら、責任問題になるからね。そうなった時点で、出世はパー。退官後は天下り先でのうのうと暮すって、老後のプランにも影響が出てくる。それを恐れてるんだ」

「国益よりも、我が身の方が大事ってわけ？」

「その通り」

杉田は、大きく頷いた。

「それ、おかしくない？」

GGの眉間《みけん》に皺《しわ》が浮かぶ。「私のダディも官僚だけどさ。常に国益のために働いてるわよ」

「そんなら、ダディに訊いてみなよ。TPPの交渉に当たったのは担当大臣だけど、日本の大臣なんてほとんど名誉職みたいなもんだからね。筋書きは官僚が考えてんだ。第一、TPPにしたって、経産省は乗り気なのに、農水省は頑強に抵抗したじゃないか。そりゃあ、日本の農業を守るためってこともあるけどさ、本当の理由はダメージ食らって農業が駄目になれば、天下り先がなくなっちまうからさ。既得権益を守るために、必死だったんだよ」

「それと丁半の導入がどう関係してるの？」

「それはさ――」

杉田はそれから暫くの時間をかけて、これまでの経緯を話して聞かせた。

「酷い話……。それ本当のこと？」

ＧＧは目を丸くする。

「本当も何も、外国人はともかく、日本人ギャンブラーの足がカジノに向くようになったら、困るのは誰でもない。官僚なんだ」

「でも、公営ギャンブルはわざわざ競技場に足を運ばなくてもいいんでしょ？　馬券の販売窓口は街の真ん中にだってあるし、電話やネットの投票も可能って聞いたけど？」

さすがはギャンブル依存症だ。日本の公営ギャンブルの有り様は、端《はな》から承知と見える。

「カジノを地方活性化の起爆剤にしたいっていう自治体はたくさんあるんだ。お台場が成功したら、第二、第三のカジノができる。公営ギャンブルが衰退すれば、天下り先だって甘い汁は吸えなくなる。それ以前に、控除率《こうじょ》の絡繰りに国民が気づいたら、カジノがいかに公平なギャンブルかってことが分かっちまう。馬鹿馬鹿しくて、誰も寄りつかなくなっちまうさ」

「なるほどねえ。ほんとスギタサンのいう通り、日本の官僚ってマフィアそのものね」

GGは呆《あき》れたようにいうと、「でもさ、彼らに検討するっていわせさえすればいいっていうなら、簡単な話よ」

さらりといった。

「簡単ってどうすんの？」

「ダディ、経産次官の重森《しげもり》さんとはお友達でね。私も来日早々に一緒にお食事したことがあるの。なんなら、すぐにアポイントメント取りましょうか？」

GGはそういうなり電話に手を伸ばしかけた。

いきなり次官ときた。

お嬢様はこれだから困る。

確かに官僚のトップには違いないが、ものには手順というものがある。それに、経産次官に話を持っていったところで、この問題が思惑通りに運ぶとは思えない。

「ちょ、ちょっと待ってくれ」

杉田は慌《あわ》てて制した。「事業室の官僚連中は、丁半の導入に否定的なことでは一致してるけど、中ではどこの省庁がカジノの所轄官庁になるか、それこそ省益をかけた戦いをしてるんだ。経産省が音頭を取ったって、他の省庁が同調するとは思えない。

事をややこしくするだけだ」

「旗振り役が出てくれれば状況も変わるんじゃないの？　だって次官よ？」

「アメリカと違って、日本の官僚組織はトップダウンで決まるってわけじゃないんだ。そりゃあ、君の申し出となれば、検討するくらいのことはいうだろうさ。だけど、次官が現場の全てのことを知ってるわけじゃなし、まして、自ら各省庁間の調整を図ってまで、検討に乗り出すなんてことは絶対にあり得ない」

「じゃあ、どうすんの？　その現場が検討に値せず、そういって、突っぱねられたんでしょ？」

「手はひとつしかない」

杉田はいった。「事業室の連中に、検討するっていわせることだ。下から上へ、とにかくカイザーからこうした意向を告げられたが、対処に困ってる。そういう状況に追い込むんだ。そうすれば後は——」

「だから、どうやって」

「君、明後日《あさって》の定期会議に一緒に出てくれないか」

杉田はいった。

「私が？　出てどうすんのよ」

「一緒にいてくれるだけでいい。俺の作戦通りに事が運べば、万事うまく行く。いや、必ずうまく行くはずなんだ」

杉田はGGの顔を正面から見据えると、「頼むよ」

改めて懇願した。

5

会議室に入ってきた河本が、GGを見るなり少し驚いたように眉《まゆ》を動かした。

「ご紹介させていただきます。今度、新しく私共のセクションに配属されて参りましたゲール・ガーフィールドです。今回の会議から、同席させていただきますので、宜《よろ》しくお願いいたします」

杉田は傍らに立つGGを促した。

「ヨロシクオネガイシマス」

GGは片言の日本語を用いながら、官僚たちと名刺の交換をはじめる。

「あれ？　君とはセクション違うじゃねえか」

最初に名刺を受け取った河本が、怪訝《けげん》な表情を浮かべた。

「突然の異動でして。名刺の準備ができなかったんです。申し訳ありません――」

杉田は頭を下げた。

河本は名刺を交すＧＧに目をやりながら、

「じゃあ、会議は英語でやんなきゃならねえわけか」

浅い皺を眉間に刻み、「面倒臭せえな――」

ぼそりと漏らした。

「みなさん、英語堪能《たんのう》でらっしゃいますから」

河本は、ふんと鼻を鳴らすと、

「で、今日は何か報告することがあんのか」

どっかりと席に座った。

「前回に引き続き、丁半の導入をご検討願いたいと思いまして――」

杉田は英語でいった。

河本は眉を顰《ひそ》めると、「その話なら、前回の会議で決着がついているじゃないか。

「なに？」

改めて議論することかね」

さすがはキャリア官僚だ。国費留学、あるいは在外公館への駐在経験でもあるのか、日本人にしては見事な英語でこたえた。

「検討しろというなら、まず他国での実績が欲しい。本当に客を呼べるのか、どれほどの収益が上げられるのか、データ無しでは我々だって判断のしようがない。まさか、この短期間のうちにテストをやったとでもいうのかね」

そういう蒲池の言葉遣いは、いつになく丁重だ。

河本に比べれば、つたない英語力のせいもあるが、やはり日本人を相手にするのとは勝手が違うらしい。

「その点につきましては、社内でも検討したのですが、カイザーとしてはテストの必要はないというのが結論でして」

「何か勘違いしてんじゃないのかね。必要かどうかは、カイザーが決めることじゃない。監督機関としての我々が決めることだよ」

いつもなら早々に声を荒げるところだが、河本もまた穏やかな声でいう。

「理由はひとつです」

杉田は構わずいった。「カイザーは日本のカジノで丁半が成功したとしても、海外のカジノに導入するつもりはない。あくまでも丁半は日本限定のゲームにする。そう判断したからです。つまり、お台場が丁半のテストケースであり、お客様の反応、収益次第では取り止めることもあり得る。だから、他国でのテヌストは不要というわけです」

もちろん、オリバーとの間でそんな話し合いを持ってはいない。

思惑通りに事を運ぶための方便である。

「何様のつもりだよ。そんな理屈が通ると思ってんのか」

蒲池が、顔を赤くして日本語でいった。

それを訳そうと、GGの耳元に顔を寄せた杉田に向かって、

「いちいち、訳すんじゃねえよ！　日本語で喋《しゃべ》った部分は、日本人同士の間での話だ」

蒲池は慌てていうと、苦虫を嚙《か》みつぶしたように口を結んだ。

アメリカ人ひとり入っただけで、こうも態度が違ってくるのか。

官僚たちの豹変《ひょうへん》ぶりが、愉快でならない。

笑みがこぼれそうになるのを堪《こら》えて、

「丁半は日本人が場を仕切ってこそのゲームです」

杉田はいった。「雰囲気を出すための屛風《びょうぶ》、盆ゴザ、なによりもツボ振りと中盆《なかぼん》はやはり日本人でなくては駄目なのです。外国人に着物着せても様になりませんからね。

着崩れしたツボ振りが出てきたんじゃ、場が締まらないじゃないですか。かといって、黒服ってのもねえ」

「そんなもん、着付け教えりゃいいだけの話じゃねえか」

蒲池が吐き捨てるようにいった。「屛風や盆ゴザが必要だってんなら、日本から送りゃいいだろ。そんなのがテストやらねえって理由になるか」

「テスト、テストっておっしゃいますが、カイザーが運営する海外のカジノは現に稼《か》働《どう》していて、どのゲームも一定の収益を上げてるんです。外国人には全く馴染《なじ》みのないゲームをいきなり海外に持っていっても、客はそう簡単に寄りつきません。それでは、カジノの収益が落ちてしまう──」

「それ、前回の話と矛盾しませんか」

西崎が口を挟んだ。「杉田さんは、丁半の仕組みは極めて単純。外国人にも一目瞭《りょう》然《ぜん》だっておっしゃいましたよね。外国人にウケることは間違いないともおっしゃった。ならば、丁半を海外のカジノに導入しても客は集まる。収益が上がることはあっても、下がることはないってことになるはずですが？」

相変わらず、頭の回るやつ──。

まさに官僚の鑑《かがみ》だ。

しかし、議論になったからには、ペースはこっちのものだ。

「丁半は日本でやるからこそ客を呼べるんです」

杉田は即座に返した。「いいですか。日本に来る外国人は、日本ならではの体験がしたくてやって来るんですよ。日本に来たアメリカ人が、世界に展開してる企業のハンバーガーを食べたいと思いますか？　日本なら、寿司《すし》、ラーメン、神戸ビーフでしょう。それと同じです。日本でやるからこそ、外国人の目を惹《ひ》けるんです」

「そうかなあ」

西崎は小首を傾《かし》げる。「わけの分かんない物を食べるより、世界中どこへ行っても同じ味。慣れた食べ物を口にするって旅行者はごまんといると思いますけど？」

「確かに——」

杉田は同意してみせたが、「でもね、西崎さん。そうだとしても、丁半は日本でやるからこそ意味がある。カイザーはそう考えているんです」

すぐに反論に転じた。

「何を根拠に？」

「カジノにやって来るのは外国人だけじゃないってことです」

杉田はニヤリと笑った。「おっしゃるように、得体の知れないものを口にするより、慣れた味を求める人はたくさんいるでしょう。じゃあ、日本人はどうなんでしょう。カジノが開業すれば、日本中のメディアは連日カジノの特集を組んで、大々的に報じるのは間違いありません。物珍しさも手伝って、まず最初に押しかけるのは日本人です。問題はそこからです。カジノで行われているゲームは、圧倒的多数の日本人にとってははじめて体験するものばかり。説明を受けずに、すぐに取りかかれるゲームはルーレットぐらいのものでしょう。日本人にとっては、まさに得体の知れない外国の食べ物。慣れるまでには、時間がかかる。客が集まっても、カネは落ちない。それじゃあ、ビジネスを行う側としては困るんです。つまり、日本人向けに得体の知れた食べ物を用意して差し上げる必要があるわけです」

西崎は、困った顔をして押し黙った。

杉田は続けた。

「日本人に丁半の解説はいらんでしょう。まして、時代劇やヤクザ映画の中のゲーム。伝説の博打《ばくち》ですからね。人間誰しも危ない世界を嫌悪《けんお》する一方で、怖いもの見たさの興味を抱いてる。そんな世界が目の前にある。それも、カジノという合法的、かつ健全な娯楽の場にです。黙ってたって、人が集まって来ますよ。そうはなりませんかね」

「だから、ヤクザ映画の世界は駄目だっていってんだろ」

蒲池が苛立《いらだ》った声を上げた。

「人が集まるところには、さらに人が集まってきます」

杉田は構わず続けた。「当初は日本人が主流だとしても、興味を惹かれる外国人は決して少なくないはずです。つまり、カイザーは、日本人で収益を上げながら、丁半に対する外国人の反応を見ることができるわけです。そんなことがやれるのも、開業当初であればこそ。海外のカジノ同様のゲーム構成にしてしまったら、他国でテストができないのと同じ状況に陥ってしまいますからね」

「勝手過ぎやしないかね」

河本がいった。相変わらず口調は穏やかだが、明らかに不快感が籠っている。「それ、全部カイザーの都合じゃないか。我々は日本のカジノを健全な娯楽の場にする使命をおびているんだ。そのために認可権を与えられているんだ。認可を下すには審査をしなければならない。なのに、何の判断材料も出さずに、ただ丁半の導入を認めろっていわれても、はいどうぞといえるわけがないでしょう」

「河本さんは、前回の会議でこうおっしゃいましたよね。とにかく、丁半は駄目だと。資料だって提出したじゃないですか。控除率の計算から――」

「こうもいったはずだ」

河本は、杉田の言葉を途中で遮ると、ついに苛立った声を上げた。「まずは他国で前例をつくれと。どれだけ客が集まるのか、どれほどの収益が見込めるのか。論より証拠だ。認可を得たいというなら、実証してみせるのが一番の早道だ」

「ですから、その実証実験をお台場でやりたいとお願いしてるんです」

杉田は食い下がった。「ビジネスにならなきゃカイザーだって、さっさと見切りをつけますよ。そのリスクは、全てカイザーが負う。お台場カジノは、日本の観光産業活性化の起爆剤と位置づけられてるんですよ。ただのカジノで終わるか、日本のオリジナリティをお客さんに強く印象づけて価値を高めるかは、観光立国を目指す日本の今後に関わる重要な問題ではありませんか」

「しっかし、丁半はまずいだろう」

そう漏らしたのは、蒲池だった。「あれが、健全な娯楽の場に相応《ふさわ》しいとは思えんがね」

「ちょっとよろしいでしょうか」

それまで黙っていたGGが、はじめて口を開いた。「健全な娯楽の場って、どういうことなんでしょう」

育ちというものは隠せない。

政府高官の娘として育ったGGは、苦労知らずというか、どこか浮世離れした感がある。口調も無邪気そのものなら、三十歳という年齢の割りには随分若く見える。ぱっと見には、ノー天気なヤンキー娘そのものだ。

「法の下でしっかり管理され、不正や犯罪とは一切無縁の場ということです」

甘く見ているのか、しれっとした口調で河本は官僚答弁の見本のようなこたえを返す。

「つまり、ゲームそのものではなく、ゲームが行われる空間がきちんと管理されていればいいというわけですね」

「まあ……そうなりますか」

「でも、先ほど蒲池さんは、ヤクザ映画の世界は駄目だっておっしゃいましたよ。皆さんが、丁半の導入が駄目だとおっしゃる本当の理由はそれですか？」

驚いた。

ただのノー天気なお嬢ちゃんだと思っていたら、中々鋭い指摘である。

いいぞ、GG。もっとやれ！

杉田は、胸の中で快哉《かいさい》を叫んだ。

「いや、そうではなくて……」

河本は口籠る。

「ですよねえ〜」

GGは、笑みを浮かべながら頷いた。「そんなことといったら、カジノでやってるゲーム、いやカジノそのものが駄目ってことになりますもんね。だってカジノって、昔はマフィアのビジネスだったんですもの」

「えっ……」

河本と蒲池は顔を見合わせた。

「ご存知ありませんでした？『カジノ』って映画見たことありません？ラスベガスなんて、六九年にカジノライセンス法が改正されるまでは、マフィアが仕切ってたんですよ」

「しかしねえ、そうはいっても——」

蒲池は反論を試みるが、後が続かない。

苦り切った顔をして、口をもごりと動かした。

「ということはです。カジノに相応しいゲームであるかどうかは、ゲームの歴史によるのではなくて、施設が法の下でコントロールされているかどうか。その一点にあるということになりません？　丁半が、ヤクザが開く賭場《とば》で行われていたかどうかなんて、認可しない理由にはならないってことになりますよね」

「そんなことといいえんのは、日本の警察がヤクザを社会から排除するために、どんな戦いを繰り広げてきたか、あなたはご存知ないからですよ」

蒲池は眉尻《まゆじり》を下げながら、困惑した表情を浮かべる。「日本の治安の良さは、世界に誇れるものですが、今日の安全な社会ができあがるまでには、そりゃあ大変な戦いがあったんです。暴力団排除条例を施行して、ヤクザに身を落とそうものなら、まともな市民生活を送れないまでに追い込み、若者がヤクザ社会に足を踏み入れないよう努めたからで——」

「まともな市民生活を送れないようにって、どんなことをするんです？」

蒲池は、言葉に詰まって沈黙した。

「生命保険にも入れない。銀行口座も開けない。クレジットカードも持てない。外食もゴルフも駄目。家も借りられない。施行当初は運転免許さえ駄目。当たり前の市民生活が送れないように指導したんだよ」

杉田はいった。

「ワォ……」

　ＧＧは目を丸くして大袈裟《おおげさ》に驚く。「それじゃあ、どうやって生きていくんです？　ヤクザと認定された人間は、生きている価値がない。野垂れ死ねというわけですか？　絶滅すれば、問題は全て解決すると？」

「それでも、野垂れ死んだりしないのがヤクザなんだよ」

　蒲池は苦々しげに吐き捨てた。

「じゃあ、どうやって生きてるんです？」

「アメリカと同じ。麻薬売ったり、一見まともな企業を背後で操ったり、詐欺《さぎ》のグループを率いたり、そりゃあ様々ですよ。連中だって生きるのに必死だからね。手口は巧妙になる一方だが、警察だって撲滅の手を緩めてるわけじゃない。非合法組織の存在は許さない。その一心で摘発に努めてるんだ」

「でも、そのお陰で丁半はヤクザもやらない伝説のゲームになったわけですよね？」

「そりゃ、その通りですが」

「ならば、丁半は映画の世界の話。いまやファンタジーってことになりません？」

　蒲池の蟀谷《こめかみ》に血管が浮く。

　嚙みつきそうな顔で、杉田を見ると、

「おい──」

日本語でいった。「こいつは、何がいいたいんだ。いったい、何様のつもりなんだ」

これこそが、待ち望んでいた展開だった。

聞いて驚くな。

こいつらがどんな反応を見せるか。それを考えただけでも、笑みが浮かびそうになるのを堪えて、

「申し訳ございません。彼女の悪い癖なんです。怖いもの知らずのノー天気なところがありまして……。なんせ、お父様が通商代表のジェフリー・クラウスなもんで……」

杉田は頭を下げた。

「えっ……。あのクラウス通商代表のお嬢さん――」

河本の顔色が変わった。

発作でも起こしたように、椅子の上で姿勢を正すと、

「こ、これは、知らぬこととはいえ、ご無礼いたしました。そうおっしゃっていただけたら、応接室をご用意いたしましたのに」

揉《も》み手をせんばかりに下手にでる。

「そんな必要はありません。私はビジネスの話をするために来てるんですから」

ＧＧはあっさり流すと、「それより、どうなんでしょう？　ファンタジーの世界のゲームとなった丁半がどうして駄目なのか、まだお返事いただいてませんけど」

蒲池に向かって迫った。

まるで、水戸黄門の印籠《いんろう》だ。

蒲池は弱り切った顔をして、視線を落とす。

「どうでしょう」

杉田はいった。「この場で結論をとは申しません。せめて、提案書を一度持ち帰り、ご検討だけでもしていただけませんでしょうか」

もはや、勝負は決したも同然だ。

まかりならぬというならば、明確な理由を提示しなければならないわけだが、ＧＧにああいわれては、どう頭を捻《ひね》ったところで、そんなものが思いつくわけがない。事業室がどうしたものかと、上にお伺いを立てれば、その時点で天のひと声――。それで、決着がついてしまうのだ。

「いいでしょう。検討しましょう」

河本がしぶしぶ同意の言葉を漏らした。「ただし、ご希望通りのこたえがでるかどうかは分かりませんがね」

希望通りになるんだよ。

杉田は、胸の中であざ笑いながら、

「ありがとうございます！」

深々と頭を下げた。

6

「あんた、やるじゃん。見直したわよ」

所は新橋駅の傍にあるガード下の焼きトン屋である。

柏木は濃い目のホッピーをぐびりと呑むと、すっかり酔いが回った目を向けてきた。

「なあ〜にやったのかは知らないけどさあ。あの連中相手に、良くやったわよ」

柏木は、どんとグラスをテーブルの上に置くと、

「偉い！　本当に良くやった！」

声に力を込めた。

もう何杯目になるか。

柏木のピッチはえらく早い。

呂律《ろれつ》もだいぶ怪しい。上体が揺らぐ。同じフレーズを繰り返す様は、まるで『シンバシのオヤジ』そのものだ。

半径一メートル以内に近づくな。

そういってたくせに、祝杯を上げようと誘ってきたのは柏木だ。

いったい、この豹変ぶりは何なんだ――。

一向に酔いが訪れない脳裏の片隅で、杉田は事業室との定期会議の結果を報告した際のオリバーの姿を思い浮かべた。

豹変ぶりといえば、彼もそうだ。

信じられないという表情をしながら身を乗り出すと、

「本日この時を以《もっ》て正式採用だ！」

握手を求めてきたのだ。

「ほんと、感謝してますよ。あの時柏木さんが、取りなしてくれなかったら、俺はとっくに首になってたわけだからね」

杉田は頭を下げた。

「見たかったなあ。あいつらが折れるとこ。わたしも一緒に行けば良かった――」

「失敗するって思ってたんだろ。二度目はないっていってたもんな」

「そりゃあそうよ。警察をヤクザ呼ばわりして、すっかり怒らせちゃったんだもん。どー考えたって、あんたには説得できない。誰だってそう思うわよ」

「そうなったら自分の出番だって思ったわけ？」

「まさか」

柏木は、またホッピーに口をつける。「あの様子じゃ、誰がやったって説得なんかできっこないわよ」

「でも、今度失敗したら俺は首。やつらとの交渉は、君の仕事になるんだぜ」

「かもね。でも、事を拗《こじ》らしたのはあんただもの。失敗したって、わたしが首になるとは限らないじゃない」

柏木は小首を傾げながら謳《うた》うようにいうと、箸《はし》を持った。

つまみはコブクロの刺し身だ。まさに肉食女子。そいつを口に放り込むや、わしわしと嚙みはじめる。

嘘《うそ》だ——と思った。

彼女には何か策があったはずだ。検討するといわせる、自信があったのだ。

前任者が拗らせた事案を、後任の自分が成功させれば、評価が上がる。

つまり、俺を踏み台にしてのし上がるつもりだったに違いない。

油断ならない女――。

そう思ったが、とにかく危機を乗り切ったことで、ここはよしとすべきだ。

杉田は気を取り直すと、

「まっ、持つべきものは同僚だな。どこに事態打開のヒントが転がってるとも限らない。犬も歩けば何とやら。縁は大切にしないとな」

ホッピーを一気に呑《の》み干した。

「それってどういうこと？」

「何でもねえよ。終わった話だ」

会議の場で、どんなことが起きたのかは、オリバーには話していなかった。ＧＧだって、自分がどんな役割をしたのか、気がついてはいない。ビジネスは結果が全てだ。今更種明かしをする必要はないし、事業室との交渉もこれで終わったわけではない。更なる難題に直面することもあるだろう。ＧＧはその時の切り札として、温存しておくべきだ。

「そんなことより、平木社長はうまくやってくれんだろうな」

杉田は話題を転じた。

「や～るに決まってんじゃない」

柏木は自信満々だ。「このまんまじゃ、パチンコだって廃《すた》れる一方なんだから。カジノが繁盛《はんじょう》しなきゃ、ギャラクシーだって終わっちゃうんだもの」

そこで、一気にグラスを空け、「ナカちょうだい、ふたつ――」と奥に向かってお代わりを注文した。

「まだ呑むの？」

彼女と酒を酌《く》み交わすのはこれが二度目だが、とてつもない酒豪である。

「今日は祝いの酒なんだからさあ。とことん呑むわよ」

柏木はさも当然のようにいい、「ところでさ。丁半の導入が決まればよ、次に問題になるのはツボ振りと中盆よね」

怪しい眼差《まなざ》しを向けてきた。

「どれくらいの規模になるのかにもよるけど、ひとつの台に最低ツボ振り一名と中盆が二名。十台だとすれば三十名。それも、二十四時間やんだから、その三倍、いや四倍はいるだろうな」

「VIPルームだってあるのよ」

「じゃあ、その倍か」

「さすがにそこまではいかないだろうけど、二百人近くディーラーが必要になるわよね、それを誰にやらせんの？」

「誰にって……決まってんだろ。新しく採用する従業員にだよ」

その時、「お待たせしやした〜。ナカで〜す」。店員が焼酎《しょうちゅう》と氷が入ったグラスを運んできた。

柏木はそこにホッピーを注ぎ入れると、

「あんたさあ、新しく採用する従業員って簡単にいうけどさ。ディーラー職に応募してくる人間ってどんなのが集まってくると思ってんのよ」

テーブルに片肘《かたひじ》をつき、グビリとグラスを傾けた。「一生、サイコロ転がすか、カード捲《めく》るかの仕事よ。そりゃあ、イカサマやられちゃ困るからね。初任給は、一般企業に比べたらだんちに高くはなんだろうけどさあ。昇給なんてまず見込めない。生涯賃金を考えたら、決して魅力的な仕事とはいえないじゃない」

人材をどう確保するか。

シンガポールでカジノ船を見学した際に、オリバー、ヤンと三人で話したことがあったが、話題が途中で変わったせいもあって、結論を見いだせぬままになっていた事案である。

「確か、シンガポールの場合、年収四、五百万って話だったな」

「シンガポールじゃどうだか知らないけど、日本ならサラリーマンの平均年収じゃん。まして、勤務地は日本で最も生活費がかかる東京よ。そりゃあ、派遣よりマシっちゃマシだけど、それ以上でもなければそれ以下でもない。そんな仕事でもいいって、いったいどんな人間が集まってくんのよ」

「それは、俺も考えていたことなんだ」

杉田は頷《うなず》いた。「外国人客だって相手にしなけりゃなんねえんだ。英語話せて、中国語ができてなんて人間が、そんな仕事に就くとは思えないよな」

「なあ〜に他人事《ひとごと》みたいにいってんのよ」

柏木は、またコブクロの刺し身を口に入れると、「ゲームのラインナップが決まれば、今度はディーラーの採用、トレーニングだってわたしたちの仕事になんのよ。人が集まらなきゃどうやって開業できんのよ」

グラスに手を伸ばした。

いわれてみればというやつだ。

杉田は一瞬言葉に詰まったが、

「十年やそこらは居着くんじゃないのかな。四、五百万の年収は、二十代にとっては魅力だろうし、勤務先は世間の注目を集めるお台場カジノだ。学生の就職って、イメージ先行だろ。働きたいってやつは、結構いるんじゃね」

思いついたままを口にした。

「それって、その程度のやつしか集まらないってことじゃない」

「どういう意味?」

「十年後はどうなんのよ」

柏木は、あからさまに溜め息をつく。「次の仕事を探そうにもさ、サイコロ転がしたり、カード配ったりするだけの仕事しかやったことがない人間を、どんな会社が雇ってくれんのよ。ちょっと頭の回る人間なら、まずそこに考えがいくに決まってんでしょ」

「あっ、そうか……」

「そりゃあね、外国人客がわんさか押し寄せることになっても、本当のところ語学力なんて、どーでもいいのよ。ゲームに必要な言葉なんて幾らもないんだし、トラブルの処理はスーパーバイザーか誰かに任せりゃいいんだからさ。でもねえ、だからといって、どこにも働き口が見つからない使えないやつばっかかってのもねえ」

「外国人を雇うってのは、ひとつの手かもな」

「カジノを開けば、雇用が発生するってのが政府の謳い文句だったじゃない」

柏木は眉を吊《つ》り上げた。「それに、外国人を雇おうってんなら寮だって必要になるわよ。そんなの計画の中には入ってないじゃない」

「人が集まらないんじゃ話になんねえだろ」

杉田は返した。「国際的な社交場だぞ。各国の言語に長《た》けた人材はやっぱり必要だし、年収四、五百万は大金だって国も世界にはごまんとある。有能な人材だって集まるだろうし、十年勤めりゃ、日本語だってかなり上達するはずだ。母国に帰っても、仕事には不自由しないだろうさ。全部を外国人っていうわけにはいかないが、ある程度外国人を入れるってのはありじゃないのかな」

「じゃあ、丁半はどうなのよ」

「そりゃあ、日本人でやるさ」

「若い兄ちゃん、姉ちゃんに場を仕切らせるわけ？」

いったい何がいいたいんだ。

酔い過ぎて、くだ巻きはじめてんのか。

杉田は、柏木の顔を見詰めた。

「それじゃあまるで学園祭の出し物じゃない」

柏木はあり得ないとばかりに首を振る。「大体、丁半の場に最初に押しかけてくんのは、まず間違いなく日本人よ」

それは、今日の事業室との会議の場で、自分が官僚相手にいったことだ。

「俺もそう思う」

杉田は頷いた。「カジノには物見遊山《ゆさん》でわんさか人が集まってくんだろうけど、大半の日本人にはルーレット以外はルールも良く分からねえゲームだろうからな。そりゃあ否応《いやおう》なしに丁半に目が向くよ」

「そこに若い姉ちゃん、兄ちゃんを座らせて様になると思う？」

確かに、それはいえている。

日本人が丁半に抱くイメージはヤクザ映画の世界だ。倶利迦羅《くりから》紋々《もんもん》の怖～いお兄さん、お姉さんが場を仕切るからこそシマルのであって、フツーの兄ちゃん、姉ちゃんじゃ雰囲気がぶち壊しだ。

考え込んだ杉田に向かって、

「やるんだったら、やっぱしヤクザ映画の世界をとことん追求すべきなんじゃないかって思うのよねえ。だって、現金《ゲンナマ》がかかってんのよ。学生の余興もどきじゃ客だって白けちゃうわよ」

柏木は断固とした口調でいった。

「そうはいってもなあ。そんなやつ、どっから連れてくんだよ」

「それが、いるんだなあ」

「いるって、どこに」

「伯父さんのとこ――」

「伯父さんって……片倉さんのことか？」

「それ以外に誰がいんのよ」

柏木は至極当然のようにこたえる。

「ちょ、ちょっと待ってくれ。そりゃ、まずいだろ。片倉さんは本物のヤクザだろ」

「失礼ね。伯父さんはテキ屋よ。それもとっくの昔に足を洗ってるし、人材派遣業の登録者の中にはお勤め果たした人もいるけど、昔やんちゃはやってても、警察の厄介になったことはないって人も沢山いるわ」

「あのさあ……」

杉田は思わず頭髪を撫《な》で上げた。「何で、君はそうややこしい話ばっか持ち出すの。丁半やろうなんていい出すわ、ようやくそれに目処《めど》がついたと思ったら、今度は危ない人たちを従業員にって……。賭場の従業員だぞ。ただでさえも、反社会的団体をどうやって排除するかに、あの連中は知恵絞ってるってのに、そんな話が通るわきゃねえだろ」

「通ったら、愉快だと思わない？」

いったい、誰がその交渉をやんなきゃならねえと思ってんだ。

いいかげんにしてくれ！

そう返そうとした杉田を柏木は遮って、またひと言。

「そうなったら愉快だと思わない？」

「愉快とか何とかの問題じゃねえよ。これは——」

杉田はついに声を荒げた。「丁半のツボ振り、中盆を、伯父さんの会社から派遣させようってのが君の狙《ねら》いだろ。そりゃあ、年収四、五百万もくれるんだ。そっからピンハネする派遣業者にとっちゃ、確かに美味《おい》しい仕事だろうさ。だけどな、派遣の胴元が元がつくとはいえ、ヤクザ、いや、テキ屋だったなんてことが知れりゃ——」

「別に、伯父さんのとこから、派遣させようなんて考えちゃいないわよ」

「だったら、何だってんだ」

「伯父さんのところにはねえ、若気の至りでやんちゃして、まともに学校も出てない、ろくな仕事にも就けない、しかたなく派遣労働、それも誰もやりたがらない仕事で日々の暮らしを支えてる人だっていっぱいいるのよ。福島の原発や除染にも人を出してるってことは前にもいったでしょ」

　そのことは覚えている。

　杉田は頷いた。

「原発や除染をどうすんだっていってる人は、世の中にごまんといるけど、進んで廃炉作業に従事しようって人がどこにいる？　最前線で防護服に身を固め、汗水垂らして瓦礫《がれき》の片づけをしてる人たちが、どんな人なのか出自、過去が問題視されたことがあんの？　人がやりたがらない仕事なら、しょうがない。過去には目を瞑《つむ》るの？　それっておかしくない？」

「まあ、いわんとすることは分かるけど――」

　杉田は宥《なだ》めようとしたが、柏木の勢いは増すばかりだ。

「そりゃあ、前科持ちってんならしょうがないかも知んないけどさ。だけど、昔やんちゃしてたって程度なら話は別でしょ？　年収四、五百万の仕事は、あの人たちにとっては大きな魅力よ。だって、このままなら、一生派遣で終わんだからね。きっちり月給貰《もら》えて、社会保険や年金にも入れるってんなら――」

「ちょ、ちょっと待ってくれ。社会保険や年金って、それって社員として雇うってことか？」

杉田は慌《あわ》てて訊《たず》ねた。

「だからいってんじゃない。伯父さんのところを使う気なんかないって」

「いや、しかし――」

「しかし、何よ」

「そんなことを、あの連中が知ったら」

「いわなきゃいいじゃん」

柏木は人を小馬鹿《こばか》にするかのように首を傾げ、杉田の顔を覗《のぞ》き込む。「採用すんのは運営会社。つまりカイザーよ。人選にいちいちあの連中が首を突っ込むの？　ケーサツ使って、身上調べでもすんの？　丁半、バカラ、ブラックジャック、ルーレットにシックボー。二十四時間やるとなったら、いったいどんだけの人を採用しなけりゃなんないのよ。それぜーんぶ、身内に怪しい人間はいないか、過去にどんな人間と関わりを持ったか調べなきゃなんないの？」

そんなことができるわけがない。

黙った杉田に、柏木はさらにたたみかけてくる。

「人間誰しも、叩《たた》けば埃《ほこり》のひとつやふたつ出て当たり前。そんなことといってたら、人なんか集まりませんって。それどころか応募者の方から、そんな面倒くさい会社なら、もういっていい出すわよ。要は過去よりも、真面目《まじめ》に仕事をしてくれるかどうか。そこが肝心なんじゃないの」

柏木のいっていることは絶対的に正しい。

誰もが正社員として雇用されることを望むのは、身分が保障されるからだけではない。充実した社会保障制度の恩恵に与《あずか》ることができ、何よりも年を重ねるごとに、収入が増えていくからだ。だからこそ、ライフプランが明確に描ける大企業への入社を熱望する若者が後を絶たないのだ。

それが、年収は一定のところで頭打ち。仕事内容にもほとんど変化がない。生涯サイコロを転がし、カードを捲る仕事に誰が好き好んで就くだろうか。モチベーションだって、維持できまい。

そう考えると、確かに現在派遣労働に従事する人材を積極的に雇用するというのはありだと思えてくる。

なんせ派遣労働者の年収は二百万円以下の人間が七十七％を占めるのだ。それが、一生続くことを考えれば、年収四、五百万円は大変な魅力だろう。共稼ぎともなれば、一千万円の大台に限りなく近づく。結婚し、子供を持つことだって夢ではない。つまり、人生のやり直しができるようになるわけだ。

そこに気がついた時、杉田は何ゆえに柏木がお台場カジノに丁半の導入を提案したのか、その本当の狙いが見えたような気がした。

「ひょっとして、それが目的で丁半なんていい出したのか」

杉田は訊ねた。

「まあね」

柏木は、にやりと笑った。

「カイザーに入社した狙いもそれ？」

「賭場なんて、カタギの仕事じゃないからね。それが大手を振ってまかり通ろうってんだもの。半ちく者が人生をやり直すには最高の職場じゃない」

「更生の場か……。確かにそうだな」

不思議なことに、笑いが込み上げてきた。「ヤクザのシノギはヤクザに任せる。理に叶《かな》ってるよな」

「ヤクザ、ヤクザっていわないでよ。別に本物のヤクザにやらせようってんじゃないんだからさ。ただ、昔ちょっとやんちゃしてたってだけの人が大半だっていってんでしょ」

柏木もまた、顔いっぱいに笑みを浮かべると、「それに、伯父さんだっていい歳《とし》だからね。いまの仕事をいつまで続けられるか分かんないし、あの人たちの今後を考えてやらなきゃならないって事情もあんのよ。真っ当な生活を送りたい。やり直す機会さえあればって、みんな思ってんだしさ。社会からスポイルされた人たちが、胸を張って生きられるようになるってんなら、カジノを造った意味もあろうってもんじゃない」

一転して真顔でいった。

「いいだろう。その話、乗るよ」

杉田はぽんと膝《ひざ》を叩くと、「確かに、ふやけた兄ちゃん姉ちゃんが場を仕切ったんじゃ様になんねえからな。日本人が丁半に抱くイメージ通りの人間を取り揃《そろ》えようじゃねえか」

返す手でホッピーのグラスを掲げ、乾杯を促した。

終章

1

河本から呼び出しを受けたのは、検討を承諾させてからひと月半の後のことだった。

いつもの会議室ではなく、応接室にひとり現われた河本は、正面のソファーにどさりと腰を下ろすと、あからさまに不愉快な顔をした。

「例の丁半の件だがな。認可することになったから――」

押し殺した声。苦々しい口調。眉間《みけん》に深く皺《しわ》を刻み、視線を合せようともしない。

河本の無念さが、手に取るように伝わってくる。

「本当ですか？」

杉田の言葉に、河本は視線を上げると、

「本当ですかだって？　白々しいことというな」

ちっと舌を鳴らした。「お前ら、何やった。こうなることは分かってたんだろ」

「いや、そんな……」

語気の荒さに、ほんの僅《わず》かな間を置いて、杉田はこたえた。「わたくしどもは何も――」

「汚えぞ。上にお伺いを立てた途端、あっさりＯＫだ。それも、代議士センセイたちが大乗気だっていうじゃねえか。こんなことフツー考えられねえだろう」

「二分する世論を押し切って実現させたカジノですからね。開業したものの、蓋《ふた》を開けてみれば客の入りはさっぱり、収入も上がらないじゃ、何のためのカジノかってことになりますからねえ。できることは全《すべ》てやる。そんな気持ちの表れなんじゃないですか」

取ってつけたような話に納得する河本ではない。

「そんな単純な動機で動くやつらかよ」

河本はふんと鼻を鳴らすと、「天下国家のためじゃねえ。代議士の頭の中にあんのは、常にどう利権に与《あずか》るかだけだ」

忌々《いまいま》しげに吐き捨てた。

お前がいうな。

思わずそう返したくなったが、結論は出たのだ。ここで、議論を重ねても何の意味もない。

　黙った杉田に向かって、河本は続ける。

「俺たちだって、組織の人間だからな。上の方針には逆らえねえ。こうなった以上、丁半は認めるしかねえんだが、これで終わりだと思ったら大間違いだからな」

「と、申しますと？」

「国民が黙ってっかよ」

　河本の目に、底意地の悪い光が宿った。「こともあろうに、丁半だぞ。煩《うるせ》えやつは、世の中にごまんといるし、カジノだって法案通すまでは散々揉《も》めたんだ。そこにもってきて丁半やるなんてニュースが流れりゃ非難囂々《ごうごう》。大人の社交場を鉄火場にする気かって声が湧《わ》き上がるに決まってんだろ」

　なるほど、確かにそうなる可能性は高い。

　だが、それはカイザーの問題ではない。

　そう思いながらも、

「我々が、批判の矢面に立たされると？」

　杉田は敢《あ》えて訊《たず》ねた。

「そうだ」

「世間を納得させる説明をしなければならないと？」

「あったり前だろが」

「それはちょっと違うんじゃないでしょうか」

「違うって何がだよ」

「批判は、申請した側に行くのではなくて、認可した側に行くものでしょう」

杉田は込み上げる笑いを堪《こら》えながらこたえた。

河本が、言葉に詰まる。

「もちろん、批判にこたえろとおっしゃるのなら、その用意はあります」

そう杉田がいった途端、

「どーせお台場カジノには、日本ならではのゲームが必要だってんだろ。俺たちの前で繰り広げた理屈を喋《しゃべ》るだけじゃねえか」

腹のうちは読めているとばかりに、河本は返してきた。

「それもあります」

杉田は頷《うなず》いた。「でも、もっと説得力のあるお話もできますよ」

「どんな？」

「その前に、ひとつお訊《き》きしたいんですが、世間から批判が出るって、いったいどんなところが批判されるとお考えなんですか」

「決まってんだろ。俺たちが懸念《けねん》してた部分だよ」

「つまりヤクザのシノギだったたってことですか？」

「あったり前だ。丁半なんて、ヤクザがやるものってイメージを誰もが抱くに決まってんじゃねえか。反社会的団体がやるものを――」

「それって、以前ガーフィールドがきちんとした反論を申し上げましたよね」

杉田は、河本の言葉を途中で遮った。「それに、ご納得されたからこそ、検討事案になったわけですよね」

またしても河本は言葉に詰まる。

「あの場で彼女がいったことを、そのままいえばいいじゃないですか」

「あのな――」

河本の声に苛立《いらだ》ちが募る。「市民団体ってやあ聞こえはいいが、国のやることにいちいち楯突《たてつ》くやつあ左巻きって決まってんだ。駄目なものは駄目ってのが立派な理由になるって考えてる連中だぞ。理屈じゃねえんだよ。まして、自分たちの意向を通すためなら、尤《もっと》もらしい原則論を振りかざしてくるのが常だからな。だから余計始末に負えねえんだ」

「じゃあ、他にどんな理屈を振りかざしてくんでしょうね」

「反社会的団体が行っていた博打《ばくち》を公営の賭場《とば》に持ち込めば、彼らの存在、活動そのものを肯定するようなもんだ。憧《あこが》れて道を踏み外す若者だって出てくるかも知れない。公序良俗、教育上の見地からしても、好ましくない――」

「それも、彼女がいったじゃないすか。カジノのゲームなんて、どれもこれも反社会的団体のシノギだったって」

「分かりやすく、勝負が早いってのも問題になるかもな。君がいうように、日本人なら誰でも知ってる馴染《なじ》みのゲームだからな。儲《もう》けのためなら、ギャンブル依存症の人間が増えても構わないというのかってさ」

「ギャンブル依存症を防ぐために、タスポと同じような仕組みを取り入れることを検討してるんでしょう？」

杉田はいうと、「どうなったんですか、あの話」

すかさず訊ねた。

「導入する方針で動いてるよ」

河本はぞんざいな口調でこたえた。「未成年者の入場を防ぎ、ギャンブル依存症を防止するためには、最も効果的な仕組みだからな」

「それなら問題ないじゃないですか」

「だがな、タスポなんて面倒な仕組みを取り入れたって、タバコ吸うやつは吸うんだ。ギャンブルだって同じだ。依存症っていわれるやつは、どんな面倒な仕組みを作ったってやるんだよ」

「そんなことといいはじめたら、タバコはもちろん、酒だってご禁制品にしなけりゃならなくなりますよ。何だって、度を越せば毒にも変われば、家庭崩壊、人格崩壊の元になるんです。二十歳って年齢で解禁してるのは、分別のつく年齢になれば、あとは本人次第、それこそ自己責任の問題だからじゃないですか。世の中にはそういうコンセンサスができ上がってるってことの証拠じゃありませんか」

「あんたはそういうがね――」

「それに、丁半は優しいゲームですよ」

杉田は、口元に笑みを浮かべた。「いや、フェアなゲームといっていいでしょうね」

「どういうことだ？」

河本の眉間に皺が浮かぶ。

「宝くじ、競馬、競輪、競艇、パチンコ。既存のギャンブルに比べたら、丁半の控除《こうじょ》率は格段に低い。つまり、お客さんへの還元率が極めて高いんです。いままで日本の国民は、本来ならもっと高い配当、あるいは幅広い人たちが配当を受けてしかるべきだったものに、気がつかずにいたわけです。そう考えるとですよ。儲けのためならっていうんなら、まず正さなければならないのは、これまでのギャンブルの配当メカニズムだってことになりますよね。そういう現実にその市民団体とやらは、目を瞑《つむ》ってきたわけでしょう？　それをいまになって問題視するのはおかしいってことになりませんか」

認可をもらったからには遠慮は無用だ。

既存の公営ギャンブルの控除率との比較を、杉田は官僚相手にはじめて指摘した。

河本が、ぎょっとした顔をして身を硬くする。

当たり前だ。

なるほど、利益の一部が公共の福祉のために使われているのは確かだが、運営を管理する団体に天下り、甘い汁を吸い続けてきたのは誰でもない。官僚だ。それを自らの口で公言することなどできるわけがない。

「これほど、説得力のある話はないと思いますがねえ」

「なっ……」

河本は口をぱくぱくさせながら、二の句が継げないでいる。

その表情が愉快でたまらない。

「もし、カイザーに説明をしろとおっしゃるのならしてもいいんですよ。別に——」

杉田は、止《とど》めの言葉を吐いた。

「そ、それは——」

「もちろん、要請があればの話です。決してでしゃばったことをするつもりはございません」

「まあ、そういう反応が出てくれれば、まず最初に説明をせねばならんのは、我々ではあるのだが」

そこで、河本は咳払《せきばら》いをすると、「とにかく、こちらも批判が起きることは承知の上での認可だ。終わりよければ全て良し。丁半の導入によって収益が上がり、経済効果が発揮され、きちんとした運営が成されていることが認知されれば批判の声も収まるだろうが、失敗しようものなら、こっちの責任問題にも発展しかねない。こうなった以上、万全の態勢を整えて、お台場カジノを成功させて貰《もら》わなければ困る」

取ってつけたような言葉を返してきた。

万全の態勢ね——。

杉田は思わず笑みがこぼれそうになるのを必死に堪え、

「ご認可いただきましたからには、カイザーの全勢力を上げて、絶対に成功させてご覧にいれます」

深々と頭を下げた。「世界に類のない、お台場ならではの賭場を実現してご覧にいれますよ」

2

カジノが入るビルの囲いも、上層階を残すだけとなった。

開業まであと半年。オフィスにも、アメリカ本社からの長期出張者が常駐し、日々慌《あわ》ただしさを増していく。

「チョーハンの台は、ジャパン・コーナーの特設エリアに十台置く。これが、そのイメージ図と見取り図だ」

大きな図面を前にして、説明を行う施設担当のマーク・ニールセンも常駐組のひとりだ。

「ジャパン・コーナーはお台場カジノの目玉だ。日本情緒溢《あふ》れた空間をメインフロアーの中に設置して、他のゲームとは一線を画す。そこで、思う存分チョーハンに興じてもらおうというわけだ」

ニールセンが広げたイメージ図には、これから造られるジャパン・コーナーの姿が色鮮やかに描かれている。

江戸、あるいは京都の古都の街並みを再現したつもりか、木造の軒先に格子窓《こうしまど》。白い漆喰《しっくい》の壁に、木目の浮いた腰板。広い入り口の軒先にぶら下げられた大きな提灯《ちょうちん》には、白地に墨痕《ぼっこん》鮮やかに『お台場』の文字が描かれ、中に続く通路には深紅の絨毯《じゅうたん》が敷き詰められている。そして、両側に並ぶ和紙で作られた背の高い灯籠《とうろう》——。

そこを抜けると『賭場』である。畳二畳半ほどの長方形の台が設置され、その前に置かれた十ばかりの椅子《いす》。それが十セット、横一列に並ぶレイアウトとなっている。おそらく、ギャラリーを意識してのことだろう、客席の背後の空間には大分余裕を持たせてある。

天井は然程《さほど》高くない。普通の家屋の二階分ほどか。そこから吊《つ》り下げられた照明が、盆布の中央部分を照らす仕組みになっている。

背後に置かれた屛風《びょうぶ》の裏には、ディーラーの控室に続く出入り口がある。ツボ振り、中盆《なかぼん》はそこから賭場に現われ、交替の時間がやって来れば、去っていくというわけだ。

「いいんじゃない」

図面を目にした、柏木がいった。「で、VIPルームのレイアウトは決まったの？」

「チョーハン用のVIPルームは五部屋設けるが、基本的には、これをそのまま応用する。ただし、部屋の中には専用のバーカウンターと軽食が摂《と》れるスペースを用意する。人目には晒《さら》されたくない人たちが集まる場だからね」

ニールセンはこたえ、「大金が動くんだ。間違いはあってはならない。中盆はともかく、ツボ振りのトレーニング計画は滞りなく進んでいるんだろうね」

と訊ねてきた。

ディーラーの採用は、杉田と柏木の専任事項となった。

応募書類が日本語ならば、面接もまた日本語で行われるからだ。もちろん、ディーラーだけでも数百人規模の雇用だ。開業の日が迫るにつれ、スタッフの数も多くなってはいたが、採用に関しての指揮を執るのはふたりである。

「選考は最終段階に入っています。来月早々には採用通知を発送し、それから開業までの四カ月、みっちり仕込みますからどうかご心配なく――」

「他のゲームは、本国のカジノからベテランのディーラーが来て、みっちりトレーニングを重ねるが、チョーハンは別だ。君たちに頼る以外にないんだからね」

「分かってます――」

柏木は艶然《えんぜん》と微笑《ほほえ》むと、「では、わたしたち選考がありますので」杉田に視線を向けてきた。

それからふたりが向かったのは、隣にある会議室だ。

中央に置かれたテーブルの上に山と積み上げられているのは、ディーラー職希望者の応募書類だ。

『お台場カジノ　ディーラー職募集』

応募資格
性別　不問
年齢　二十歳以上、四十歳程度まで
経験　不問
学歴　高校卒業以上
語学力　不要　若干の語学力あればなお良し　入社後に簡単な語学研修あり

勤務地　東京　お台場
勤務時間　当社規定による（シフト勤務）　週休二日制　有給休暇あり
待遇　当社規定による（初年度年収　四百万円程度）　各種社保完備

新聞、雑誌、カイザーのホームページを通して行った従業員募集に対する反響は予想に反して凄《すさ》まじいものだった。募集広告を出した途端に、マスコミが一斉に報じたせいもあって、万を超える応募が全国から殺到したのだ。

なんせ学歴が高卒以上であるにもかかわらず、初年度からいきなり四百万円の年収だ。募集対象年齢も二十歳から四十歳程度までと幅広い。経歴書を見れば、リストラされたと思《おぼ》しき中年のサラリーマン、派遣労働者、シングルマザー、高校、大学の新卒者と、応募者の経歴も実に様々だ。

札幌、仙台、東京、名古屋、金沢、大阪、広島、福岡と、全国各地で開催した募集説明会の会場は、どこも満員。大変な盛況ぶりだった。

もちろん、昇給があまり望めないこと、従業員の寮もなければ住宅手当もない。高額な報酬の裏には、それなりの理由があることは明言した。

なのに、この応募者数である。

いまの日本社会に、正社員という身分を求めている人間がいかに多いかの現われなら、お台場が成功すれば、カジノが他の都市にもできる可能性は高くなる。その時、より生活コストが安くつく都市に職を求めることができるとでも踏んだのか。昇給があまり見込めないことは、大きな問題にはならなかったらしい。

カジノのディーラーも、社会に認知された職場での仕事なら、立派な手職となるというわけである。

「採用者の絞り込みも終わったことだし、そろそろトレーニングプログラムを煮詰めないとならんな」

山と積まれた応募書類とは別に置かれた、採用確定者の束を手に取りながら杉田はいった。

「インストラクターは、伯父さんのところから応募してきた人間にやらせればいいと思うの。丁半の導入が決まって以来、ツボ振りの所作はずっとトレーニングさせてきたからね」

柏木はこたえた。

「すると、十二人か」

「だけど、それ全員が男だからね。もちろん、彼らにもツボ振りはやってもらうけど、やっぱり華は必要だわ」

「女性ツボ振り師は、インパクトの度合いが違うもんな」

杉田の脳裏に、片倉の自宅で行われた際の柏木の姿が浮かんだ。

後ろでアップに纏《まと》めたヘアスタイル。きりりと締まった顔立ち。鮮やかな紅の色。襟元から抜いた腕の艶《なま》めかしい輝き――。さすがに入れ墨はまずいが、それがなくとも場が盛り上がることは間違いない。

「もっとも、女性なら誰でもいいってわけじゃないわ。若過ぎても駄目。できるなら三十前後。それも、見場が良くないとね」

「だよな。可愛《かわい》いお姉ちゃんが、ツボ振ったって様にならねえもんな」

異存はない。

杉田は同意の言葉を漏らした。

「で、その候補者をピックアップしてみたんだけど」

柏木は、傍らに置いた応募書類の束を差し出してきた。

「拝見――」

なるほど、柏木が選んだだけのことはある。

五十人分ほどはあるか。いずれの年齢も三十歳前後。細面できりりとした顔立ちの美女揃《ぞろ》いだ。

「いいんじゃない。これに和服を着せて、ツボを振らせたらさぞかし絵になるだろう。やっぱり、これだけの人数が揃うと適任者がいるもんだな」

顔を綻《ほころ》ばせた杉田に向かって、

「でもねえ。やっぱり、足りないと思うのよ」

柏木は、眉《まゆ》を上げながら軽い溜《た》め息を吐《つ》く。

「足りないって何がだよ」

「墨――」

「スミぃ？」

でた――。

杉田は声を裏返らせた。

「場が盛り上がってくんでしょ。熱くなった客が、勝負に出る。中盆の掛け声にも力が入る。そこで、女ツボ振り師が和彫の入った片肌見せりゃ、そりゃあおおおってことになるじゃない」

柏木は相好を崩す。

「あのさ……」

杉田は咳払いをしながら大きく息を吸った。「いまの時代、タトゥもファッションのひとつだって、マンガみたいな墨入れてる若い娘もいないわけじゃないけど、和彫は別だろ。大体だな、入れたら最後、そう簡単に消すことはできねえんだぜ。墨を背負うなんてことは余程の覚悟がなけりゃ、できねえもんだ。それは、君が一番良く分かってんだろ」

「知ってるわよ」

「丁半については、世間からも批判の声が上がったのを、何とかねじ伏せて実現に漕《こ》ぎ着けたんだぞ。なのに、墨なんか入れた人間にツボを振らせたら、それこそ大騒ぎになっちまうに決まってんだろが」

そういったのには理由がある。

河本の懸念が現実のものとなったからだ。

丁半が認可されたことが報じられた途端、マスコミはもちろん、多くの市民団体が一斉に非難の声を上げた。国会の場でも、野党が一致団結して撤回を迫り、激しい論戦を繰り広げた。

反対派の主張は、『丁半はヤクザが開く賭場で行われていたものだ』『反社会的団体の活動を国が是認するようなものだ』『教育上の見地から』と、想定されていたものばかりで、これに対して監督官庁側は、『そもそも、カジノで行われるゲームそのものが、全て反社会的団体の手によって行われていたもので、それをいったら全てのゲームが不適合となる』と応戦し、『他のゲームが良くて、丁半が駄目だという根拠は何だ』と訊ね返すに至っては、反対派もこたえに詰まった。

まさに、事業室との間で行われた、論戦の再現となったのだ。

結局、お台場カジノを成功させるためには、日本独自のゲームを導入することで、他国のカジノとの差別化を図ること以外にあり得ない。特に外国人を呼び込むには、日本ならではのゲームが必要だ。カジノに相応《ふさわ》しい日本独自のゲームは、丁半以外にない、という理屈を以《もっ》て、押し切ったのだ。

しかし、まだ世間には批判を唱える声が根強く残っている。そんなところに、墨を入れたツボ振りを使おうものなら、どんな騒ぎになるかは目に見えている。

「何も墨入れろなんていってないわよ」

柏木は、呆《あき》れたようにいった。「第一、墨入れろなんていわれて、はいそうですかって、ふたつ返事で応じる人間なんているわけないでしょ。温泉にも入れない、ゴルフにも行けない、日常生活で制約を強いられる上に、入れたら最後、一生消せないんですからね。墨なんか入れんのは、後先考えない馬鹿《ばか》のやることよ」

その馬鹿が目の前にいんだろが。

胸の中で毒づきながら、

「だったらどうすんだよ」

杉田は訊ねた。

「シールを使うのよ」

「シール？」

杉田は、ぽかんと口を開けた。

「気がつかなかったみたいね」

柏木は込み上げる笑いを堪え切れないとばかりに、肩を震わせた。「もしかして、あんた、わたしが本当に墨背負ってると思ってたんじゃないの」

「えっ……違うの？」

「あったり前じゃない。何を好き好んで墨なんか入れなきゃなんないのよ。こっちは、小さい頃から、墨背負って、後悔してる人を嫌ってほど見てきてんのよ」

「じゃあ、あれは――」

柏木はブラウスの襟元を開けると、ちらりと肩を覗《のぞ》かせた。

な、ない！

大輪の牡丹《ぼたん》に舞う蝶《ちょう》。あったはずの入れ墨は、ものの見事に消えうせ、象牙色《ぞうげいろ》の透けるような肌があるだけである。

「最近のシールは、ほんと良くできてんのよ。ぱっと見には、本物と区別つかないからね」

だよなぁ……。

いくら募集要項に入れ墨不可とは記されていないとはいえ、まっとうな企業に職を求める人間が、自ら進んで墨を背負うなんてことはあり得ない話だ。

拍子抜けするやら、してやられたという思いの他に、杉田はどこかでホッとする気持ちを抱いた。

「演出効果抜群だったでしょ？」

柏木は、襟元を整えながらいった。

「そりゃあね……」

確かにあの時、柏木が墨を見せた瞬間、場が俄然《がぜん》盛り上がったことは事実だ。「だけど、シールだからいいってもんじゃねえだろう。ことさらヤクザのイメージを強調するような真似《まね》したら——」

何をいわれるか、分かったもんじゃない。

杉田は反論した。

「あのさ、わたし平木社長の言葉を聞いて思ったのよ」

ところが、柏木はいう。「社長、バカラにはタメがある。シボるあの間が興奮を掻《か》き立てる。何が出るか、カードを捲《めく》る瞬間がたまらないっていったでしょう」

「ああ。確かにそういったな。それが墨とどんな関係があるんだ」

「それって何もバカラに限ったことじゃないと思うの。カジノって空間は、勝つか負けるか、カネのやり取りに興奮を覚えるだけで、全体の雰囲気としては著しくエンターテイメント性に欠けているんじゃないかって」

「どういうことだ」

柏木がいわんとしていることが分からない。

杉田は訊き返した。

「パチンコやスロットだって、何十年とゲームの内容は変わってないのに、次々に新型の台が出るでしょう？　それは何でだと思う？」

「何でっていわれても――」

杉田はこたえに詰まったが、「そりゃあ、十年同じじゃ新鮮味に欠ける。客だって飽きちまうからじゃねえのか」

思いつくままを口にした。

「つまり、キャラクターを変える、音を変えるだけでも、客は新鮮味を覚えることで、エンターテイメント性を持続させてるってわけよね」

「まあ……そういえるかな」

「じゃあ、カジノはどうなんだろう。黒服着たディーラーが、サイコロ転がし、カード捲って、延々と同じことを繰り返す。確かに、カネのやり取りは、最高の興奮には違いないけど、そこに演出、つまりエンターテイメント性が加わったら、もっと興奮の度合いが高まるってもんじゃない。ディズニーランドだってそうでしょう？　同じジェットコースターでも、どう演出で雰囲気を盛り上げるかで、お客さんの反応は格段に違ってくんだからさ」

「本物の賭場を再現するってんなら、とことんやらなきゃ意味がないっていいたいのか」

「三十前後の女性を丁半のツボ振り役にするのは、若い女性じゃ様にならないからでしょ？　それも飛びっ切りの美女を選び抜いたのも、雰囲気を盛り上げるためでしょ？　だったら、最後の仕上げはやっぱり墨よ。それがなければ、画竜点睛《がりょうてんせい》を欠くってことになるわよ」

考えのほどは良く分かる。

しかし、社会の反応が、いや、それ以前に問題がある。

「そんな話が事業室の連中の耳に入ろうものなら、あいつらブチ切れんぞ。とても許すとは思えないね」

杉田は、あり得ないとばかりに首を振った。

「何でいう必要があるの？」

ところが、柏木はしれっとした顔でいう。「従業員にどんな服を着せるか、どんな演出を行うか。所作のひとつひとつまで認可を仰がなければならないわけじゃなし、全部こっちが決めることじゃない。黙ってりゃいいじゃん」

「墨は制服とは違うだろ」

「フェイクだもん。そんなの演出の小道具のひとつよ。それに――」

「それに、なんだよ」

「海外のカジノじゃ、本物の墨入れたディーラーだってごまんといるんだから。前例なんて幾らでもあんだしさ」

「悪乗りし過ぎだ！」

杉田は一喝した。「せっかく、開業目前まで漕ぎ着けたってのに、事を荒立てるような真似はよしてくれ。いったい、誰がその尻拭《しりぬぐ》いしなけりゃなんなくなると思ってんだよ。事業室を担当してんのは、いまでも俺なんだぞ。こっちの身にもなってみろ」

「あんたも意外と根性ないのね」

柏木は、白けた目を向けてくると、「まあいいわ。墨はともかく、女性ツボ振り師には、それなりの所作が必要だからね。男の人にトレーニングしてもらうってわけにはいかないから。この人たちのトレーニングはわたしが担当するわ」

意外なことにあっさりと引き下がった。

3

窓の外には、夜の東京湾が広がっている。

室内に、静かなジャズの旋律が流れる。

お台場カジノの開業はいよいよ明日だ。

準備は全て整った。

今日の昼には盛大なレセプション、それに続き、夕方からは前夜祭が行われた。

開業日が近づくにつれ報道は過熱する一方で、新聞、雑誌、テレビは連日特集を組み、話題の中心はお台場一色となっていた。

昼の熱の余韻は、まだお台場に残っている。

もうすぐ、日が変わろうかという時刻になっても、ホテル最上階にあるバーは客でいっぱいだ。

「いよいよだな――」

カウンターに並んで座るヤンがいった。「ホテルは、向こう二カ月満室。イベントも目白押し。そっちのチケットも完売だっていうじゃないか。こりゃあ、当分の間は、凄《すご》い騒ぎになるな」

「そりゃあ、世界的大スターのコンサートが連日続くんだ。ショッピングモールは一流ブランドの開店記念セール。小さなイベントは数知れず。ここ当分は、わんさか人が押し寄せんだろうけど、問題はカジノだな。どんだけの人が集まるのか、こいつばかりは蓋を開けてみないことには皆目見当がつかない」

杉田は、スコッチの水割りを口にした。

「俺は心配してないけどな」

ヤンはマティーニが入ったグラスを傾けると、余裕に満ちた口ぶりで返してきた。

「VIPルームは、ひと月先まで予約でいっぱい。明日の朝には、中国、香港《ホンコン》から太い客が続々と到着するし、あいつらを嵌《は》める算段はついてんだ。大丈夫、うまくいくって」

「人通りと客の入りは別物だぜ。VIPルームは満員でも、一般客フロアーががら空きってんじゃ様になんねえよ」

杉田が一抹の不安を覚えているのには理由がある。

事業室が、ギャンブル依存症防止対策として打ち出した事前登録制度、『Cカード』の発行枚数が、思ったほど伸びていなかったからだ。

事業室が管轄《かんかつ》するカードの発行条件は、基本的にタスポと似たようなものだが、最大の違いは犯罪歴の有無、反社会的団体に属しているか否《いな》か、生活保護受給者であるかどうかが問われるようになったことにある。

ひと昔前なら、大変な手間と人員を要したであろうこの審査も、マイナンバー制度が導入されたいまとなっては、オペレーターが申請者固有のIDを端末に打ち込むだけ。官僚連中は、事業室と警察庁、地方自治体のデータベースを繋《つな》げることによって、迅速な審査が行われるシステムを確立したのだ。

さらに驚いたのは、カジノでのチップ購入時、精算時にもCカードの提示を必須《ひっす》としたことだ。

どこの誰がいくらの元手で、いくら儲けたのか。カネの流れは、税務署に完璧《かんぺき》に把握されてしまうことになったのだ。

大金をせしめたという喜びもつかの間、ある日突然確定申告のお知らせが送られてくる。マネーロンダリングだってできやしない。多額の現金を持ち込めば、今度は出所を詮索《せんさく》されるのだから、興ざめもいいところだ。

「Cカードの発行枚数は、たった二百万枚だぞ」

杉田はいった。「日本には有馬記念って大きな競馬のレースがあるんだが、年に一度のレースでも観客数は十万人やそこら。売上額は莫大《ばくだい》なもんだが、それはネットでも馬券が買えるからだ。二十四時間、三百六十五日やってるったって、カジノはお台場にしかないんだぞ。そこに入場できる人間が、二百万って少な過ぎんだろ」

「まったく、妙なところには頭の回る連中だよな。シンガポールの、自国民から高い入場料をふんだくるなんてのに比べたら、ギャンブル依存症防止策としては効果絶大だ」

「感心してる場合かよ」

杉田は声を荒げた。「こいつがギャンブル依存症を防止するってんなら、他の公営ギャンブルや、パチンコにも同じ制度を導入するべきだ。なのに、他のギャンブルにこのシステムを導入しようとすると、莫大なコストがかかる。まずは、カジノでの成果を見てって……そんな理屈ありかよ」

丁半の導入では苦汁を飲まされたが、一矢《いっし》報いてやったとばかりの会心の笑み。河本がCカードの導入を告げた際の顔が脳裏に浮かんだ。

「日本人の集客には影響が出るかも知れんが、嬉《うれ》しい誤算だってあったじゃないか」

ヤンはそう熱くなるなとばかりに、にやりと笑う。「カジノ構想が持ち上がった段階では、外国人観光客一千万人を二千万人にってのが目標だったんだぞ。それがいまや三千万人の時代だ。新ホテルの予約客も外国人が圧倒的多数を占めるし、都内のホテルだって、連日満員御礼だ。お台場は、東京観光の目玉として格段にパワーアップするんだぜ。日本人の替わりに、外国人がわんさか押し寄せて来るってことになるんじゃないのか？」

「確かに、外国人観光客がこれほどの勢いで増すとは想定していなかったけど……」

「外国人には、Cカードなんて面倒なものは必要ないからな。外国人が来てくれりゃ、大勢にはそれほど影響ないってことになるんじゃないのか」

「収益の心配をしてんじゃねえよ」

杉田はいった。「VIPルームは連日満員。カジノの収益の八割はVIPによるものだ。一般客が齎《もたら》すカネなんて、たかが知れてるといわれりゃその通りさ。だけど、こっちには次の展開がかかってんだ」

「次の展開？」

「第二、第三のお台場さ」

杉田はスコッチに口をつけると、続けていった。「カジノを誘致したいって自治体はいくつもあんだ。ここが成功すれば、今度は地方活性化の起爆剤になるってんで、誘致合戦にますます熱が入る。それすなわち、カイザーにとっては、新たなビジネスチャンスの到来ってことになる」

「見上げた愛社精神だな」

ヤンは茶化すような口ぶりでこたえながら眉を吊り上げた。

「連日満員。お台場が活況を呈する様子を見れば、やっぱりカジノだって気にもなんだろうが、一般客が集まるフロアーが閑散としてたらその気も萎《な》える。だって、そうだろ？　VIPルームがどんだけ繁盛《はんじょう》しても、一般客が入れない隔離された空間なんだからな」

杉田がそういったのには理由がある。

もちろん、愛社精神の表れなんかじゃない。

自分の今後が案じられたからだ。

お台場カジノは無事開業まで漕ぎ着けた。いまや、押しも押されもせぬプロジェクトチームの中心メンバーのひとりだ。

しかし、プロジェクトチームの仕事内容は、新しいカジノを立ち上げるまでの業務全般。良くいえば何でもこなせるゼネラリストだが、見方を変えれば、スペシャリストといえるほど特化した技能を身につけていないということだ。

プロジェクトチームは特命を遂行する組織だ。任務が終了すれば解散。スペシャリストなら、次に与えられる仕事は明白だが、ゼネラリストとなるとそうはいかない。まして、直属上司だったオリバーは、任務終了と同時に帰国してしまう。つまり、お台場カジノが開業した後、どんな仕事が与えられるか皆目見当がつかないのだ。下手をすれば、お役御免。放り出される可能性だって無きにしもあらずだ。

しかし、日本で第二、第三のお台場を、という機運が高まれば話は違ってくる。このプロジェクトで身に付けた経験、スキルは、必ず役に立つ。カイザーに必要な人間と見なされるに違いない。

「第二、第三のカジノか――」

ヤンの瞳《ひとみ》に小さな光が宿った。「日本はカリフォルニア程度の大きさしかない島国だ。当たり前に考えりゃ、そんなところにカジノを何軒も建ててもってもんだが、日本はうまくやれる可能性がある。なんせ、国際空港は全国に散在してるし、何よりもどの地方も、独自の文化、食べ物、気候と、多様性に満ちあふれているからな」

「それに、外国人観光客だって、ひとつの都市にじっとしているわけじゃない。いくつもの都市を、訪ね歩きながら夜を過すんだ。行く先々にカジノがあれば、またひと勝負って気にもなんだろうし、日本人客だって、わざわざ東京まで出かける必要はなくなるじゃないか」

「確かに――」

ヤンは頷いた。「中国、香港からも、いまや日本へのゲートウエイを地方にする旅行者も多いし、沖縄は滞在型の観光だ。あそこにカジノができれば、中国、香港は目と鼻の先。我々ジャンケットも客を誘いやすくなるな」

「だからいってんだよ」

杉田は返した。「VIPルームは連日満員。ずっと先まで予約でいっぱいだって喜んでるけどさ。それって違うだろ。あんたらジャンケットが、みすみすビジネスチャンスを逃してるってことじゃねえか」

ヤンは一気にマティーニを呑《の》み干すと、ほっと息を吐き、杉田に視線を向けてきた。

その口元には笑みが浮かんでいる。

「大丈夫だよ」

ヤンの口調は確信に満ちている。「日本は世界に類を見ない特殊な国だ。安全で、クリーンで、最先端の技術と古来の伝統が見事に共存している。そして何よりも素晴らしいのが、人の優しさであり、勤勉さであり、無欲の奉仕の心だ。それが、来日する外国人を魅了して止《や》まないんだ。日本人が、日本人としてあり続ける限り、日本を訪れる外国人の数は、増えることはあっても減ることはない。お台場カジノは絶対に成功するし、第二、第三のカジノ開設への機運は高まる。きっとそうなるね」

「世界に類を見ない特殊な国か──」

杉田は、ぽつりと呟《つぶや》いた。

「そう考えると、チョーハンを導入したのは大正解だったな」

ヤンは空になったグラスを翳《かざ》し、お代わりを注文する。「あれはいいぞ。あの空間は外国人を、いま自分は異国にいるって気にさせるからね。非日常的空間は、時に人の感覚を狂わせる。カジノも非日常的空間には違いないが、どこの国にでもあるカードやサイコロを転がしてたんじゃ正気に戻る。旅に出てるんだ。この場を思い切り楽しもう。時にはハメを外して、とことんディープな日本を楽しもう。外国人を、きっとそんな気にさせるんじゃないかな」

「非日常的な空間をとことん楽しむか……。なるほど、『旅の恥はかき捨て』っていうからな」

「なんだそりゃ？」

「普段なら恥と思えるようなことも、旅先じゃその場限りのことだと思ってしまうってことさ」

「まさにそれだ」

ヤンは人差し指を突き立てると、新たに差し出されたマティーニを目を細めながら口にした。

「そうなればいいがな」

「そうなるさ」

ヤンは深く頷《うなず》くと、「まあ見てろって。明日はチョーハンコーナーに人が殺到するぞ。端《はな》から、外国人がチョーハンに興ずるとは思えんが、人は人を呼ぶもんだ。日本人がチョーハンに熱中する様を目にすれば、必ず外国人もゲームに加わるようになる。間違いないって」

手にしていたグラスを掲げ、片目を瞑った。

4

いよいよ開業の時がやってきた。

三階分が吹き抜けになった広大なカジノフロアー。そこを取り囲む形で設けられた二層の回廊。その奥は、バーやレストラン街となっており、各店舗の前は豪華な花で埋めつくされている。

開業時間は正午。あと三十分もすれば、この広大な空間は、今後何十年もの間、文字通りの不夜城と化すのだ。

いま、カジノフロアーでは、居並ぶ従業員を前に、カイザー本社CEO、ジョン・ワトキンスの訓示が行われていた。

白のワイシャツに黒のベスト。同色の蝶ネクタイにスラックスという出《い》で立ちの従業員が大半を占める中にあって、和服姿のツボ振り師、だぼシャツに、猿股《さるまた》姿の中盆の集団はよく目立つ。

カジノの処女地、日本での開業とあって、ワトキンスの声にも力が入る。

カジノ産業において、日本はまさにラストフロンティア。お台場カジノの成否が、カイザーの今後にいかに大きな影響を与えるか。よく通るバリトンで、熱く語る様は、さながら、かつて日本海海戦で旗艦三笠《みかさ》に掲げられたZ旗、『皇国の興廃この一戦にあり、各員一層奮励努力せよ』そのものだ。

通訳を挟みながら、十五分に及んだワトキンスの訓示は、次の強烈なひと言で締めくくられた。

「野郎ども、気合い入れていけ！　客のケツの穴の毛まで毟《むし》り取るんだ！」

もちろん、通訳は上品な言葉を使って通訳したが、要はそういうことである。

盛大な拍手の後に、ディーラーたちが、それぞれの持ち場に散らばっていく。

これから、オープニングに向けて準備の最終チェックに入るのだ。

各ゲームのスーパーバイザーを中心に、いくつもの人の輪ができていく。

「えらい気合いの入れようだな。初日からあの調子じゃ、先が思いやられる――」

杉田は苦笑しながら、隣にいる柏木に目をやった。

今日の柏木は、いつにも増して艶《あで》やかだ。

濃紺のスーツに金のネックレス。黒革に金のバックルがついたベルトが、締まったウエストラインを強調する。

「そりゃあそうよ。カイザーは上場企業だからね。大金をつぎ込んだカジノがこけちゃったら、真っ先に首が飛ぶのはあの人だもの」

柏木は赤いルージュを塗った、唇の端を吊り上げた。

「俺、何か心配になってきた。大丈夫かな、ツボ振りは——。サイコロ飛ばしたりしねえだろうな」

ツボ振りの訓練は柏木の担当だ。

彼女のことだ。準備に怠りないのは分かっているが、実際にツボを振るのは、新規に採用した社員たちである。

「あんた、あの人たちがどれほどの期間、訓練を積んできたと思うの」

柏木は眉を吊り上げて、軽く溜め息をついた。「四カ月もの間、朝から晩までサイコロをツボに入れて、伏せるだけって動作を繰り返してきたんだもん、いまじゃ目を瞑ってたって完璧にこなすわよ。所作、動作は体が覚えてんだから、失敗なんてするわけないじゃない。それに、スターティングメンバーは、選りすぐりの人間に任せんだもの。大丈夫、うまくこなしてくれるわよ」

「でもさ、大勢の客の前でやんのは、はじめてだろ。やっぱ緊張すんだろうし——」

予想されていたこととはいえ、外は大変な人出である。

一番乗りを目指す人間が現われたのは二週間前。昨晩にはお台場リゾートを取り囲む列は、五重にもなり、開業間近となったいまでは、お台場の街が人で溢《あふ》れんばかりだ。

「だから、ツボ振りのスターティングメンバーは、全員女性にしてあるの」

柏木は平然とした顔でこたえる。「ツボ振りの女性は美人揃いだけど、その中でも飛びっ切りの美女を選んだの。美人は人の注目を浴びることに慣れてるし、プライドも高い。注目されることを快感と覚えこそすれ、緊張なんかするもんですか。四カ月も指導してりゃ、それぞれの性格も、技能も分かってくるからね」

「スター候補生を集めたってわけか」

「スターね」

柏木はふっと笑った。「そういわれれば、そうかもしれないわね。彼女たちは、ただのディーラーじゃない。お客さんに目で楽しんで貰《もら》い、興奮させ、場の雰囲気をとことん盛り上げる。そうした使命もおびているんだもの」

『開場十分前です』

フロアーにアナウンスが流れた。

場内の動きが、慌《あわ》ただしくなる。空気がピンと張りつめる。

杉田は柏木を伴って、入場口へと向かった。

ピカピカのスロットマシーンが両側に並ぶ、広く長い通路。その先に、エントランスロビーが開けている。そこには、先ほど訓示を述べたワトキンスをはじめとするカイザーの幹部たちと、関連各省庁のトップたちが整列して、客を迎え入れる態勢を整えている。

四列に並ぶ入場者の列は、どこまで続いているのか分からない。

張られた紅白のテープを前に、いまや遅しと開場の時を待っている。

「それでは、テープカットです」

高揚した女性のアナウンスが流れた。

ワトキンスと、官僚のトップたちがテープの前に進み出る。

振り袖《そで》に身を包んだ女性たちが、トレイに載せた鋏《はさみ》を差し出す。

「お待たせいたしました！　お台場カジノの開場です」

華やかな声と同時に、テープに鋏が入った。

くす玉が割れ、金色の紙吹雪が舞う中を、客が場内になだれ込む。

入場口は日本人用と外国人用に分かれている。

日本人用のそれは、駅の改札と同じようなもので、Cカードの中に埋め込まれたI

Cチップが反応し、ゲートが開く仕組みだ。

一方の外国人に求められるのは、運転免許証、あるいはパスポートの提示だけと簡素なもので、写真による本人確認が済めばそのまま入場だ。

こうしている間にも、客がどんどんカジノの中に吸い込まれて行く。列に途切れる兆《きざ》しはない。人また人。とにかく大変な数である。

「凄いな……」

杉田は唸《うな》った。

「あれだけ、連日メディアでカジノ、カジノいわれてたら、新し物好きの日本人だもの。そりゃあ、わんさか押し寄せてくるわよ」

平静を装《よそお》う柏木だが、やはり興奮は隠せないようだ。

声がうわずっている。

「俺、現場見てくるよ」

こんな光景を目の当《ま》たりにすると、やはり丁半への反応が気掛かりになってくる。

「ほんと、心配性なんだから――」

そうこたえる柏木も、杉田の後について来る。

勝手の知れたゲームというわけか。早くもスロットマシーンの電子音が聞こえはじめる。

広大なフロアーは、まだ然程《さほど》の人出ではないが、それでも人が寄りつきはじめた一角があった。

ルーレットだ。

やはり馴染《なじ》み深いゲームが日本人には人気のようだ。バカラの台にも、人が群がりはじめている。

こちらは、ギャンブル好き、つまり、日頃から海外のカジノで、あるいは違法賭博《とばく》に興じていた人間といったところか。しかし、何分開業直後である。お世辞にも熱気に溢れ——とはいいがたい。

入場者の多くは、ゲームよりも話題のカジノの見物が先なのだろう。ずらりと並んだテーブルの間を縫うように、ただ歩き回る客が多いようだ。

しかし、その流れもやがて集約され、長い列ができはじめる。

フロアーの奥に設けられたジャパン・コーナーだ。

古都の街並みを再現したセットは、否応《いやおう》なしに人目を惹《ひ》く。入り口の両側にぶら下げられた提灯《ちょうちん》に吸い寄せられるように、客が続々と中に入っていく。

人通りと客の入りは別物だぜ——。

昨夜、自らの口でヤンに語った言葉が思い出された。

ただの見物か。それとも——。

心臓の鼓動が早くなるのを感じながら、杉田は場内に足を踏み入れた。

大変な人だかりだ。

客席の背後の空間は人で埋まり、立錐《りっすい》の余地もない。

人垣の間から、つま先立ちになって場の様子を窺《うかが》おうとするのだが、前の人間の頭が邪魔になって見ることがままならない。

ほとんどが黒髪だが、金髪、赤毛と、外国人の姿も多い。

いずれにしても、大変な人の入りだ。

一瞬、ツボ振りの女性の手が宙を舞い、人垣の中に消える。

トン——。

ツボが振り落とされた音がした。

「さあ、張った、張った」

中盆《なかぼん》の声が聞こえた。

「丁」

「半」

客の声が、人垣の向こうから聞こえる。

目前にいる、背の高い外国人の男の目が台の上に釘《くぎ》づけになっているのが分かる。

「つまり、ふたつのサイコロの目の合計が、偶数か奇数かを予測するゲームってわけだ」

男が連れの女に英語でささやくのが聞こえた。

「さあ、半方ないか。半方ないか」

中盆が小気味よいリズムで促す。

落ち着いた声だ。

「丁半、コマ出そろいました。勝負！」

一瞬の間を置いて、

「シロクの丁！」

中盆が告げた。

「ああああ〜」

「よおおし！」

場に悲鳴と歓声が渦を巻く。

「なんか、面白そうじゃない。ちょっと、やってみようかな」

男はいう。

「いい感じじゃないか」

杉田は安堵《あんど》の気持ちを覚えながら、柏木にいった。「予想した通り、最初に飛びつくのは日本人のようだけど、外国人にもひと目でルールが理解できるみたいだし、こりゃあお台場の名物になるぞ」

「そうじゃなけりゃ困るわよ」

意外なことに、柏木は少し浮かない表情でこたえた。「暫《しばら》くは物見遊山《ゆさん》でやって来るでしょうけど、日本人がこの調子でカジノに押しかけるなんて、そう長く続くわけないからね。第一、先立つものがなけりゃ、遊ぶことができないんだし、外国人に来てもらわないと、あっという間に閑古鳥が鳴くわよ」

「考え過ぎ。心配し過ぎだよ」

杉田は笑った。「ほら、前にいた外国人だってあの通りだ」

換金場所に向かう、ふたり連れの姿を杉田は目で指した。

「やっぱり、もっと強いインパクトを与えないと……」

柏木はふと何事かを考え込んだ。

「強いインパクトって？」

「来日する外国人観光客が、激増した理由って考えたことある？」

柏木は質問にこたえずに、逆に問い掛けてきた。

「そりゃ、日本が安全でクリーンで、人も穏やかで、親切で——」

杉田は昨夜ヤンが語ったことを口にした。

「それを誰が、どうやって広めたの？」

「誰がどうやってって……来日した外国人が口コミで広げたんだろ」

「その口コミってやつが、いまの時代には大切なのよ」

柏木は続ける。「ツイッター、フェイスブック、ブログにインスタグラム。いまや誰でも情報が発信できる時代だからね。丁半が面白いってことになれば、あっという間に情報は世界に向かって発信される。でも、ゲームの面白さだけじゃ物足りない。もっと他のエッセンスを加えることで、強烈な印象を外国人に与えることができれば、情報を発信する時の言葉、文面だって変わってくると思うの。言葉は力。感情が素直に迸《ほとばし》った時の文章は、説得力が違うからね」

「そりゃ、そうには違いないけど……。だけどどうやって？」

「やっぱあれしかないかな」

「あれ？　あれって何だ？」

杉田が問い返したその時だった。

ポケットの中のスマホが震えた。

返事をするより早く、

「いま、どこだ？」

ヤンの声が問い掛けてきた。

杉田は人混みの外に出ながら、

「ジャパン・コーナーだ」

とこたえた。

「どうだ、状況は」

密《ひそ》やかな声だが、ヤンが興奮している様子が伝わってくる。

「沸いてるよ。凄い人だ」

杉田はこたえた。

「いったろ、心配することたあないって」

「しかし、いまのところ丁半に興じてんのは、やっぱり日本人がメインだ。外国人は
――」

「それも心配いらんと思うがね」

ヤンは杉田の言葉が終わらぬうちに返してきた。「はじまったばかりだし、はじめて目にするゲームだからな。ルールを理解するまでは様子見をするに決まってるさ。大丈夫、すぐに寄りついて来るって」

ヤンの声に重なって、喇叭《ラッパ》を吹き鳴らすような甲高い声が聞こえてきた。

中国語だ。

喚《わめ》き、騒ぐというか、とにかくけたたましいことこの上ない。

「そっちは大盛況のようじゃないか」

「早くもね――」

ヤンは忍び笑いをする。「以前、浅草でテストやった時の客が、仲間を引き連れて来てんだよ。半端《はんぱ》ないカネが飛び交ってんぞ」

「半端ないって……？」

「ミニマムベットが五十万円ってのが、今日の決まりだ」

もちろん、それは表向きの話だ。

ヤンと客の間では、その何倍にもなっているに決まってる。

そうでなければ、ひと勝負五十万円なんてのは、ヤンにとっては、はしたガネだ。

「半端ないカネ」なんていうわけがない。

「はじめての客にもバカ受けでな。これで、風呂《ふろ》に沈めてやりゃ完璧だ。カジノ行くならお台場以外にどこにあるってことになるぜ」

勝負真っ只中《ただなか》のＶＩＰルームからの電話だ。声を潜めながらも、込み上げる笑いは抑え切れないらしい。

ヤンは、「くっ、くっ、くっ」とくぐもった笑いを漏らしながら電話を切った。

どうやら、最大の金蔓《かねづる》ＶＩＰの方は、心配ないようだ。

思わず安堵の溜《た》め息を漏らした杉田だったが、柏木との話が途中であったことを思い出した。

あれって、どういう意味だ。

策を思いついたことに違いはあるまいが、いったい何をしようというのか――。

杉田は取って返すと、人混みの中に柏木の姿を探した。

しかし、どこを見ても柏木の姿が見当たらない。

どこへ行ったんだ。

杉田はジャパン・コーナーを出た。

広大なフロアーの雰囲気は、この間に一変していた。

ルーレット、バカラ、ブラックジャック、シックボー。いずれのテーブルも客でいっぱいだ。

歓声が、悲鳴が上がる。

それが、高い天井に反射して、広大な空間に渦を巻く。

燃えていると思った。

溶鉱炉に火が入ったのだ。燃えたぎる熱が、人の欲を溶かし、ぐつぐつと煮えたぎっている。

凄《すげ》え——。

杉田は、背筋に粟立《あわだ》つような興奮が走るのを覚えながら、その場に立ち尽くした。

5

開業初日は、様々な来客がある。

関係者のアテンドは、今日の仕事の一つだ。

「ごつい商売やなあ。開業三時間で売上が二億円を超えてるやないか」

地下二階にあるモニタリング・ルームで、ギャラクシー興業社長の平木が顔を綻《ほころ》ばせた。

壁面いっぱいに備え付けられた無数のモニターには、各テーブルの様子がリアルタイムで映し出されている。不正行為が行われていないか、トラブルはないかと、二十四時間体制での監視が行われているのだ。

部屋の一角には、換金状況を表示するボードが掲げられている。

黒の地に緑の文字で表示されているのは入金、赤字は払い戻し金額だ。

開業三時間である。緑の数値が刻々と増加し続けている一方で、赤の動きに然程の変化はない。

「パチンコとは桁《けた》がちゃう。スケールがちゃうわ」

続けて唸った平木に向かって、

「開業初日ですから。この程度の売上がなけりゃ、先が思いやられますよ」

杉田はこたえると、「これも社長のお力添えの賜物《たまもの》でございます」

頭を下げた。

「この調子だと、今日は五億、いや六億は行くんとちゃうか」

平木の目が、入場口を映し出すモニターに向く。「外では、あない多くの人が並んではんのや。今日は土曜日やし、夜を徹して遊ぶ人かてわんさかおるで」

「いま現在は、満員札止め。入場規制をかけてますからね」

杉田はいった。「でも、問題はこの初速が維持できるかどうかですよ。平日の昼がどうなるか。夜の客の入りがどれほどになるか。本当の反響は、二カ月、三カ月スパンで見ませんと……」

「心配あらへんって」

平木は笑った。「パチンコ屋かて、平日は休日に比べたら客足が落ちるけどな。それでも、時間があればひと勝負いうのがギャンブラーっちゅうもんやで」

「どうですかねえ。パチンコ屋は街のいたるところにありますけど、カジノはここ一カ所ですからねえ。時間が空いたから、ちょっとひと勝負ってわけにはいかないでしょう」

「そやしええねん」

平木は自信満々だ。「カジノで遊ぶためにわざわざ出かけてくんねんで。それなりのカネも用意しとれば、気合いも入っとるやろ。勝っても負けても熱くなんのは、そういう人間や。元手が増えれば、もっと増やそう。負ければ負けたで取り返す。そんな気持ちになるのが人間や。それに――」

それに何だ。

苦笑いを浮かべた杉田に、平木は続けた。

「物珍しさで、ちょっと試しにいう客も結構おるんとちゃうか思うねん」

「それはどうですかね」

杉田は首を傾《かし》げた。「そもそもCカードを持ってないとカジノには入れませんからね。発行枚数は、現時点で二百万枚。それも全国でですよ」

「それは博打《ばくち》やりたくて、うずうずしてる客がそれだけいるっちゅうことや。博打なんぞにあまり興味がないいっちゅう客がぎょうさん来てくれるようになれば、そら美味《おい》しい話やで」

「そんな客をどうやって集めんです？」

「この施設はな、旅行業者にとっても、千載一遇のビジネスチャンスになってんねん」

平木は小鼻を膨らませる。「東京にいるあんたは知らんやろうけど、地方の旅行会社は、お台場ツアーを目玉にしたパック商品を売り出しはじめていてな。オプションやがコースの中に『紳士淑女の社交場、カジノ体験』ちゅうのを組み込んどんねん。ジャパン・コーナーの写真をど〜んと載せてな。おまけに、Cカードの申請も旅行会社が代行してくれんねんで」

そんな話は、はじめて聞いた。

「でも、ギャンブルに興味がない人が、いくら集まったっておカネ使ってくれないんじゃしょうがないでしょう。やったとしても、大した金額じゃないでしょうし――」

当然の疑問というものだ。

開業に備えてCカードを申請した二百万人がアクティブ・カスタマーなら、物見遊山でくる客は、パッシブ・カスタマー。ただのギャラリーに過ぎない。それでは人通りと客の入りは別物の典型例になってしまう。

「それでええねん」

ところが平木は鷹揚《おうよう》に頷く。「なんぼギャンブルなんぞに興味はなくとも、他人がゲームに熱中している様を見れば、せっかく来たんや、試しにちょいとやってみるか、いう気持ちになる人も少なからず出てくんで。そら確かに、小っちゃいカネやろが、カジノの側からしたらええ客やで」

「どうしてです」

「ちょいとやってみようなんて、気合いの入ってない客が、勝つこと考えるか？　物は試しや。手元のカネが尽きるまで。そう考えるに決まってるやないか。カジノにしたら賽銭《さいせん》みたいなもんや。濡《ぬ》れ手で粟やで」

なるほど、そうか。

シンガポールに観光に出かける日本人は数多くいるが、それが全《すべ》てカジノ目当てで行くわけではない。行った先に、世界に名を馳《は》せるマリーナベイ・サンズがあり、そこにはカジノがある。一度、どんなところか出かけてみよう。話の種に、観光に来たついでにと、軽い気持ちで出向く人間の方が圧倒的多数を占めるだろう。そして、そうした人間たちの目的は、カネを増やすことではない。カジノを体験することにある。

「こないええ話があるかいな。勝ったら勝ったで、味をしめるやろし、そうなったら夢よもう一度いうやっちゃ。今度はぎょうさんカネ持って、勝つ気満々でカジノにやって来んで。そうやって、どんどん深みに嵌まっていくねん。それが、ギャンブル・ビジネスの醍醐味《だいごみ》っちゅうもんやで」

平木は心底愉快そうに、大口を開けて呵々《かか》と笑うと、「そして、ギャンブルなんぞ初めて体験するいう人間が、どないなゲームで遊ぶかといえば、まず間違いなく丁半や。あんた、ほんまええところに目をつけてくれはった」

どんと背中を叩《たた》いた。

いやはや、さすがというか何というか——。

パチンコ屋のオヤジは、やはり目のつけ所、考え方が違う。

杉田は返す言葉が見つからず、苦笑した。

と、その時だった。

モニタリング・ルームのドアが開くと、係員の先導で事業室の河本と蒲池のふたりが現われた。

「ちょっと失礼いたします――」

杉田は、平木に断りを入れると、「あっ、どうも。ご無沙汰《ぶさた》しております」

ふたりの前に駆け寄って頭を下げた。

「大変な盛況だね。いや、驚いたよ」

そういう河本の口調は、どこか苦々しげだ。

「お陰様で――。無事開業の日を迎えられましたのも、事業室の皆様のご指導があればこそ。改めまして御礼申し上げます」

杉田は丁重に礼をいいながら、再度深く頭を下げた。

「ゆりかもめに乗るのも一苦労だ。新橋じゃ一時間待ちだぞ」

蒲池がうんざりした様子でいう。「ようやく着いても、カジノは入場規制だっていうし、ショッピングモールも人、人、人だ。まるで、隅田川の花火大会さながらの大騒ぎだな」

「売上も順調に伸びておりまして――」

杉田はボードに目をやった。

この間にも、緑の数値は刻々と数を上げて行く。

「二億一千万？　あり得ねえだろ」

蒲池が目をむいた。「開場から、まだ三時間ちょっとしか経《た》ってねえのに、それで、もう二億いってんのか」

「競馬に比べれば、まだまだ小さいビジネスですがね」

杉田はいった。

「馬券は全国で買えんだぞ。一ヵ所で、それも毎日これだけのカネが動くとなりゃ、年間なら、どんだけの額になんだよ……」

蒲池は信じられないとばかりに首を振る。

既存の公営ギャンブルへの影響を懸念《けねん》しているのか、無言でボードを見つめる河本の眉間《みけん》には、浅い皺《しわ》が浮かんでいる。

「で、丁半の様子はどうなんだ」

河本がふいに視線を向けてきた。「客、入ってんのか」

「開場と同時に、客が寄りついたのが丁半でして――」

「まっ、あんだけ目立つ造りにすりゃあ、目を惹くだろうがな」

「なかなか繁盛してるみたいですよ」

杉田はモニターに目をやった。

そこには、丁半の台を真上から撮影している画像が映し出されていた。どの台も客でいっぱいだ。コマ札を置く客の姿。ツボが開く様。コマ札が集められ、払い戻しされる様子とさまざまだが、どのモニターの動きにも止る気配はない。

「なんなら、現場をご覧になりますか？　ご案内しますが」

ちょうど、場の様子が気がかりになっていたところだ。

杉田はいった。

「人でいっぱいなんだろ？」

人混みは御免なのか、蒲池は気乗りがしないようだ。

「場を見下ろせる位置にディーラーの休息室があるんです。そこからでしたら、ゆっくりとご覧いただけますが」

ふたりは顔を見合わせると、

「実際に客が入ったカジノフロアーは、まだ見てないしね」

河本がこたえた。

「じゃあ、行きましょう」

杉田は、先に立ってモニタリング・ルームを出た。

エレベーターを使って、カジノフロアーに上がる。

華やかな表舞台とは違って、従業員専用の通路は粗末なものだ。

壁はコンクリートの打ちっ放し。床にしたってタイル貼《ば》りだ。

蛍光灯が灯《とも》る薄暗い廊下を、従業員たちがひっきりなしに行き交う中、三人は休息室に向かって歩いた。

やがて行く手に階段が見えてくる。その先が休息室だ。

杉田はドアを開けた。

中は二十畳ほどの広さがあり、ふたつのテーブルを囲むように、それぞれ六つの椅《い》子《す》が置かれている。

丁半のディーラーは、三十分ごとに台を移動し、五台回ったところで交替に入る。つまり、一回のシフトが二時間半。途中一時間の休息を挟んで、二回半の勤務をこなすことになっている。

休息に入っていたツボ振り師と中盆が、一斉にこちらを見た。

艶やかな和服を着た美女と、だぼシャツに猿股の中盆が、テーブルを囲みながら談笑している様は、実にシュールだ。

「お疲れさま」

杉田は声を掛けると、「ちょっと、見学させて下さいね」

奥の窓際《まどぎわ》に歩み寄った。

横一面に切られた高さ一メートルほどの窓からは、賭場の様子がよく見える。

純白の布がかけられた台に、煌々《こうこう》と灯るライトが反射する。真新しい青畳。背後の金屏風《きんびょうぶ》とのコントラストが美しい。ツボが置かれる位置を、一際明るいスポットライトが照らし出す様は、まるでヤクザ映画の一場面を見ているようだ。

客の入りに衰える気配はない。どの台にも空きはなく、外国人の姿も多い。背後のギャラリーも、相変わらず人、人、人で立錐の余地もない。

各台でツボが開くたびに、歓声が、悲鳴が上がる。凄《すさ》まじいばかりの熱気だ。

「すげえな……」

その光景を目の当たりにした蒲池が息を飲む。「しっかし、こいつあ、いったいどういうわけだ。丁半なんて、過去の遺物に、どうしてこんなに人が群がんだ。ヤクザだってとっくの昔に、止めちまったもんなのに……」

「だからこそ、いまの時代の人には新鮮に映るんでしょうね」

杉田はいった。「間違いなく、いまゲームに興じている人たちは、丁半の存在を知ってはいても、実際に体験するのははじめてでしょうからね」

「なるほどね。伝説のゲームの復活ってわけか」

河本の言葉に、場の歓声が重なった。「どこの国のカジノにしても、集客力、売上高ともに減少傾向が進む一方だが、それも海外のカジノのゲームが、使う道具も同じなら、ルールも同じ、新鮮味に欠けるという点に、一因があるんだろうな。何年経っても、変化がないんじゃ、客も飽きるだろうし……」

「そう考えると、お台場に丁半を導入したのは正解だったといえますね」

「当面の間はね」

河本は、ふんと鼻を鳴らした。「しかし、同じ道具、同じルールで行うゲームに客が飽きたというならば、丁半だっていずれそうなる可能性大だな。かといって、同じゲームでも、手を替え品を替え、進化し続けるビデオゲームとは違って、カジノに新しいゲームを導入することは困難だ。今日の繁盛《はんじょう》を維持するのは、簡単な話ではないように思えるがね」

それをいうなら、競馬、競輪、競艇だって同じじゃねえか。

と返したくなるのを堪《こら》え、

「そうならないように、策を打ち出すのが我々の任務だと考えております」

杉田はこたえた。

「策？　そんなものがあるのかね」

河本は皮肉の籠《こも》った口調でいった。

「鍵《かぎ》を握るのは、外国人観光客だと思います。日本人は熱しやすく冷めやすい。この盛況もそう長く続くとは思えません。ですが、いまや日本を訪れる観光客は年間三千万人。これは、カジノ法案が成立した際の想定を遥《はる》かに超える数です。せっかく、日本にやって来たからには、是非お台場カジノにいってみたい。丁半をやってみたい。外国人観光客をそうした気持ちにさせることができれば――」

「たられぱの話かよ。頼りねえな」

蒲池の口元が、あざ笑うように歪《ゆが》む。「第一、外国人が増えたって、皆が皆カジノにくるとは限んねえだろ。リピーターが増えてることは事実だが、東京見物は一度でいい。二度目、三度目は他所《よそ》の土地へっていうのが観光客ってもんだ。まして、カジノなんか一度で十分だろ」

「初来日の際に、必ずここに立ちよっていただけるなら、それでもかなりの数になると思うんです。なんせ、いまやネットやＳＮＳを通じて、事前に十分な情報を仕入れて来るのが外国人観光客です。面白い、訪ねるべき場所だという評判が定着すれば、定番のスポットになる。そう期待しておりまして——」

「まあ、確かにこの雰囲気は、外国人には物珍しく映んだろうが……」

そういいながら、蒲池は再び窓の外に目をやると、「しっかし、よくもまあ、こんだけ美人を揃《そろ》えたもんだ。君がいったように、やっぱ、ツボ振り役は和服を着た女性に限るよな」

ふと目元を緩ませた。

「選びに選び抜いた、美女揃い。これも、外国人にきょーれつな印象を与えるためで——」

蒲池の視線を追った杉田だったが、そこにいるはずのない女性の姿を見て、言葉を飲んだ。

アップにした髪を簪《かんざし》で纏《まと》め、白地の生地に金色の竜の刺繍《ししゅう》が入った和服を着込み、右手にツボ、左手にサイコロを持っているのは誰でもない。

柏木だ。

なにやってんだあ？

なんで、ツボ振りなんかやってんだ。あいつ——。

柏木は両腕を優雅な仕草で広げる。その様は、まるで白鷺《しらさぎ》のようで、息を飲むほどに美しい。

胸の竜の刺繍が、その姿にまた良く映える。客たちが、うっとりと所作に見入る気配が伝わってくる。

柏木は両の腕を頭上高く振りかざす。

突然、動きが早くなる。

サイコロが入る。

振り下ろされたツボが、盆ゴザの上にとんと置かれる——。

上目使いに一点を見据えながら、横綱の土俵入りのように両腕を広げる。

「さあ、張った。さあ、張った」

中盆が、場をもり上げる。

コマ札が次々と台の上に置かれる。

一際太い腕が、五枚ほどのコマ札を纏めて半に置いた。

赤毛の頭髪。毛むくじゃらの腕は外国人だ。

隣に座るのは連れだろう。こちらは金髪の男性だ。

ふたりの腕には、マンガのようなタトゥが彫り込まれている。つたない金釘流で、『家族』という文字もある。

こちらも、同じ数のコマ札を半に張る。

「さあ、丁方ないか。丁方ないか」

中盆がけしかける。

次々に手が伸び、丁にコマ札が張られる。

場は佳境に入っているようだ。

一枚が千円。ひと勝負に五千円の投資である。

全員が複数枚。中には十枚ほどのコマ札を一気に張る豪気な客もいる。

「丁半、コマ揃いました。勝負！」

柏木の右手がツボに伸びる。

相変わらず、優雅な仕草だ。

ツボが開く。

「イチニの半」

「イーハー！」

「イエス！　イエ〜ス」

タトゥふたり組が、両手を高く掲げ、腰を浮しながら狂喜する傍らで、「アイヤ〜」

と頭を抱えるのは、先ほど十枚ものコマ札を丁に置いた男だ。こちらは中国人であるらしい。

どうやら、中国人は大分熱くなっているようだ。

負けたコマ札の回収、勝者への払い戻しが行われる最中に、早くも次の勝負への準備に取り掛かっている。

二十枚ほどはあるか。前の勝負よりも、遥かにコマ札の枚数が多い。

前の勝負の負けを取り戻す。所謂《いわゆる》倍プッシュというやつだ。

勝ったタトゥのふたり連れも、五枚ほどのコマ札を手に持って、既にやる気満々だ。

「あ〜あ。いいのかね、あんなに熱くなっちゃって。溶かすのは一瞬だぞ」

蒲池が、呆《あき》れたようにいった。

「ほんと、鉄火場だな。これじゃ——」

河本も呆れたようにいう。

「ありがたいことです。熱が入るのも、気に入って下さればこそ。勝った負けたは別にして、日本のカジノには面白いゲームがある。国に帰った後に、ここでの体験を話してくれれば、確実に丁半のことが海外に広まっていくわけですからね」

そうこうしているうちに、精算が終わり、次の勝負がはじまろうとしている。

「もう、丁半はいいでしょう。他のゲームをご案内しましょうか」

杉田が、促したその時だった。

場内にいままでとは全く異なるどよめきが湧《わ》き上がった。

何事だ――。

再び、窓の外に目をやった杉田は、心底驚いた。

右腕を懐《ふところ》に入れた、柏木の姿が目に飛び込んできたからだ。

おい、おい、おい。ちょっと待て。そりゃいくら何でもまずいだろ。

『あれしかないかな』

あの時、柏木が呟《つぶや》いた言葉の意味が、いま分かった。

片肌脱いで、和彫の入れ墨を披露することで、鉄火場にショー的要素を加え、客の興奮をさらに掻《か》き立てるつもりだったのだ。

柏木の動きは止らない。

襟元から、右手の甲を覗《のぞ》かせたところで、見得《みえ》を切るように客を見渡すと、一瞬の間の後に、ぐいと右腕を引き抜いた。

「おおおおお」

感嘆の声が上がった。

右肩から胸にかけて彫られた牡丹《ぼたん》。そこに舞う蝶《ちょう》――。

「素晴らしい……」

「アートだ……」

首を振り、顔を見合わせながら、見とれるタトゥのふたり連れ。

その手が、恥ずかしそうに腕に彫られた『マンガ』を隠す。

どよめきが歓声に変わった。

ギャラリーの中にいる外国人か。

口笛が飛び交う。

同時に盛大な拍手が、湧き上がった。

「おい！　これはいったいどういうことだ。墨背負ってるやつを雇ってんのか、カイザーは！」

蒲池が血相を変えて、詰め寄ってくる。

「違いますよ。あれフェイクです。シールなんです」

杉田は慌《あわ》てて弁解した。

「馬鹿《ばか》野郎！　フェイクだろうが何だろうが、墨なんてとんでもねえ！　即刻中止しろ！　場を閉じろ！」

蒲池は声を張り上げる。

そこに再び歓声が湧き上がった。

隣の台の女性ツボ振り師が、柏木と同じ所作で、片肌を見せたのだ。

そこに現われたのは般若《はんにゃ》の面だ。

もう場内は大騒ぎだ。

興奮はピークに達し、客はやんややんやと快哉《かいさい》を叫ぶ。

まさに熱狂の坩堝《るつぼ》である。

あいつ、やりやがった。

自然と笑みが浮かんできた。

「もう止められませんよ」

杉田は、その光景に目をやりながらいった。「見て下さい。あのお客さんの喜びようを。いま、カジノに新しいエッセンスが加わったんです。ただのギャンブルを楽しむ場から、アトラクションも楽しめる場にね。墨だってツボ振り師の制服だと考えりゃ、それもありなんじゃないですか」

場内が一転して静寂に包まれた。

次の勝負がはじまったのだ。

右手にツボ、左手にサイコロを持った柏木が居住まいを正す。

すっと伸びた背筋。きっと前を見据えた眼差《まなざ》し。
凛《りん》とした姿に、客が息を飲む。
「入ります――」
柏木がいった。
腕が大きく左右に開かれる。
スポットライトを浴びた、牡丹の大輪が一際鮮やかだ。
柏木は頭上高く、両手を合せると、ツボを振り下ろした。
蝶が舞った。

解説

香山二三郎

カジノというと、アメリカのラスベガスがまず思い浮かぶ。

ネバダ州にあるこの街がカジノで知られるようになったのは、それほど古い話ではない。第二次世界大戦が終わり、ニューヨークを始め東海岸の諸都市で暗躍したギャングのバグジーことベンジャミン・シーゲルが拠点を西海岸に移すと、ラスベガスのカジノホテル建設に乗り出した。フランク・シナトラら芸能人のショーも定期的に催されるなどカジノホテルが賑《にぎ》わいを見せたことからマフィアが続々と当地に進出するようになる。だが一九六〇年代後半、取り締まりが厳しくなるとともにマフィアは撤退、合法的な経営者に引き継がれ、八〇年代の終わりには巨大テーマホテルのブームが起こるなど、今でいうIR（Integrated Resort）＝統合型リゾートとして活気を呈するようになる。

ラスベガスは近年日本の家族旅行先としても人気を博しているようだが、考えてみればアジアでも、韓国、マカオ、フィリピン、シンガポール等、カジノは至るところにあり、賑わっている。日本でもカジノ構想がなかったわけではなく、一九九九年には石原慎太郎元東京都知事がお台場カジノ構想を提唱、推進が図られた。当時は現行法での実現は無理と判断され計画は頓挫《とんざ》したものの、その後競合するパチンコ業界の軟化もあって、構想は息を吹き返し、二〇一三年には最初のIR推進法案が衆議院に提出された。

そして三年後の一六年一二月、IR推進法案は臨時国会で可決され、さらに一八年七月には、それをもとに整備されたIR実施法案（通称カジノ法案）が成立、カジノ構想はついに実現に向けて動き出すことと相なった。

日本にもラスベガスのようなIRが出来る！

でも、ギャンブル依存症や反社会勢力の関与への対策等、問題は山積したまま——それって本当に大丈夫なのか!?

本書はそう思っている方々にぜひお読みいただきたい、カジノ法案成立と時期を同じくして、そのバックステージで繰り広げられるであろうドラマをリアルに描き出した問題作である。

主人公の杉田《すぎた》義英《よしひで》（三五歳）は日本最大級の総合商社・四葉物産を中途退社、世界各地でカジノを運営しているカイザー・インターナショナルに入社する。彼が採用された理由は「飛びっ切りの屑《クズ》が欲しい」というもの。なるほど彼が四葉を辞めたのは、社内で情事に耽《ふけ》っていた現場を押さえられ、地方へ飛ばされようとしたからだった。

二年前、東京のお台場にカジノが出来ることが決まり、カイザーはその運営権を獲得した。カイザーにとって日本は最後に残された新規市場。二年後のオープンを控え、プロジェクトマネージャーのデニス・オリバーは着々とその準備を進めてきたが、お台場カジノの収益は当初の想定には遥《はる》かに及ばないという結論が出ていた。オリバーはその想定を越える結果を出そうと画策していたが、そのためにはカジノの収益の八割を占める金持ちの顧客――ＶＩＰをつかまえる必要がある。彼らをカジノに呼び寄せる仕組みを作り上げるには、武勇伝を持つくらいの「屑」でなければ務まらないというわけで、杉田に白羽の矢が立ったという次第。

杉田はまずオリバーとともにシンガポールに向かう。彼を待っていたのは豪華客船――カジノも併設されているカジノ船だった。そこで初めてＶＩＰルームで繰り広げられる熱戦を目の当《ま》たりにした杉田は、オリバーとＶＩＰの世話役――ジャンケットのスタンレー・ヤンを前に、この船には決定的に欠けている要素があると主張する。『飲む』、『打つ』、『買う』の三拍子揃《そろ》って、はじめて日本じゃ屑っていわれんですよ」と。オリバーもそれに同意、「つまり、日本ならではの大人のエンターテイメント空間を造り上げなければならんということだ」というが、彼らの前には、何かと規制をかけたがる官の連中が控えていた。

本書の特徴の第一は、カジノの運営者側の視点から描かれていることにある。カジノ解禁といわれても、一般庶民にはそれがどういう段取りで進められるのか皆目わからない。運営者側の視点に立つことで、初めてその具体的な中身が見えてくるのだ。外資系企業が運営に当たるということからして、初めて耳にする読者もいるのではないだろうか。さらにはカジノの収益の八割は金持ちが落とすカネであるなどということも。現実のマスコミ報道でも、カジノの問題点の筆頭としてギャンブル依存症対策が取り沙汰《ざた》されているが、運営者側の目はもっぱらＶＩＰのほうに向けられているわけで、その辺のずれこそが問題の根源というべきか。

当然ながら、大っぴらには出来ないホンネもずばずば飛び出してくる。「カイザーは、お行儀のいい紳士淑女が集まる社交クラブの運営に興味はない。いかにしてカネを溝《どぶ》に捨てさせるか。利益を追求する『企業』なんだ」なんて序の口、関係各省庁から出向してきた官僚から成るカジノ事業室の面々との虚々実々の駆け引きなどは出色の面白さだ。競馬、競輪、競艇、オートレース等日本の公営ギャンブルは胴元の取り分があらかじめかなりの額引っこ抜かれている。それに比べてカジノの控除率はフェアに出来ているのだが、だからこそ既得権益を持つ役人たちはカジノを目の敵にする等々。

それにともなって、黒い笑いも随所で炸裂《さくれつ》する。その最たるものが、本書の主演女優賞、オリバーの秘書・柏木梗香《かしわぎきょうか》女史が「これぞ日本ってゲーム」として提唱する丁半だ。そう、「サイコロ二個をツボの中に入れて、その合計が偶数なのか奇数なのかに賭《か》ける」日本伝統の博打《ばくち》のことである。柏木は知識のないオリバーに雰囲気を伝えようと、まず映画を見せる。井上芳夫《いのうえよしお》監督、江波杏子《えなみきょうこ》主演の『女賭博師《とばくし》丁半旅』（一九六九年公開）。江波主演の女賭博師シリーズ第一四作。これが外人勢にウケてお台場カジノの目玉になっていくのだが、シチュエーションがシチュエーションだけに、シリアスな賭場《とば》演出を想像しただけで笑みがこぼれてしまう。個人的には、クエンティン・タランティーノ監督の映画『キル・ビル』で女親分のルーシー・リューが「やっちまいな！」と叫ぶ殺陣《たて》シーンなんかも連想、パロディのパロディのような面白さを味わわせていただいた。

してみると、本書の演出自体、現実のカジノ構想をベースにしたコミカルな戯画のようにも思われてくる。そもそもカジノ人気のカギを握る主人公杉田自身が「飛びっ切りの屑」だというのである。日本ならではの「おもてなしカジノ」がこのようなものになるとはさすがに考えにくいが、実現したらさぞかし面白いだろう。ギャンブル依存症問題ひとつを取っても有効な手立てがなさそうだというのに不謹慎だ、などというなかれ。現実的には、ＩＲ建設に向けて今後自治体の調査や事業者選定が進むわけだが、具体的な運営はカイザーのような内外の運営会社に丸投げされることになるはず。そうなるとカイザーと同様、利益追求が第一となり、トラブル対策は二の次にされるであろうことは目に見えているような気がする。

本書はシリアスな社会派小説とは一線を画している。全体的にコミカルで、ある意味ファンタジー的なタッチに貫かれているのは、現場を取材した著者が利権まみれの現実に辟易《へきえき》したからでは、といったらうがち過ぎか。官僚や政治家に対して「行動原理の根底にあるのは、自分たちの利益だけ。エリート面《づら》して、やってることはヤクザと同じ。いや、それ以下だわ」と怒りを爆発させる柏木女史の姿を見ていると、弱者や敗者の味方である彼女こそ、本書の主役にふさわしいような気がする。本書はストレートな社会派小説よりも毒性の強い、キケンな告発小説なのかもしれない。

（二〇一八年七月、コラムニスト）

この作品は二〇一六年二月新潮社より刊行された
『ラストフロンティア』を改題したものである。

楡 周平著

再生巨流

一度挫折を味わった会社員たちが、画期的な物流システムを巡る新事業に自らの復活を賭ける。ビジネスの現場を抉る迫真の経済小説。

楡 周平著

ラスト ワン マイル

最後の切り札を握っているのは誰か——。テレビ局の買収まで目論む新興ＩＴ企業に、起死回生の闘いを挑む宅配運輸会社の社員たち。

江上 剛著

失格社員

嘘つき社員、セクハラ幹部、ゴマスリ役員——オフィスに蔓延する不祥事の元凶たちをモーゼの十戒に擬えて描くユーモア企業小説。

江上 剛著

特命金融捜査官

欲望にまみれた銀行、失踪した金庫番の男、闇の暴力組織……。金融庁長官の特命を帯びた捜査官が不正を暴く！ 傑作金融エンタメ。

高杉 良著

組織に埋れず

失敗ばかりのダメ社員がヒット連発の〝神様〟に！ 旅行業界を一変させた快男子の痛快な仕事人生。心が晴ればれとする経済小説。

高杉 良著

出世と左遷

会長に疎んじられた秘書室次長の相沢靖夫。左遷にあっても心折れずに働く中間管理職の姿を描き、熱い感動を呼ぶ経済小説の傑作。

海堂尊著 **ジーン・ワルツ**

生命の尊厳とは何か。産婦人科医が今、なすべきこととは？ 冷徹な魔女《クール・ウィッチ》・曾根崎理恵と清川吾郎准教授、それぞれの闘いが始まる。

海堂尊著 **マドンナ・ヴェルデ**

冷徹な魔女《クール・ウィッチ》、再臨。代理出産を望む娘に母の答えは……？『ジーン・ワルツ』に続く、メディカル・エンターテインメント第2弾！

海堂尊著 **ナニワ・モンスター**

インフルエンザ・パニックの裏で蠢く霞が関の陰謀。浪速府知事《ドラゴン》&特捜部《カマイタチ》vs厚労省を描く新時代メディカル・エンターテインメント！

桐野夏生著 **残虐記**
柴田錬三郎賞受賞

自分は二十五年前の少女誘拐監禁事件の被害者だという手記を残し、作家が消えた。折り重なった虚実と強烈な欲望を描き切った傑作。

桐野夏生著 **東京島**
谷崎潤一郎賞受賞

ここに生きているのは、三十一人の男たち。そして女王の恍惚を味わう、ただひとりの女。孤島を舞台に描かれる、〝キリノ版創世記〟。

桐野夏生著 **ナニカアル**
島清恋愛文学賞・読売文学賞受賞

「どこにも楽園なんてないんだ」。戦争が愛人との関係を歪めてゆく。林芙美子が熱帯で覗き込んだ恋の闇。桐野夏生の新たな代表作。

井上靖著
猟銃・闘牛
芥川賞受賞

ひとりの男の十三年間にわたる不倫の恋を、妻・愛人・愛人の娘の三通の手紙によって浮彫りにした「猟銃」、芥川賞の「闘牛」等、3編。

井上靖著
敦（とんこう）煌
毎日芸術賞受賞

無数の宝典をその砂中に秘した辺境の要衝の町敦煌――西域に惹かれた一人の若者のあとを追いながら、中国の秘史を綴る歴史大作。

井上靖著
あすなろ物語

あすは檜になろうと念願しながら、永遠に檜にはなれない〝あすなろ〟の木に託して、幼年期から壮年までの感受性の劇を謳った長編。

井上靖著
風林火山

知略縦横の軍師として信玄に仕える山本勘助が、秘かに慕う信玄の側室由布姫。風林火山の旗のもと、川中島の合戦は目前に迫る……。

井上靖著
天平の甍
芸術選奨受賞

天平の昔、荒れ狂う大海を越えて唐に留学した五人の若い僧――鑒真来朝を中心に歴史の大きなうねりに巻きこまれる人間を描く名作。

井上靖著
風（ふうとう）濤
読売文学賞受賞

朝鮮半島を蹂躙してはるかに日本をうかがう強大国元の帝フビライ。その強力な膝下に隠忍する高麗の苦難の歴史を重厚な筆に描く。

司馬遼太郎著
梟の城
直木賞受賞

信長、秀吉……権力者たちの陰で、凄絶な死闘を展開する二人の忍者の生きざまを通して、かげろうの如き彼らの実像を活写した長編。

司馬遼太郎著
人斬り以蔵

幕末の混乱の中で、劣等感から命ぜられるままに人を斬る男の激情と苦悩を描く表題作ほか変革期に生きた人間像に焦点をあてた7編。

司馬遼太郎著
果心居士の幻術

戦国時代の武将たちに利用され、やがて殺されていった忍者たちを描く表題作など、歴史に埋もれた興味深い人物や事件を発掘する。

司馬遼太郎著
馬上少年過ぐ

戦国の争乱期に遅れた伊達政宗の生涯を描く表題作。坂本竜馬ひきいる海援隊員の、英国水兵殺害に材をとる「慶応長崎事件」など7編。

司馬遼太郎著
草原の記

一人のモンゴル女性がたどった苛烈な体験をとおし、20世紀の激動と、その中で変わらぬ営みを続ける遊牧の民の歴史を語り尽くす。

司馬遼太郎著
峠
（上・中・下）

幕末の激動期に、封建制の崩壊を見通しながら、武士道に生きるため、越後長岡藩をひきいて官軍と戦った河井継之助の壮烈な生涯。

塩野七生著
愛の年代記
欲望、権謀のうず巻くイタリアの中世末期からルネサンスにかけて、激しく美しく恋に身をこがした女たちの華麗なる愛の物語9編。

塩野七生著
チェーザレ・ボルジア あるいは優雅なる冷酷
毎日出版文化賞受賞
ルネサンス期、初めてイタリア統一の野望をいだいた一人の若者――〈毒を盛る男〉としてその名を歴史に残した男の栄光と悲劇。

塩野七生著
コンスタンティノープルの陥落
一千年余りもの間独自の文化を誇った古都も、トルコ軍の攻撃の前についに最期の時を迎えた――。甘美でスリリングな歴史絵巻。

塩野七生著
ロードス島攻防記
一五二二年、トルコ帝国は遂に「喉元のトゲ」ロードス島の攻略を開始した。島を守る騎士団との壮烈な攻防戦を描く歴史絵巻第二弾。

塩野七生著
レパントの海戦
一五七一年、無敵トルコは西欧連合艦隊の前に、ついに破れた。文明の交代期に生きた男たちを壮大に描いた三部作、ここに完結！

塩野七生著
マキアヴェッリ語録
浅薄な倫理や道徳を排し、現実の社会のみを直視した中世イタリアの思想家・マキアヴェッリ。その真髄を一冊にまとめた箴言集。

藤沢周平著
竹光始末

糊口をしのぐために刀を売り、竹光を腰に仕官の条件である上意討へと向う豪気な男。表題作の他、武士の宿命を描いた傑作小説5編。

藤沢周平著
時雨のあと

兄の立ち直りを心の支えに苦界に身を沈める妹みゆき。表題作の他、江戸の市井に咲く小哀話を、繊麗に人情味豊かに描く傑作短編集。

藤沢周平著
冤（えんざい）罪

勘定方相良彦兵衛は、藩金横領の罪で詰め腹を切らされ、その日から娘の明乃も失踪した……。表題作はじめ、士道小説9編を収録。

藤沢周平著
橋ものがたり

様々な人間が日毎行き交う江戸の橋を舞台に演じられる、出会いと別れ。男女の喜怒哀楽の表情を瑞々しい筆致に描く傑作時代小説。

藤沢周平著
神隠し

失踪した内儀が、三日後不意に戻った、一層凄艶さを増して……。女の魔性を描いた表題作をはじめ江戸庶民の哀歓を映す珠玉短編集。

藤沢周平著
春秋山伏記

羽黒山からやって来た若き山伏と村人とのユーモラスでエロティックな交流——荘内地方に伝わる風習を小説化した異色の時代長編。

東京《とうきょう》カジノパラダイス

新潮文庫　に-20-7

平成三十年九月一日発行

著者　楡《にれ》周《しゅう》平《へい》

発行者　佐藤隆信

発行所　株式会社　新潮社

郵便番号　一六二―八七一一
東京都新宿区矢来町七一
電話　編集部(〇三)三二六六―五四四〇
　　　読者係(〇三)三二六六―五一一一
http://www.shinchosha.co.jp

価格はカバーに表示してあります。

乱丁・落丁本は、ご面倒ですが小社読者係宛ご送付ください。送料小社負担にてお取替えいたします。

印刷・大日本印刷株式会社　製本・株式会社大進堂

ISBN978-4-10-133577-3 C0193